***Roger Judenne** est né dans une famille d'origine rurale. Il a grandi dans un village beauceron et a connu une enfance sans contraintes, très près de la nature, au contact permanent des gens et des animaux qui vivaient nombreux dans les campagnes à cette époque. Ce sont autant d'empreintes fortes qui expliquent que les gens simples, la nature et les animaux tiennent une place importante dans ses histoires et que la solidarité, la tolérance, l'entraide mais aussi la malice et la générosité sont des qualités qui animent ses personnages.*

Toute sa vie, Roger Judenne a mené en parallèle une carrière d'enseignant et son activité d'écrivain. Il a publié 110 romans, tant en littérature jeunesse qu'en littérature générale ou du terroir.

Classe unique

Du même auteur

Aux éditions De Borée

Drôle de moisson
Et demain le TGV
L'Année du nouveau franc
La Maison d'en face
La Petite Suzanne
Le Silence des rives
Les Bons Jours
Les Terres brunes
Louison la douce
Une vie de dimanche

TERRE DE POCHE
45, rue du Clos-Four – 63056 Clermont-Ferrand cedex 2

Roger Judenne

Classe unique

de Borée
TERRE DE POCHE

À Dominique, mon épouse,

et aux épouses de mes amis SMI et maires ruraux,
pour les improbables heures d'attente
les soirs de mairie.

I

L'inspecteur de l'enseignement primaire

À L'APPROCHE DE L'ÉGLISE, l'inspecteur ralentit, tourne et s'engage dans l'allée qui fait le tour de la place. La voiture passe devant l'église, vire à angle droit à hauteur de l'arsenal et s'arrête devant les grilles de la mairie-école, un bâtiment de briques rouges typique de l'époque Jules Ferry. L'inspecteur Thibault coupe le contact, descend, récupère la serviette et le chapeau posés sur le siège arrière de sa DS et se redresse pour se coiffer. Il fait froid. Au moment où il claque la portière, il est interpellé par un homme dont il n'a pas remarqué la présence.

— La mairie n'est pas encore ouverte. Le maître d'école est dans sa classe.

L'inspecteur Thibault se retourne et regarde en direction de la rangée de tilleuls qui borde la route. Un homme, juché en haut d'une échelle appuyée contre un tronc, est en train de couper les branches de l'année à ras des trognes. Il porte un képi de garde champêtre et, malgré la grosse canadienne dans laquelle il est emmitouflé, sa silhouette malingre n'est guère plus conséquente que celle d'un élève de certificat d'études.

— Le maître d'école… c'est précisément lui que je viens voir. Je suis l'inspecteur de l'enseignement primaire.

— Oh, ben, excusez-moi. Je ne savais pas.

Gilbert Boucheriau, « le champêtre », comme on l'appelle dans le village, a soudain l'impression d'avoir été irrespectueux. S'il n'était pas perché à quatre mètres de hauteur, il se mettrait au garde-à-vous pour se faire pardonner sa bévue. Il ajoute, en pointant sa serpe en direction de la classe qui se trouve juste derrière la mairie :

— La récréation a pas été longue. Vous pensez : par ce temps, il les a fait rentrer au bout de dix minutes. Vous voulez que je vous montre le chemin ?

L'inspecteur ne peut s'empêcher de retenir un sourire.

— Merci. Je crois que je ne vais pas me perdre.

En règle générale, M. Thibault procède à l'inspection de chaque instituteur de sa circonscription tous les trois ou quatre ans ; des visites non annoncées, généralement le matin, rarement l'après-midi. Bien qu'il soit venu à Chambray dix-huit mois plus tôt, il a réussi à écourter un rendez-vous pour revenir inspecter M. Gaubert. Cette visite impromptue n'est pas motivée par un quelconque problème en lien avec l'enseignement. Bien au contraire. Il sait combien Jacques Gaubert est un maître chevronné dont les élèves obtiennent aisément le certificat d'études, la plupart avec une mention. C'est un excellent pédagogue qui enseigne dans la classe unique de ce village de cent quatre-vingt-deux habitants depuis seize années, à la satisfaction de tous. Une référence dans le canton. Instituteur et aussi secrétaire de mairie. C'est la règle dans les petites communes : l'instituteur assure le secrétariat de la mairie. Lors des contacts qu'il a eus avec lui, le maire n'a pas caché que son SMI – secrétaire de mairie-instituteur – est pour lui bien plus qu'un collaborateur. Un conseiller compétent et dévoué, un ami précieux dont il sollicite toujours l'avis avant de prendre une décision.

Au travers de la couverture laiteuse des nuages, on devine le halo du soleil, très bas en janvier. La lumière rase les gravillons de la cour. Il ne gèle pas mais la température est basse, voisine du zéro sans doute. L'inspecteur passe sous les fenêtres de la classe en tendant l'oreille. Au moment où il pose la main sur la poignée de la porte, une émotion le met mal à l'aise et lui fait marquer un temps d'arrêt.

« *Il faut y aller !* » s'encourage-t-il en pensée.

Avant d'ouvrir, il essuie consciencieusement ses pieds sur le paillasson, multipliant les frottements comme s'il voulait retarder le moment d'entrer. Il tourne la poignée et pénètre dans le vestiaire, une pièce plongée dans la pénombre avec d'un côté une fenêtre ouvrant sur la plaine et les labours qui s'étendent à perte de vue et, de l'autre, une porte vitrée donnant dans la classe. Il regarde les vêtements accrochés aux porte-manteaux et les petites paires de bottes de toutes les tailles qui s'alignent sous les bancs à la manière de souliers de Noël. L'hiver, les enfants mettent des chaussons pour ne pas salir la classe et avoir les pieds au chaud. Ni les élèves, ni M. Gaubert, n'ont remarqué son arrivée. La pendule œil-de-bœuf qui se trouve au-dessus du tableau attire son regard : trois heures et demie…

Tout est calme et presque silencieux. C'est à peine s'il perçoit l'écho de quelques paroles. Au travers du carreau de la porte vitrée, il observe les enfants et leur maître avec l'impression d'espionner une famille dans son intimité. Un garçon, probablement l'un de ceux qui préparent le certificat d'études, est en train d'écrire sur le tableau latéral la correction du problème fait la veille à la maison, tandis que ses camarades recopient le texte de celui qu'il faudra faire ce soir. Une grande fille fait lire un tout-petit, l'unique CP de la classe. Trois autres, des moyens, s'appliquent à reproduire, à la plume, les modèles d'écriture que l'on devine, tracés en rouge, au début des lignes des cahiers. Une fillette, aidée par un garçon plus jeune, trace maladroitement de grandes lettres sur le tableau. Autour du maître, dont l'inspecteur ne voit que le dos, un groupe de sept ou huit enfants, ardoise posée sur l'avant-bras gauche, craie dans la main droite, le regard tendu, font du calcul mental selon un procédé pédagogique en vigueur dans toutes les classes : le procédé Lamartinière.

— Attention, dit M. Gaubert. Un pain coûte un franc et trente centimes. Quelle sera la dépense hebdomadaire dans une famille qui en achète un par jour ?

Les élèves se concentrent mais ne bougent pas. L'inspecteur remarque les fronts plissés de ceux qui réfléchissent et les yeux pétillants d'impatience de ceux qui ont déjà la réponse. Le maître attend avant de donner le signal :

— Écrivez. Cachez.

La jubilation se lit sur le visage de la plupart des enfants, en particulier sur ceux de deux garçons d'une dizaine d'années.

— Montrez !

Les enfants lèvent les ardoises et se retiennent pour que la réponse n'explose pas sur leurs lèvres. Le maître regarde chaque ardoise puis annonce :

— Neuf francs et dix centimes. Didier, explique comment tu es parvenu à ce résultat.

— Il leur faut sept pains. J'ai donc fait sept fois un pour les francs et j'ai ajouté sept fois trente centimes, ce qui fait deux cent dix centimes, c'est-à-dire deux francs et dix centimes. Sept et deux virgule dix, ça fait neuf francs et dix centimes.

— Bien.

Les enfants marquent leur bonne réponse en ajoutant un bâton au score figurant sur la ligne supérieure de l'ardoise. C'est le moment que choisit M. Thibault pour frapper et pousser la porte. Dans un bel ensemble, tous les visages se tournent vers l'arrivant. Le maître se lève, remise un crayon dans la poche de poitrine de sa blouse grise et tend la main vers l'arrivant.

— Monsieur l'inspecteur ! Entrez.

— Bonjour, monsieur Gaubert. Bonjour, les enfants.

Il ôte son chapeau et son pardessus. La cravate, la veste sombre dont le revers est barré par l'insigne violette des palmes académiques, tout autant que le mot « inspecteur », impressionnent les enfants à ce point qu'ils restent figés.

— Monsieur Gaubert, je vais passer la fin de d'après-midi avec vous. Je vous en prie, continuez votre classe.

— Vous m'inspectez ? s'étonne le maître en jetant un œil à la pendule.

— Oui... si l'on veut... répond laconiquement M. Thibault.

Jacques Gaubert n'est pas du genre à redouter une inspection, mais le fait que l'inspecteur vienne en fin d'après-midi est inhabituel et ne lui dit rien de bon. Une inspection de moins d'une heure en fin d'après-midi, c'est étrange.

— Bien, répond-il. Emploi du temps, répartition des enfants, liste des chants et poésies, tout est affiché sur le panneau. Installez-vous au bureau. Vous y trouverez mon cahier-journal et mes préparations. Les registres sont dans le premier tiroir.

— Les registres... ah oui ! relève l'inspecteur. Le cahier des présences et le registre matricule, surtout.

— Ah !

L'inspecteur remarque le froncement des sourcils et devine que M. Gaubert a compris le but de sa visite. Il s'empresse d'ajouter :

— Continuez votre classe. Nous parlerons après.

L'inspecteur monte sur l'estrade et gagne le bureau. À son passage, la fillette malhabile reste les bras ballants. Elle a un joli visage très fin et ouvre de grands yeux d'incompréhension, se demandant qui peut bien être cet intrus qui surgit dans son univers. Le maître se tourne vers les enfants :

— Allez ! On reprend le travail.

Dans une classe unique où sont regroupés tous les enfants du village, les multiples niveaux ne fonctionnent que si des habitudes de travail rigoureuses sont mises en place. La coopération et l'entraide sont les règles qui rythment l'organisation des activités. Pendant quelques minutes, l'inspecteur promène son regard dans la classe. Elle a été conçue au siècle dernier pour accueillir au moins soixante enfants. Elle est très vaste, haute de plafond, pourvue de larges fenêtres, propre, rangée, bien entretenue. Le chauffage central, installé vingt ans plus tôt, montre combien la municipalité a le souci du bien-être de ses enfants. Aux murs, des cartes de géographie, des gravures Rossignol montrant les poids et mesures, l'anatomie d'une grenouille ou la prise de la Bastille. Il y a aussi des affiches présentant la conjugaison des verbes, une multitude de dessins d'enfants, des étagères regorgeant de Bibliothèque Verte, une balance Roberval, un alignement de mesures de capacité posées sur le rebord d'une fenêtre, des écrits calligraphiés à la craie sur les tableaux noirs. « *Cadre très épanouissant pour les enfants* », pense l'inspecteur.

Un instant encore, M. Thibault regarde les grandes et les petites tables biplaces aux plans inclinés puis se désintéresse du cours. Il sort des papiers de sa serviette et ouvre le tiroir pour en extraire le registre matricule. Il a l'habitude, mais, pourtant, c'est toujours avec une petite émotion qu'il ouvre ce registre qui contient, dans chaque école rurale, les noms de tous les élèves qui ont usé leur fond de culotte sur les bancs de l'école depuis 1883. De l'arrière-grand-père à la petite fille assise aujourd'hui dans la classe, il a entre les mains quatre-vingt-dix ans de l'histoire du village. Il tourne et retourne les dernières pages, compare des chiffres, pointe des dates de naissance, vérifie que toutes les statistiques qui figurent dans l'enquête de rentrée que M. Gaubert lui a fait parvenir en septembre sont toujours d'actualité. *« Aucun changement. Tout concorde. »*

Au bout d'une dizaine de minutes, il referme les registres et semble reprendre pied avec la classe. Les enfants sont au travail. Le maître passe de petit groupe en petit groupe toutes les dix minutes et fait de courtes leçons. Une mécanique bien huilée. Une classe modèle. *« Un excellent pédagogue. On a besoin de directeurs comme lui à Chartres. »*

M. Thibault s'attache à compter les enfants bien plus qu'à observer leur comportement scolaire. Il relit le rapport d'inspection qu'il a rédigé dix-huit mois auparavant, et jette un coup d'œil à la conclusion : *« Sa note est déjà au-dessus de la grille. »*

Il s'empare d'un formulaire vierge, dévisse un beau stylo-plume et commence à rédiger le rapport qui justifiera la note qu'il attribuera aujourd'hui. La note, c'est un casse-tête pour un inspecteur. En principe, elle doit être contenue dans une grille qui fait qu'un excellent débutant au premier échelon ne dépasse jamais 12 et qu'un maître très médiocre au onzième échelon, c'est-à-dire à la veille de la retraite, n'a que très rarement moins de 18. Or, Jacques Gaubert, qui est au septième échelon, a déjà 17, une note qu'on n'attribue qu'au neuvième ou dixième échelon. *« Il va falloir justifier. »*

Il est à ce point absorbé par la rédaction de son rapport qu'il en oublie à nouveau la classe. Ce détail n'échappe pas à Florence, une gamine de neuf ans aussi attachante que malicieuse, qui glisse à voix basse à son maître :

— Il regarde même pas ce qu'on fait !

À quatre heures et demie, le maître demande aux enfants de ranger leurs affaires.

— Catherine, ramasse les cahiers du jour.

L'inspecteur termine son rapport. Il ne lui reste plus qu'à mettre la note. Il réfléchit, revisse le capuchon de son stylo et repousse sa décision à plus tard. Les enfants se lèvent, quittent la classe, rechaussent leurs bottes dans le vestiaire. Les grands aident les petits à s'emmitoufler. Frédéric et la fillette malhabile quittent la classe en empruntant la porte intérieure qui conduit au logement de fonction.

— Ce sont mes propres enfants, indique Jacques. J'accompagne les autres élèves jusqu'à la grille et je suis à vous.

— Je vous attends.

Seul dans la classe, l'inspecteur quitte le bureau, descend les deux marches de l'estrade, traverse la salle, installe ses papiers sur la grande table du fond et prend place sur un banc. Quand Jacques revient, il tend la main vers le banc opposé et l'invite à s'asseoir en face de lui.

— Monsieur Gaubert, vous êtes un maître chevronné, commence-t-il. Je juge votre pédagogie très positive et très efficace.

— Merci…

— C'est d'abord pour cette raison que je vais majorer votre note.

Jacques relève le « d'abord ». L'inspecteur enchaîne sur ses observations des élèves. Il y a donc une autre raison.

— Vos candidats au certificat d'études sont d'un bon niveau. C'est sans problème qu'ils obtiendront leur diplôme. Que tous les candidats soient reçus, c'est une tradition chez vous.

Jacques est un peu surpris. L'inspecteur n'a examiné aucun cahier, aucun relevé de notes. Comment peut-il apprécier le niveau des élèves ?

— Votre fils et ce petit Didier qui était assis à côté de lui ont un excellent niveau. J'imagine que, pour eux, vous envisagez la sixième.

— Pour Frédéric, oui. Pour Didier, ce n'est pas acquis. Le père est maçon et il…

— Et alors ? Pourquoi le fils d'un maçon ne ferait-il pas des études ? Il faut convaincre les parents.

— Je m'y emploie…

— J'ai remarqué plusieurs enfants malingres. Leur état de santé est-il satisfaisant ?

— Les Rousselet… Ils vivent dans la maisonnette du passage à niveau. Une famille nombreuse, très modeste…

— Ah ! Logement insalubre ?

— Pas vraiment, mais ils n'ont pas l'eau courante. Le père travaille régulièrement, mais avec un seul petit salaire d'ouvrier agricole, faire vivre une famille de neuf personnes, c'est dur.

— Je comprends mieux leur propreté douteuse et l'état médiocre de leurs vêtements.

La conversation se poursuit, mais Jacques a l'impression que l'inspecteur prolonge sa revue au cas par cas avant tout pour souligner le nombre d'élèves dans chaque niveau :

— Cinq certificats d'études, trois en cours supérieur, quatre en cours moyen, dont deux qui partiront en sixième, quatre en cours élémentaire et un seul petit CP… qui sait déjà lire, d'ailleurs, et qui s'ennuierait s'il n'était pas dans une classe unique.

— C'est vrai, il fait de nombreux exercices avec les CE1, précise Jacques.

L'inspecteur fait une pause et baisse les yeux vers ses papiers avant d'ajouter d'une voix plus sourde :

— Il sait lire, mais il est tout seul et… vous n'aurez pas d'entrées de CP l'an prochain.

La remarque fige Jacques. Ce qu'il redoute d'entendre depuis longtemps est sur le point d'être dit.

— Sept départs à la fin de l'année et pas une seule arrivée… L'effectif tombera à dix à la prochaine rentrée…

Silence. Les chiffres, Jacques les connaît bien mieux que l'inspecteur. Non seulement l'effectif sera catastrophique à la rentrée prochaine, mais il ne remontera pas dans les années suivantes.

— Dans ces conditions, poursuit l'inspecteur, la fermeture de l'école de Chambray devient inévitable.

Jacques pose les deux mains sur la table, croise les doigts et les serre si fort que ses phalanges craquent. M. Thibault remarque ce bruit. Il déteste ce moment. Il sait que la fermeture d'une école à classe unique est synonyme de catastrophe pour l'instituteur et le village. Depuis sa nomination dans cette circonscription très rurale, il vit ces mêmes moments difficiles chaque année à la même époque.

Fermer cette école, comment pourrait-il faire autrement ? Les tracteurs et les machines remplacent les bras des ouvriers agricoles. Les gens partent en ville parce que c'est là qu'il y a du travail. Les familles ont moins d'enfants. Les campagnes se vident. Est-ce de sa faute ? Il avance la main et la pose sur le bras de Jacques.

— C'est pour que vous puissiez postuler sur un poste intéressant que je vous inspecte aujourd'hui. Avec une note de 18, vous obtiendrez facilement un poste de directeur dans une grande école, d'autant plus que vous serez prioritaire. Profitez-en.

— Directeur…

— Pour vous, c'est une promotion. Vous la méritez.

Il est près de 5 heures quand M. Thibault se lève et remet son chapeau. Bien qu'il s'attendît à ce qu'un jour ou l'autre on lui annonce cette fermeture, Jacques est un peu sonné. Lui, qui est d'un naturel affable et plutôt causant, garde le silence. Il raccompagne l'inspecteur jusqu'à sa voiture.

— Nous nous reverrons dans trois jours pour la conférence pédagogique. Je vous remettrai une lettre à l'intention de votre maire. Je voudrais le rencontrer pour lui annoncer cette fermeture en personne, avant qu'il ne reçoive l'arrêté officiel. En attendant, vous pouvez le préparer et lui annoncer la nouvelle.

— Elle ne lui fera probablement pas davantage plaisir qu'à moi… lâche Jacques.

— Que voulez-vous, les campagnes se dépeuplent. On n'y peut rien. C'est comme ça.

Les deux hommes arrivent sur la place. Le champêtre ramasse la multitude des branchages éparpillés sur le sol et les entasse contre un tronc.

— Lors de la conférence pédagogique, j'aurai une idée des directions sur lesquelles vous pourrez postuler. Je vous aiderai. À bientôt.

Dans la poignée de main chaleureuse et prolongée qu'il donne à Jacques au moment du départ, M. Thibault essaie de faire comprendre combien il est désolé d'être venu lui annoncer une mauvaise nouvelle. Puis il monte dans sa DS Citroën, pose son chapeau sur le siège passager et démarre.

Quand sa voiture quitte la place, la 4L de Marianne arrive par la route de Saint-Lubin.

II

De grandes préoccupations

MARIANNE COURT DU MATIN AU SOIR et cette vie trépidante lui plaît. Entre deux piqûres, c'est à peine si elle a le temps de repasser chez elle pour prendre un café. Sa journée d'infirmière commence tôt le matin à la maison de retraite, pour suivre des patients dont le cœur défaillant ou des pathologies liées à l'âge sont contenues par des injections quotidiennes. Ceux-là, elle les appelle « mes petits vieux ». Ensuite, elle effectue les visites dans les villages et les hameaux les plus éloignés et parcourt la moitié du canton avec sa 4L pour refaire des pansements, enlever des fils et, là encore, faire des piqûres à des vieux isolés qui, sans ses visites, ne pourraient pas continuer à vivre chez eux. L'après-midi, elle reçoit dans son cabinet, qui est situé dans la même maison que la pharmacie du chef-lieu du canton. Les patients sont différents et l'activité est plus variée : des jeunes qui se sont blessés en mobylette, des agriculteurs qui se sont pris les doigts dans des engrenages, des opérés à qui il faut enlever les fils des sutures, des gosses qui se sont brûlés. Parfois les soirées sont calmes et elle peut se consacrer à ses enfants et à sa maison. Parfois seulement, parce que le plus souvent elle poursuit ses visites à domicile dans les environs proches : Chambray, Colville, Mélicourt, Harvilliers…

Marianne gare sa 4L devant la mairie et tire le frein à main. Son mari a le visage tourné vers la sortie de la place, comme s'il regardait encore la DS 19 qu'elle vient de croiser et qui doit maintenant avoir dépassé le virage, puisqu'on n'entend plus le bruit de son moteur. Ce dos tourné ne lui dit rien de bon.

— C'était qui ? lance-t-elle à son mari dès qu'elle ouvre la portière.

Jacques tourne vers sa femme un regard où se lit un grand abattement. À l'instant, elle comprend qu'il s'est passé quelque chose.

— C'était l'inspecteur… répond-il d'une voix sourde.

— Il est venu t'inspecter ?

— Oui…

Elle fait trois pas dans sa direction. D'ordinaire, Jacques est enjoué et plutôt causant, comme on dit dans le village. Or, elle a en face d'elle un mari à moitié KO dont le tourment barre le front de trois sillons qu'elle n'a jamais vus aussi profonds.

— Et ça s'est mal passé ?

— Oh non ! Au contraire. Il a augmenté ma note.

Elle fait une moue d'incompréhension, lui prend le bras et l'entraîne vers l'entrée commune à la mairie et à leur logement.

— C'est formidable !

— Formidable… tu parles ! Il est venu m'annoncer la fermeture de l'école à la fin de l'année.

— La fermeture de l'école ! Oh mon Dieu !

Elle le pousse devant elle et le fait entrer dans le couloir. À droite se trouve la porte de la mairie. À gauche, celle du logement de fonction qu'ils occupent depuis seize ans. Jacques pénètre dans la cuisine et s'assied. Il baisse les yeux. On le dirait honteux, comme s'il était responsable de cette fermeture. Du bout des doigts, il balaie le coin de la table, histoire de n'avoir pas à croiser le regard de sa femme :

— La fermeture était prévisible. Je m'y attendais, mais ça fait drôle quand l'inspecteur vient te le dire en face.

Marianne gratte une allumette et allume la gazinière. Elle verse du café dans une casserole et la pose sur le feu, puis elle s'assied à côté de son mari qui poursuit :

— Pas une seule entrée en CP pour compenser les certificats d'études qui vont quitter l'école. Si tu ajoutes les deux départs en sixième, on arrive à un effectif de dix ou onze à la prochaine rentrée. Voilà, le triste jour est arrivé. C'est fini.

Marianne sent qu'il est malheureux. Elle se rapproche, lui passe affectueusement le bras autour des épaules et se presse contre lui. Elle ne sait pas quoi dire. Son mari, si résistant et si fort d'ordinaire, semble désemparé. Elle voudrait le réconforter mais trouve d'autant moins les mots pour apaiser sa tristesse qu'elle-même se sent subitement envahie par un désarroi grandissant. L'école fermée signifie que Jacques va devoir enseigner ailleurs et, tout de suite, la pensée qu'ils vont devoir quitter le village fait monter en elle une bouffée d'angoisse.

— Mais où vas-tu aller ?

— Le bon point supplémentaire dans ma notation, c'est pour me permettre d'obtenir un poste de directeur.

— Dans une grosse école ?

Jacques agite la main et affiche une moue énigmatique que Marianne n'arrive pas à décrypter :

— Oui... L'inspecteur m'en proposera une ou deux.

— En ville ?

— Évidemment. Une grosse école... À Chartres, probablement. Pour l'inspecteur, c'est une belle promotion. Il pense que je la mérite. Il m'a dit qu'on avait besoin de maîtres comme moi.

La fenêtre de la cuisine donne sur la place. Le ronflement d'un moteur enfle à hauteur des tilleuls. Jacques tourne la tête. Un tracteur ralentit et s'arrête près du tas où Gilbert a regroupé les branches des trognes. Un cultivateur en descend et marche en direction de la mairie. Jacques regarde sa montre et se lève.

— C'est Jacky. Faut que j'ouvre. Il est l'heure.

Marianne se lève à son tour, emplit une tasse et suit du regard son mari qui se dirige vers la porte. L'arrivée du cultivateur et l'obligation d'ouvrir la mairie constituent une échappatoire opportune pour tous les deux. Jacques est groggy et il n'a pas envie de parler. Elle non plus n'a pas envie de parler. L'annonce de la fermeture de l'école déclenche dans sa tête un trouble où tout se mêle. Au moment où il franchit le seuil, elle lui dit :

— Je repars. Au passage, je vais laisser Claire chez Isabelle et Frédéric chez son copain. À 7 heures, je ne serai pas rentrée.

— J'irai les chercher…

La porte se referme. Dans le couloir, le cultivateur parle avec Jacques. Elle les entend mais ne cherche pas à saisir les paroles. Debout, soudain songeuse, soucieuse, les yeux dans le vide, elle porte la tasse à ses lèvres et aspire une gorgée. Les mots de son mari reviennent et s'imposent : *« Un point de plus pour obtenir un poste de directeur dans une grosse école, en ville… »*

Des images sombres envahissent son esprit en un faisceau de flashes rapides : un camion de déménagement quittant Chambray, l'escalier en ciment d'un petit appartement en ville, les brancards alignés dans les longs couloirs d'un hôpital, son mari portant cravate tous les jours, les fenêtres des chambres des enfants donnant sur les murs gris de l'immeuble d'en face. Elle émerge, pose la tasse vide sur le coin de l'évier et appelle Frédéric et Claire. Ils accourent et montent dans la 4L. Ils lui parlent, mais c'est à peine si elle comprend ce qu'ils disent. Elle s'arrête d'abord devant la maison d'Isabelle : Claire descend.

— C'est papa qui viendra te chercher. Sois sage.

Recommander à Claire d'être sage est une précaution inutile. Claire est une enfant docile que personne n'a jamais réprimandée, surtout pas Isabelle. Le handicap plonge même souvent la fillette dans des attitudes bien trop sages.

La voiture redémarre et traverse le village. Marianne dépose Frédéric devant la maison de son meilleur copain. Le pavillon des Moreau est neuf. Les clôtures et les abords ne sont pas terminés et le terrain a l'allure d'un chantier délaissé. Jean-Paul, le père, n'a pas le temps. Maçon toute la journée dans l'entreprise du frère de Marianne, il essaie de joindre les deux bouts en faisant tant de travaux au noir le soir et le dimanche qu'il ne lui reste pas une minute pour travailler chez lui. Pas facile financièrement, avec cinq enfants et un emprunt sur le dos.

— Si papa n'est pas là à sept heures et quart, tu rentres tout seul.

— D'accord.

La 4L redémarre et prend la route de Colville. La pâle lumière de janvier fléchit. La ligne d'horizon s'assombrit dans un mélange de brume et de pénombre. La nuit commence à tomber et la plaine s'engourdit. Les limites des grands champs vides deviennent imperceptibles.

« Un poste de directeur dans une grosse école… en ville… »

L'expression du visage de Jacques au moment où il a prononcé ces mots accapare son esprit. Pas un sourire, pas une moue, pas une franche marque de déception non plus. Son Jacques, elle le connaît bien, et pourtant, elle ne parvient pas à décrypter le mélange d'expressions contraires qu'elle a vu. Certes, elle a noté la crispation des pommettes laissant transparaître l'affectation, pour ne pas dire la douleur, les rides sur le front traduisant l'inquiétude de l'avenir, le plissement fragile du coin des yeux révélant combien cette perspective ébranle son équilibre… Mais dans ce sourire dissimulé, n'y avait-il pas aussi la fierté de voir ses compétences pédagogiques reconnues, la sensation que cette insistance de l'inspecteur à vouloir lui confier une grosse direction constituait une reconnaissance de ses mérites ? l'expression d'un amour-propre flatté par l'obtention d'une promotion ?

La ligne des poteaux téléphoniques plantés en bordure des champs défile sur la droite de la voiture. Deux kilomètres de plaine morne. Croisement avec la petite route de Gondreville. Ralentissement, virage à gauche au milieu d'une grande flaque d'eau. Un kilomètre et demi de route mal gravillonnée où les amortisseurs de la 4L claquent au passage des ornières. Arrivée dans le village. Arrêt devant une maison basse qui fait face à la mare. Le vieux M. Bailly a allumé la lumière de la cour, signe destiné à montrer à Marianne qu'elle est attendue. Le chien accourt, saute et appuie ses deux pattes avant sur le bord du portail mais n'aboie pas. La porte de la cuisine s'ouvre.

— Bonjour madame Gaubert. Entrez, entrez. On vous attendait.

L'homme pointe la niche. Le chien s'éloigne sans jeter le moindre aboiement.

— Comment ça va aujourd'hui ?

— Pas plus mal que si ça allait pire !

Dans la cuisine, il fait chaud. Les ronds en fonte de la cuisinière à bois sont rouges. Mme Bailly est à demi allongée dans un fauteuil. C'est une petite femme ronde au visage rieur, sujette à des cystites à répétition. Parfois, une infection un peu plus aiguë bloque complètement la vessie et oblige le médecin à prescrire la pose d'une sonde urinaire pendant quelques jours, le temps que les antibiotiques fassent effet. Mesure de la quantité d'urine évacuée depuis le matin, changement de la poche, injection d'une solution antiseptique dans la vessie, toilette habituelle. La routine.

— Le médecin vient demain, précise la brave vieille.

— Vous avez encore mal ?

— Oh non. J'ai même pu faire une tarte aux lardons pour ce soir.

— Vous croyez que le docteur va lui enlever la poche ? demande le mari.

— Probablement. L'urine est claire. L'infection a l'air d'être enrayée.

— Une fois de plus, commente le vieil homme. Merci... Vous êtes bien gentille. Sans vous, c'est à l'hôpital qu'elle serait, en ce moment.

Sourire reconnaissant de la dame. Poignée de main au monsieur. Départ de Marianne. La 4L reprend la route. Il fait presque nuit. Quelques kilomètres en direction de Burray. Un tracteur a labouré et, au sortir du champ, ses grandes roues arrière ont « débottelé » la terre accumulée dans les crans des pneus. La chaussée est recouverte de boue et devient patinoire. Marianne a l'habitude. Elle ralentit. À Burray, prise de la tension d'une autre vieille femme. Piqûre. Départ à nouveau pour aller quelques kilomètres plus loin. Désinfection et renouvellement des pansements sur les ulcères des jambes de M. Chaboche. Mme Chaboche en profite pour montrer son œil douloureux.

— Il est tout rouge depuis ce matin, et pis ça me pique dès que j'clignote un peu.

Marianne examine. La paupière est à moitié retournée et des cils frottent sur la cornée.

— Je vais vous arranger ça, dit-elle. Asseyez-vous et regardez vers le plafond.

En quelques gestes, les cils récalcitrants sont remis à leur place. Quelques gouttes de collyre. Nouveaux remerciements. Nouveau départ vers une autre maison.

« Et si, finalement, Jacques se trouvait flatté que ses compétences soient reconnues ? Et s'il acceptait une direction en ville ? Et si cette fermeture lui donnait envie de tourner une page ? »

Un doute affreux s'empare d'elle, que la route boueuse et sombre accentue davantage.

« Partir pour partir, devenir directeur ne représente-t-il pas, à ses yeux, une opportunité pour le bon déroulement de sa carrière ? N'estimera-t-il pas que solliciter un poste dans un autre petit village est risqué, puisque les écoles de campagne ferment les unes après les autres ? »

Elle visite encore trois maisons. Pansements. Piqûres. Toujours des braves gens modestes qui l'accueillent avec reconnaissance. Vers 7 heures, sa tournée la ramène à Chambray. Comme tous les soirs, elle s'arrête chez les Perrier, un couple de petits vieux adorables qui habitent au centre du bourg. Plusieurs fois par jour, Marcel passe devant l'école pour aller dans son jardin. Au passage, selon la saison, il laisse une salade, un chou, un petit panier de fraises ou une poignée de cerises dans le volet de la cuisine. Marthe est diabétique, ce qui ne l'empêche pas de faire des tartes, des gâteaux et des confitures dont elle offre souvent un pot pour Frédéric et Claire. Les enfants raffolent des confitures de Mémère Marthe. Marianne passe chaque soir pour lui faire sa piqûre d'insuline.

— Le Parisien qui vient d'arriver dans le pays, raconte Marthe pendant que Marianne prépare la seringue, paraît que c'est un ancien boucher qui a fait faillite.

— Oui, et puis sa faillite lui est restée sur le cœur, enchaîne Marcel. Il répète partout que tout est foutu, que les petits commerces et les petits artisans sont condamnés, que tout ça va disparaître et que ce sont les gros qui vont tout rafler.

— Il a dit à Marcel que les jours de la pompe à essence du pays sont comptés, rapport aux nouvelles normes.

— Il va briser le moral des gens !

— Faut pas l'écouter, dit Marthe au moment où Marianne enfonce l'aiguille.

— C'est un Parisien, ironise Marcel. Il a tout vu et il sait tout.

Avant de rentrer chez elle, Marianne fait un dernier crochet et va chez son père. Lui aussi a besoin d'une piqûre quotidienne. Des anticoagulants pour faciliter la circulation sanguine. La 4L franchit le portail surmonté de l'enseigne « Entreprise Fauconnier – Maçonnerie générale ». L'artisan jouit d'une solide réputation dans la région. Charles Fauconnier a été obligé de passer la main à son fils Pierre dans l'urgence. Depuis des années, père et fils travaillaient ensemble et la transmission se dessinait, mais l'infarctus qui a brutalement terrassé Charles à l'âge de soixante et un ans a précipité les choses. Deux mois d'hôpital. Charles se remet lentement et récupère des forces, mais plus question de prendre la truelle. Une retraite imposée qui ruine le moral du père et handicape l'entreprise du fils, parce que si Pierre est un maître-ouvrier, la gestion n'est pas son fort et les paperasses en souffrent.

Il fait maintenant nuit noire. Charles a allumé la lumière de la cour. Ici aussi, Marianne est attendue. Elle gare sa voiture devant la maison, une belle bâtisse ancienne aux volumes harmonieux, soigneusement rénovée, avec des fenêtres aux encadrements de briques, des mansardes élégantes et une façade enduite à la chaux. Une grande maison, bien trop grande depuis que la mère de Marianne est morte et que père et fils n'occupent guère que les trois ou quatre pièces du bas. Marianne entre et s'essuie les pieds. Les deux hommes ne semblent pas avoir remarqué son arrivée. Ils discutent dans la salle à manger et la voix bougonne de son frère emplit la pièce. Manifestement, il n'est pas content.

— Deux pavillons qui me passent sous le nez ! C'est quatre ou cinq mois de travail que je perds.

— Aujourd'hui, tout le monde veut son pavillon, même les gens qui n'ont pas les moyens. Alors, ils veulent tirer les prix vers le bas, avance le père.

— Pas du tout. C'est pas pour une histoire de prix que ça me passe sous le nez. Mon prix leur convenait. Non, ce qu'ils veulent, c'est une offre globale. Ils n'ont ni le temps, ni l'envie de courir après les artisans. Cavaler après un maçon, un couvreur, un menuisier, un plombier, un électricien, et puis encore arpenter la plaine pour trouver un carreleur, un peintre et je ne sais qui encore, c'est terminé. Les gens veulent du « clés en mains », alors ils se tournent vers des boîtes qui se chargent de tout.

Des constructeurs de maisons individuelles, il en fleurit partout. Tu entres dans la boutique, tu dis que tu veux une maison et huit jours après, ils te remettent un dossier avec des devis pour tous les corps de métier. Plus de soucis. Tu signes et six mois plus tard, on te donne les clés.

— C'est vrai qu'aujourd'hui, constate Charles d'une voix laconique, acheter une maison, c'est pas plus compliqué que d'acheter une paire de chaussures. De mon temps…

— Sûr ! Le client n'a plus qu'à choisir la faïence et la couleur des volets.

Marianne les rejoint. Les deux hommes ont les mains posées sur la table, les doigts croisés. Pierre a le visage contrarié. Charles, bien qu'il ait encore les yeux creux et les traits tirés par la fatigue, recouvre chaque jour un peu de ses forces. Elle observe et note un petit progrès. Elle les embrasse, tire une chaise, prend place autour de la table et saisit la conversation au vol.

— Tes clients sont allés voir ces pavillonneurs ? demande-t-elle.

— Bien sûr, et ils ne se sont pas gênés pour me le dire. Moi, j'ai besoin de travail. Si tout le monde va chez ces nouveaux constructeurs, qu'est-ce que je vais devenir ?

— Il restera toujours l'entretien et la rénovation… avance Charles.

— L'avenir, c'est les maisons neuves. Les banques distribuent des crédits à tour de bras. N'importe qui peut se lancer. Regarde Jean-Paul : même lui, il a fait construire.

Jean-Paul Moreau, le père de Didier, le meilleur copain de Frédéric, est aussi le plus qualifié des ouvriers de l'entreprise. Il a démarré ici à l'âge de quatorze ans comme apprenti. Charles l'a formé en même temps que son propre fils. Jean-Paul est devenu un ouvrier capable, compétent, fiable, un professionnel à qui on peut sans problème confier la direction d'un chantier.

— Avec cinq enfants et une femme qui reste à la maison, ça ne doit pas être simple.

— Non. C'est même très compliqué pour rembourser les traites. Les fins de mois sont difficiles. En plus de son travail, il fait du noir le soir et le dimanche, mais c'est pas pour ça qu'il arrive à joindre les deux bouts.

Cinq ans auparavant, quand la famille Moreau s'est lancée dans la construction d'une maison neuve, la situation était bien différente. Outre la paie de maçon de Jean-Paul, Hélène avait un bon emploi de secrétaire-comptable-sténodactylo à la coopérative agricole. Son salaire était équivalent à celui de son mari. Pas de soucis pour garder les deux enfants qu'ils avaient alors : la mère d'Hélène, veuve de l'ancien facteur de Colville, vivait avec eux et gardait les petits. La mince pension de réversion de la grand-mère, si elle ne lui permettait pas de vivre seule, contribuait à équilibrer le budget familial, et même à le rendre confortable. Et puis, en 1968, le gros imprévu : des jumeaux en janvier, suivis par la naissance d'une petite Émilie en décembre de la même année. Trois bébés la même année ! Heureusement que la grand-mère était là : Hélène avait pu reprendre son travail. Et puis, à nouveau, *patatrac !* le ciel qui tombe sur la tête : crise cardiaque de la grand-mère, qui meurt subitement avant l'arrivée du docteur… Pas d'autre solution pour Hélène que de s'arrêter de travailler. Sans ce deuxième salaire et la pension de la grand-mère, impossible de faire face.

— C'est vrai que Jean-Paul pourrait gagner plus ailleurs, se désole Pierre, mais moi, sans ces chantiers de maisons neuves, je ne peux pas l'augmenter. Il est très capable. Ce qui me pend au nez, c'est qu'une grosse boîte lui propose un boulot de chef de chantier et qu'il me lâche. Des ouvriers qualifiés, on en demande partout.

— Jean-Paul, je le connais, l'interrompt Charles. Il ne me ferait pas ça.

— Il est pris à la gorge. Les sous, les sous… Entre vendre sa maison ou changer d'entreprise, il n'aura guère le choix. À sa place, même moi j'accepterais. Comment veux-tu qu'il s'en sorte autrement, avec toute une nichée à nourrir et une maison sur le dos ?

— La famille est très importante pour eux deux, glisse Marianne. C'est sûr, ils ne sacrifieront pas leurs cinq enfants pour une maison.

— De là à partir travailler en ville… doute Charles.

Puis, se tournant vers sa fille, il enchaîne :

— Viens donc faire ma piqûre. Ta journée a été bien assez longue comme ça. Tes enfants doivent t'attendre.

III

Une décision qui ne passe pas

Tandis que Bailly s'assied d'un côté de la table, Jacques tourne la poignée de la fenêtre et pousse les volets, façon de montrer que la mairie est ouverte. Devant la grille, Marianne et les enfants montent dans la 4L garée quelques mètres plus loin. Sa petite Claire l'aperçoit, se tourne vers son papou, comme elle appelle affectueusement son papa, et lui adresse un signe de la main. Il lui répond d'un petit geste et d'un sourire. Que le visage de cette enfant est ravissant ! Autant Frédéric, son petit frère, est fort, vif d'esprit, intelligent, autonome, élève brillant, autant, malgré ses deux ans de plus, elle, la grande sœur, est fragile, lente, délicate de santé, et se heurte en permanence au moindre obstacle qui se présente dans sa petite vie. La faute à pas de chance : un accouchement difficile, un bébé aussi violet et inerte qu'un paquet de tripes froides. Un petit être qui ne respire pas spontanément à la naissance, puis une réanimation laborieuse qui n'en finit pas et qui prive le cerveau d'oxygène. Des neurones ravagés à jamais. Claire a survécu. Elle est menue, fluette et, malgré ses douze ans, on la prend souvent pour la petite sœur de Frédéric.

Toute son enfance a été faite de retards : retard de croissance, retard pour la marche, retard pour la propreté, retard pour la parole, retard pour l'autonomie. Elle a marché à quatre ans, a adopté le pot à cinq et n'a pas parlé de façon compréhensible avant six ans. Ce n'est pas une enfant débile ou arriérée mentale. Non. Mais Claire se développe lentement et arrache le moindre progrès au prix d'un effort auquel les autres enfants ne sont jamais confrontés. Pour elle, chaque apprentissage est un combat long et douloureux qu'elle livre avec courage. Sa plus grande difficulté reste l'adaptation à des situations nouvelles. Le moindre changement dans son quotidien la perturbe et il lui faut un temps fou pour établir de nouveaux repères. En contrepartie, qu'elle est affectueuse et câline !

— Je viendrai te chercher à sept heures.

— Oui. Je vais le dire à Isabelle.

Claire monte à l'arrière de la 4L. Jacques referme la fenêtre. Bailly a labouré toute la journée et Jacques remarque que ses bottes ont déposé sur les pavés hexagonaux de la mairie autant de terre que s'il sortait de son champ.

— Voilà, dit le cultivateur. Je voudrais faire une déclaration pour calamités agricoles. La coopérative m'a envoyé les relevés. Dans deux parcelles de maïs, c'est à peine si je récupère ma semence.

— Je vais vous préparer la demande, répond Jacques en prenant un imprimé dans un dossier. Il faut que vous me donniez les numéros.

— ZH 28 et ZH 29, répond-il en sortant de sa poche un bout de papier froissé sur lequel il a griffonné les références cadastrales. C'est deux champs qui se trouvent au Buisson-Girard. Pas de la bonne terre.

Jacques s'assied et note tout de suite les numéros. Puis il retourne l'imprimé encore vierge et tend un stylo :

— Signez en bas. Je finirai de le remplir, je le ferai certifier par le maire et je l'enverrai.

Bailly griffonne son nom.

— Vous comprenez, puisqu'on y a droit, j'vois pas pourquoi je laisserais passer. Les indemnités pour les calamités agricoles, c'est pas pour les chiens. Vous pensez pas ?

— Vous n'êtes pas le seul, confirme Jacques. Tout le monde dépose des demandes d'indemnisation.

— Bon, ben je m'attarde pas. Faut que je rentre avant la pleine nuit : j'ai plus d'éclairage sur mon tracteur.

Il se lève, remercie à plusieurs reprises, tend la main et quitte la mairie en complétant sur le pavage la première couche de terre qui se détache des crampons de ses bottes. Jacques se retrouve seul dans le silence de la petite pièce. Avec ses étagères remplie de dossiers, sa bibliothèque vitrée où sont rangés depuis cent ans les bulletins des lois et décrets aux belles reliures de cuir, le portrait du président Pompidou suspendu au-dessus de la Marianne en plâtre, la salle de la mairie constitue chaque soir un refuge où il se sent bien. Dans la classe, il a le sentiment d'être au cœur du petit monde des enfants. Dans la mairie, il éprouve la sensation forte d'être au centre du village des adultes. Il finit de remplir la déclaration de calamités agricoles de Bailly et la glisse dans la chemise « signature du maire ». Il enchaîne en complétant les deux demandes de carte d'identité des Marcellin, qu'il veut poster dès ce soir. En classe, il a les deux enfants Marcellin qui sont de beaux petits garçons attachants et mignons. Mais qu'ils apprennent difficilement ! Des têtes dures comme du bois où la lecture tout comme les récitations ne rentrent qu'à grand-peine. Puis, tandis que l'annonce de la fermeture de l'école envahit à nouveau son esprit, Jacques établit un extrait d'acte de naissance, rédige une fiche familiale d'état civil, met un coup de tampon sur les mandats administratifs à signer ce soir et qu'il transmettra dès demain matin au percepteur, pour régler les factures de menus travaux effectués dans la commune.

« Et si je devais devenir directeur en ville ? »

L'évocation d'une grande école avec des classes réparties sur plusieurs étages, des escaliers sonores, une cour de récréation goudronnée bordant une rue bruyante du passage des camions, lui tire un frisson. Il entrevoit une cohorte d'instituteurs et d'institutrices placés sous son autorité, non plus des collègues mais des adjoints dont il serait le supérieur hiérarchique, des hommes et des femmes qu'il faudrait recadrer de temps en temps parce que les récréations s'éternisent, parce que les parents signalent qu'ils ne font pas de leçons de grammaire ou parce qu'ils se plaignent d'avoir une classe à double niveau, oubliant qu'en campagne il faut gérer sept ou huit niveaux dans des classes uniques. En ville, il y a des instituteurs. En campagne, ce sont des maîtres d'école. Jacques n'aspire pas à devenir instituteur, encore moins directeur.

Maître d'école... À ses yeux, cette dénomination de maître d'école le place au noble rang des maîtres-artisans. Maître-menuisier, maître-maçon, maître d'école... Quelle fierté d'appartenir à l'aristocratie des métiers ! Maître... N'est-ce pas en employant ce mot qu'on s'adresse aux notaires ?

« Directeur... une promotion ? »

La fonction ne le fait pas rêver. Son ambition se situe loin ailleurs. Jacques a grandi en campagne, dans la petite ferme, aujourd'hui disparue, que ses parents exploitaient du côté d'Orgères. Il dispose de toutes les clés du monde rural. La ville, il n'y a jamais vécu. Il ne connaît pas. En campagne, il existe et se sent à sa place. Avec ces deux fonctions de maître d'école et de secrétaire de mairie qui se complètent, il est utile à toute une population rurale avec laquelle il se sent en osmose. Il n'a que trente-sept ans, mais quand il se retourne et regarde ce qu'il a fait de sa vie depuis qu'il est sorti de l'école normale, il se dit qu'il ne l'a pas gaspillée, qu'il ne passe pas inutile sur la Terre.

Jacques repousse sa chaise et ouvre le tiroir qui contient les enveloppes de grand format. Il en tire une sur laquelle il inscrit l'adresse de la perception. Il appose le tampon rectangulaire de la mairie puis le petit tampon rond qui représente la Marianne officielle. Ce cachet rouge a valeur de timbre-poste. Puis il saisit un registre d'état civil dans la bibliothèque vitrée, cherche un acte de naissance et entreprend d'y apposer en marge la mention du décès dont il a été avisé par la mairie de Chartres. Du strict maintien à jour de l'état civil dépend la bonne régularité des actes notariés et de quantité de décisions administratives. Avec la comptabilité et le cadastre, l'état civil est la responsabilité la plus importante exercée par un maire.

« Plus d'école, plus de mairie pour moi », pense-t-il.

Cette perspective lui est pénible. Subitement, c'est comme si on lui coupait une jambe. Aussitôt, il rétablit l'équilibre en se disant qu'il demandera un autre village, là où il y a un poste vacant d'instituteur-secrétaire-de mairie.

« La fermeture de l'école, tu y as si souvent pensé ! Il fallait bien que ça arrive un jour. »

Jacques tient l'état-civil de la commune et il est le mieux placé pour connaître avec précision le nombre des naissances qui surviennent chaque année. Depuis quatre ou cinq ans, il fait des prévisions et sait qu'à la rentrée 1972, il ne restera que onze élèves, autant dire un effectif qui ne laisse aucune chance à l'école. Mille fois, il a pensé à ce jour où il perdrait son poste et où il faudrait bien se résoudre à partir. Seulement, ce jour lui semblait lointain. Maintenant, l'échéance est là et la perspective de devoir quitter le village lui est insupportable. La seule réponse possible pour contrer la décision de l'inspecteur, ce serait l'effectif. Il faudrait davantage d'enfants. C'est aussi simple que cela.

« À moins de faire comme Letrou, je ne vois pas comment. »

Letrou, c'est le collègue de l'école de Harvilliers, un village encore plus petit que Chambray situé à trois kilomètres. Letrou est là depuis trente-quatre ans et il enseigne désormais aux enfants de ses anciens élèves. Il a appris à lire à tous les conseillers municipaux et même à son maire, qui ne rate pas une occasion de rappeler qu'il a appris à faire les divisions par crainte de la gifle qu'aurait bien été capable de lui flanquer son désormais secrétaire de mairie. Il y a une dizaine d'année, l'école de Hollainville a fermé. Pour un temps, les quelques enfants de cette minuscule commune ont conforté l'effectif de l'école de Harvilliers et ont accordé à Letrou un répit qui n'a été qu'un feu de paille. Depuis l'an dernier, le maigre effectif scolaire de Harvilliers et Hollainville réunis aurait dû entraîner la fermeture de l'école. Seulement, à deux ans de la retraite, Letrou ne veut pas partir. Alors, il a mis en place une tricherie propre à tromper l'inspection académique. Dans son registre, dix-huit enfants sont inscrits à l'école. Dans l'enquête de rentrée adressée à l'inspection académique, effectif stable : dix-huit inscrits. Sur le registre des présences quotidiennes, les dix-huit enfants sont présents. Dans les casiers des vieilles tables d'écoliers, il y a dix-huit séries de livres et des cahiers, dix-huit cahiers où les exercices quotidiens sont faits, corrigés, notés. En vérité, au quotidien, il n'y a que dix enfants sur les bancs. Chaque jour et par roulement, le même enfant rédige les exercices sur son propre cahier et sur celui d'un élève fantôme dont il n'existe que le nom inventé par Letrou. Il faut croire que le système est ingénieusement mis au point et efficace, puisque l'inspecteur est passé (à deux ans de la retraite, l'inspecteur rend encore une visite de courtoisie mais n'inspecte plus) et n'y a rien vu. À moins que, par humanité et compte tenu d'une longue carrière dans le village à la satisfaction de tous, il n'ait volontairement regardé ailleurs en se disant qu'il fermerait l'école au moment du départ en retraite du maître.

« Moi, il me reste encore dix-huit ans à faire avant la retraite, pense Jacques. *Impensable de mettre un tel système en place. »*

Et puis, Jacques a un esprit trop droit pour tricher de la sorte. Ce genre de falsification l'empêcherait de croiser le regard des gens quand il traverse le village.

« S'il y avait du travail, des jeunes familles s'installeraient. Il y aurait des enfants. »

Dans les années qui ont suivi la libération, beaucoup de jeunes ont déserté la campagne pour partir travailler en ville. Après cette première vague, l'exode rural s'est un peu calmé. Aujourd'hui, les fermes se regroupent au rythme des départs en retraite des cultivateurs nés juste avant ou pendant la guerre de 14. Une disposition nouvelle accélère ces départs : par dérogation, les anciens prisonniers de guerre peuvent partir en retraite à soixante ans et non à soixante-cinq comme c'est la règle. À Chambray, plusieurs cultivateurs ont bénéficié de cet avantage, précipitant ainsi la disparition de leur exploitation. Seize ans auparavant, quand Jacques est arrivé au village, il y avait vingt-trois fermes inscrites sur la liste fournie par la Mutualité agricole, dont huit très petites. Il n'en reste plus que quatorze et, à ce rythme, il y a fort à parier qu'il en restera moins d'une dizaine dans une décennie. La facilité avec laquelle le Crédit Agricole octroie des prêts pousse les agriculteurs à s'équiper d'un matériel de plus en plus moderne. Entre 1960 et aujourd'hui, les trois quarts des ouvriers agricoles ont disparu, au mieux reconvertis en manœuvres maçons chez les artisans du coin ou en ouvriers dans la grosse usine d'engrais du chef-lieu du canton ; au pire, partis avec femmes et enfants dans les HLM de Chartres ou des villes alentour, quand ce n'est pas dans la région parisienne.

À six heures et quart, le choc sec d'une clé frappée contre la vitre de la fenêtre qui donne sur la cour de récréation tire Jacques de ses pensées. Il tourne la tête. De l'autre côté, dans la nuit maintenant bien noire, les petits yeux perçants de Gilbert trouent son visage pointu de belette.

— M'sieur Gaubert, dit-il d'une voix assez forte, j'nettoie les cabinets des enfants. Après, vous voulez-t-y que je m'occupe de la chaudière ?

Jacques se lève et entrouvre la fenêtre. Malgré lui, il s'amuse à observer le regard du champêtre. Ce soir, sans risque de se tromper, Jacques peut dire que Gilbert n'est pas encore passé au bistrot ; la brillance des yeux n'est pas élevée, signe qu'il n'a pas bu plus de quatre ou cinq canons dans l'après-midi.

— Le maire est pas encore arrivé, reprend Gilbert, mais vu l'heure, il va pas tarder. Pendant qu'il signera les papiers, j'ai le temps de vider les cendres et de charger le coke.

— C'est gentil. Je veux bien. Vous me rendez service parce qu'à 7 heures, faut que j'aille chercher les enfants.

La mairie est ouverte au public trois soirs par semaine. À chaque fois, le maire apporte le courrier, puis il signe ce qu'il y a à signer. Invariablement, peu avant l'heure de fermeture, Gilbert vient récupérer les plis qu'il distribuera aux habitants le lendemain et reçoit du maire les directives sur les tâches qu'il aura à accomplir les jours suivants. Pour Jacques et M. Leclerc, voir Gilbert, c'est aussi une occasion d'apprendre les potins qui circulent dans la commune. Gilbert est un fouinard qui est toujours au courant de tout. Il connaît chaque maison, chaque habitant, sait ce qu'untel dit sur untel, est toujours à l'affût du moindre ragot et passe ses journées à épier les uns et les autres. Bavard, aussi. Il prêche le faux pour savoir le vrai, fait circuler les bruits entendus au bistrot ou recueillis en confidence au coin d'un bois. Son esprit naturellement curieux, narquois, moqueur, le pousse à ironiser sur les propos tenus par Pierre ou Paul. Bref, c'est un personnage attachant et sympathique, toujours prêt à rendre service, mais devant lequel il vaut mieux tenir sa langue. Issu d'une famille de onze enfants très pauvre, élevé dans la misère, son manque de robustesse ne lui a jamais permis d'avoir un véritable travail dans les fermes. Son poste de garde champêtre, il l'a obtenu sous l'occupation, par protection – pour ne pas dire par pitié –, et il n'a jamais compté sa reconnaissance au maire de l'époque (le père du maire actuel) qui l'a recruté malgré sa faible constitution et son asthme chronique, qui l'oblige parfois à bricoler très modérément pendant un ou deux jours. Cette reconnaissance, il continue à la reporter sur le fils et sur Jacques, les deux hommes de la commune, qui constituent pour lui la garantie qu'il arrivera à la retraite sans retomber dans le besoin.

— Faudra que vous regardiez la pression de l'eau. Il me semble que l'aiguille est un peu descendue.

— Il y a une petite fuite sur un radiateur de la classe. Le plombier est prévenu. Il doit passer dans la semaine.

— Ah ! En ce cas-là…

La porte d'entrée de la mairie s'ouvre et le grincement du bois sur le pavage interrompt la conversation. Gilbert empoigne ses deux seaux d'eau et se dirige vers les cabinets de l'école, deux trous à la turque dont le nettoyage consiste à lancer à toute volée le contenu d'un seau. Dans le couloir, le maire s'essuie les pieds et frappe à la porte avant d'entrer.

— Bonsoir monsieur Gaubert. Je vous entendais parler. J'ai cru qu'il y avait du monde.

— Non. Je parlais avec le champêtre, répond-il en pointant le doigt en direction de la fenêtre.

Le maire s'assied en face de Jacques et pose quelques lettres sur la table.

— Il n'y a rien d'important dans ce courrier. Vous regarderez plus tard.

Noël Leclerc a cinquante et un ans. C'est le gros agriculteur de la commune : une belle ferme céréalière de deux cent dix hectares dont il est entièrement propriétaire. Un homme avisé, affable, arrangeant, respectueux de tous. Un homme modéré qui évite de parler politique, même si tout le monde sait qu'il est un ardent partisan du ministre des Finances Valéry Giscard d'Estaing, qu'il espère voir un jour à l'Élysée. Un bon maire, avec qui Jacques entretient une forte relation de confiance. Chacun des deux hommes se fait un point d'honneur à respecter la position de l'autre, mais il est évident que c'est ensemble que les décisions concernant la bonne marche de la commune sont prises. Jacques prépare, rassemble les renseignements, recherche les informations, mais ne prend jamais une décision à la place de son maire. De son côté, Noël Leclerc ne décide jamais rien sans avoir sollicité les conseils de son secrétaire de mairie.

Jacques ouvre la chemise « signature du maire ».

— Il n'y a que du courant : deux accusés de réception, le registre d'état civil pour une mention et des mandats.

Noël avance la main et saisit un stylo qui se trouve à proximité du tourniquet supportant une douzaine de tampons.

— Allons-y.

Jacques tend un premier papier retenu par le rabat de l'enveloppe destinée à l'expédier.

— Accusé de réception du décès pour le procureur de la République...

Le maire signe et rend le papier, que Jacques glisse sur-le-champ dans l'enveloppe pour éviter tout mélange.

— Facture de l'entreprise Lecœur pour la réparation de la porte du cimetière...

Le maire jette un œil, approuve d'un hochement de tête et signe. Retour du mandat entre les mains de Jacques qui enchaîne en présentant la facture suivante :

— Facture de l'électricien pour changement de deux ampoules sur l'éclairage public...

Pendant la dizaine de minutes que durent les signatures, Noël observe Jacques. Quand les signatures sont terminées, il fixe le visage sombre de son secrétaire et dit :

— Ça va pas ? On dirait que vous avez des soucis.

— Des soucis ! répond Jacques d'une voix laconique. C'est peu dire… L'inspecteur est venu tantôt.

— Un problème ?

— Un gros problème. Il est venu m'annoncer la fermeture de l'école à la prochaine rentrée.

— Ah ! lâche simplement le maire.

Il y a un silence, puis Jacques rappelle une situation que Noël connaît tout aussi bien que lui.

— Onze enfants, il fallait s'y attendre.

En apparence, le maire reste de marbre, mais, tandis que Jacques précise que l'inspecteur souhaite un rendez-vous pour venir lui annoncer officiellement la décision, Noël porte la main à son front et mesure en un éclair les conséquences catastrophiques de la fermeture de l'école : *« Plus d'école, plus de maître d'école… et plus de maître d'école, plus de secrétaire de mairie. Plus d'infirmière non plus. Et ces onze enfants, il faudra bien qu'on les scolarise quelque part… »*

— Je redoutais cette fermeture depuis deux ou trois ans, poursuit Jacques, mais cette fois, elle est là. À la rentrée, il n'y aura plus d'école à Chambray.

À ce moment, on frappe à la porte. C'est Gilbert. On n'a pas entendu le bas de la porte d'entrée racler le pavage. Peut-être est-il arrivé par la porte intérieure qui relie la chaufferie au couloir. Depuis combien de temps est-il derrière la porte ?

IV

De modestes revenus

L'ANGÉLUS SONNE. Il est pile 7 heures quand le maire quitte la mairie, monte dans sa voiture et démarre. Dans son sillage, Jacques tourne la clé dans la serrure de la porte d'entrée. À deux pas de lui, Gilbert tape sur la sacoche de cuir qu'il porte en bandoulière et dans laquelle il a remisé les papiers à distribuer.

— Les Marcellin, je vais leur porter le papier tout de suite. Ils partent au boulot de bonne heure. Demain, je suis pas certain de les choper à temps.

— Surtout, insistez pour qu'ils passent tous les deux à la mairie dès que possible. Sans les empreintes digitales, je ne peux pas envoyer leurs demandes de carte d'identité.

— Je prends mon vélo à la maison et j'y vais tout de suite. Allez, au revoir.

Gilbert lève la main, part en direction de l'église et coupe par le raccourci qui conduit à l'impasse où il possède sa petite maison. Il fait noir et les deux malheureux réverbères plantés au bord de la route ne parviennent pas à éclairer jusqu'à la mairie. La pénombre donne aux trognes des tilleuls fraîchement émondés des allures de têtes de morts.

Jacques enfourne la clé dans la poche de son manteau, relève le col et traverse la place. Il fait froid. Tout de suite, il marche d'un bon pas. Il contourne la borne incendie, passe devant le bistrot, salue de loin Duval, le maire de Colville qui est en train de faire le plein d'essence de sa 2 CV, dépasse la grande roue de la borne fontaine où les gosses aiment venir se balancer et se fond dans la nuit qui enveloppe toute la rue faiblement éclairée où habite Isabelle.

— Regardez comme c'est joli ! l'accueille la nourrice en désignant la broderie que Claire est en train de coudre.

— C'est un col pour le corsage de maman, précise la fillette en tendant l'ouvrage vers son père pour qu'il le voie de plus près.

— C'est tout au point de bouclette et au point de croix double, précise Isabelle. Pas facile. Faut avoir de bons yeux.

— Des bons yeux et de la patience, ajoute Jacques en examinant la broderie.

— Je ne me suis pas trompée une seule fois, triomphe Claire. Et pourtant, c'est très compliqué.

Le beau visage de la fillette est radieux. Jacques observe la finesse de l'ouvrage. Autant Claire est maladroite dans de nombreuses activités, autant elle se révèle d'une habileté et d'une dextérité surprenantes en couture. Elle ne parvient pas à soutenir son attention plus de dix minutes sur des activités scolaires – *« Que l'apprentissage de la lecture a été laborieux ! »* se souvient Jacques – mais est capable de rester concentrée deux heures quand elle a une aiguille en main.

— C'est magnifique ! s'exclame le père. Oui, c'est vraiment très fin et très régulier. Ce sera une magnifique surprise pour maman.

Claire ouvre de grands yeux heureux et un sourire de bonheur illumine son visage. Elle se lance vers son père, lui entoure le cou avec ses deux petits bras et se serre contre lui de toutes ses forces. Jacques referme ses bras et lui embrasse les cheveux. Que ces moments, qui se renouvellent à maintes reprises dans la journée, constituent pour lui un bonheur sans nom !

— Attention, dit Isabelle en saisissant l'aiguille que Claire a toujours en main. Tu vas la planter dans le cou de ton papa.

Isabelle a toujours été la nourrice de Claire. La petite est née l'année où ses parents sont arrivés à Chambray. Marianne a repris son activité d'infirmière quelques mois après l'accouchement. Isabelle s'est tout de suite attachée à ce bébé fragile, peut-être parce que ses jambes meurtries par une poliomyélite, qui l'ont condamnée à vivre une vie de vieille fille, l'ont privée de l'affection qu'elle avait à donner à un enfant ; peut-être aussi parce que le propre handicap de Claire créait une proximité et un lien particulier. Les séquelles de la poliomyélite se lisent sur les jambes déformées d'Isabelle et dans sa marche d'autant plus difficile qu'elle est un peu trop grosse. C'est une habile couturière et, depuis toujours, elle subsiste grâce aux travaux d'aiguille qu'elle réalise pour le compte des gens du pays, aux cours de couture qu'elle donne deux fois par semaine aux filles de l'école qui préparent l'épreuve de couture du certificat d'études, et au petit revenu supplémentaire que lui procure la garde de Claire.

— Allez, dit Jacques en se détachant de sa fille. Mets ton manteau. Il faut aller chercher Frédéric.

— Mon papou, mon papou…

— Je range ton travail dans ta boîte à couture, ajoute Isabelle. Tu continueras demain.

L'intelligence d'Isabelle par rapport à Claire, c'est sa patience et sa façon de toujours mettre la petite fille en situation de réussite. Son affectueuse et bienveillante façon de guider permet à l'enfant handicapée de s'épanouir, petitement certes, et de lui donner une confiance qui l'encourage à oser et à progresser. Sans Isabelle, Jacques est persuadé que le développement de sa fille serait bien moindre. Isabelle est un repère essentiel pour Claire. Alors, déménager… *« Ne plus voir Isabelle, ce serait terrible pour elle. »*

La pensée qu'un départ de Chambray romprait ce lien fort lui tire un frisson. Sans sa nourrice, Claire serait perdue, malheureuse, et tout nouveau progrès serait compromis. Plus que sa propre répugnance à vivre en ville, plus que son désir de continuer à vivre en campagne, la perspective de perturber la petite vie de sa fille lui est insupportable. Cette fermeture de l'école est pour lui, à cet instant, synonyme du massacre de son enfant et il en a la poitrine serrée. *« C'est évident : pour rien au monde il ne faut bouleverser cet équilibre. »*

Claire enfile son manteau, embrasse Isabelle, vérifie par trois fois que son ouvrage est soigneusement rangé dans la boîte, embrasse encore Isabelle, caresse le chat, range ses chaussons derrière la porte et prend la main de son père. Chaque soir, le rituel est le même. Il faut que chaque chose soit bien à sa place.

— À demain, ma chérie, dit Isabelle

— À demain, Babelle, répond l'enfant en agitant la main.

Ils quittent la maison, traversent la petite cour, referment soigneusement le portillon. Claire serre très fort la main de son père. Elle n'est pas rassurée dans le noir.

— Le point de bouclette, commence Claire, Babelle me l'a appris avant-hier. C'est un point spécial pour faire des fleurs. Pour commencer, tu piques ton aiguille sur l'envers du tissu et tu la ressors sur l'endroit en faisant bien attention de la faire ressortir à l'intérieur de la boucle. Après, tu passes le fil par-dessus et voilà. Tu as compris ?

— Oui… enfin, pas vraiment. Il faudra que tu me montres.

— Je vais te réexpliquer. Écoute bien. Alors, au début, tu…

Sur les quelques centaines de mètres qui séparent la maison d'Isabelle de celle des Moreau, Claire s'ingénie à faire comprendre la technique du point de bouclette. Jacques n'essaie pas de comprendre mais il est heureux d'entendre sa fille s'exprimer, raconter avec des mots qui sentent le bonheur combien elle est fière de réussir quelque chose de joli. *« En ville, sans possibilité de contact avec Isabelle, l'entendrais-je encore parler du point de bouclette ? »*

Les Moreau ont construit leur maison au bout du pays, sur un petit champ que le brave père Foussereau leur a vendu. Enfin, vendu… si on veut. Un arrangement, plutôt. Il a simplement dit à Jean-Paul :

— À notre âge, ma femme et moi, on en a marre du pot de chambre et des cabinets dans le jardin. On veut un peu de confort, comme tout le monde. Seulement, j'ai pas les sous. Alors, mon champ pour un petit prix à condition que tu nous installes le petit coin dans la maison.

Un an après, le père Foussereau avait ses cabinets et la maison des Moreau était en route, une grande et belle maison qui n'est toujours pas complètement terminée.

Hélène vient ouvrir la porte. Elle a les yeux rouges et les traces mouillées sur ses joues trahissent le mouvement rapide qu'elle vient de faire pour essuyer ses larmes.

— Entrez, entrez. Ils sont en train de fabriquer un truc en Meccano.

D'ordinaire, Hélène est une femme souriante, épanouie, gaie, joviale, pleine d'énergie. Ce visage défait le met mal à l'aise. Il ne sait pas quoi dire. Que se passe-t-il ? Au moment où il pousse Claire dans l'entrée, il remarque une lettre dans la main d'Hélène. Le coup d'œil plongeant qu'il donne vers le papier n'échappe pas à la jeune femme. Elle referme la porte et fait signe à Jacques d'entrer dans la salle à manger.

— Frédéric et Didier sont dans la chambre, dit-elle à Claire d'une voix étranglée. Va jouer deux minutes avec eux.

Les jumeaux accourent. Marielle et Gaétan viennent tout juste d'avoir quatre ans. Ce sont deux beaux enfants pleins de santé. Ils prennent chacun une main de Claire et l'entraînent dans l'escalier qui conduit à l'étage. Jacques pénètre dans le salon. Émilie, la petite dernière qui a eu ses trois ans un mois auparavant, dort à poings fermés sur le canapé. À peine Hélène est-elle entrée à son tour qu'elle brandit la lettre, craque et éclate en sanglots.

— L'huissier vient tout juste de l'apporter, dit-elle d'une voix de plus en plus étranglée

Jacques connaît les difficultés financières de la famille et il ne fait pas semblant de ne pas comprendre.

— C'est une lettre de la banque ?

Hélène s'assied. Elle voudrait parler mais les sanglots l'étouffent et la privent de parole. Elle tend la lettre. Jacques hésite. Elle insiste en agitant le papier. Il s'agit d'un commandement d'huissier enjoignant aux époux Moreau de payer les mensualités de retard.

— Mes enfants chéris ! Mais qu'est-ce qu'on va devenir si on doit vendre la maison ?

La banque joint un tableau récapitulant les impayés. En quelques secondes, Jacques mesure l'étendue du désastre. Des mois de retards, entrecoupés de temps en temps par le versement d'une petite somme qui montre la bonne volonté des débiteurs. « À défaut de paiement des arriérés sous quarante-cinq jours, des mesures d'exécution forcée seront engagées à votre encontre. »

La lettre de l'huissier est claire : une procédure visant à saisir la maison pour la vendre au profit de la banque est sur le point d'être engagée. Hélène essaie de mettre à profit les quelques minutes de la lecture pour reprendre son souffle. Jacques s'en rend compte, prend son temps, retourne les papiers, les relit. Hélène se mouche et libère un gros soupir.

— Depuis la mort de maman, on n'y arrive plus. Quand la grand-mère était là, elle gardait les enfants, moi je travaillais et tout allait bien. Faudrait que je reprenne mon emploi, mais comment faire avec cinq enfants à la maison ? Il faut bien que quelqu'un les garde. Une nourrice, on ne pourrait pas la payer. À quoi ça servirait que je travaille si c'est pour donner ma paie à une nourrice ? Au contraire, j'y perdrais même au niveau des allocations familiales. Ah, mon pauvre Jean-Paul, quand il va voir ça !

Le simple fait de prononcer le prénom de son mari fait remonter ses larmes. Dans un mélange de pleurs, de reniflement et de mots entrecoupés, elle dit d'une voix brisée :

— Pauvre Jean-Paul ! Il fait pourtant tout ce qu'il peut pour qu'on s'en sorte. Des heures supplémentaires, des chantiers le soir, du travail au noir le dimanche, tout le temps. Il arrête pas. C'est vrai qu'il gagne pas lourd chez Fauconnier. Mille trois cents francs par mois. Où voulez-vous qu'on aille avec ça ? Et encore, au niveau nourriture, on n'achète que le minimum. On vit le plus qu'on peut sur le jardin et la basse-cour. On gaspille rien.

Jacques ne l'interrompt pas. Que pourrait-il bien dire ? Au fur et à mesure que le flot des paroles s'écoule, il a l'impression que ce déballage libère Hélène et qu'elle se calme un peu. Petit à petit, le débit des paroles ralentit et la voix s'apaise.

— Si ça continue, il va être obligé d'aller travailler à Chartres. Il pourrait être chef de chantier.

C'est mieux payé. Il a un copain qui travaille chez Gotteland. Il gagne quatre cent cinquante francs de plus que lui et il n'est pas aussi capable. Quatre cent cinquante francs, ce serait toujours ça.

La petite Émilie bouge un bras et émet des bruits de bouche. Le réveil n'est pas loin. Hélène ne veut certainement pas que sa toute-petite voie sa mère dans cet état d'effondrement, et elle s'efforce de se reprendre. Elle s'essuie les yeux d'un revers de manche, se passe la main sur la tête pour tenter de remettre un peu d'ordre dans ses cheveux et se redresse. Jacques juge le moment opportun pour avancer quelques paroles de réconfort. Il sait que, venant du maître d'école et du secrétaire de mairie, ces propos compteront :

— Un commandement d'huissier, ce n'est pas une décision de justice. Pour l'instant, il n'est pas question de saisir votre maison. Vous avez quarante-cinq jours pour vous retourner. Je vais en parler à ma femme et au maire. On va essayer de vous aider. Des solutions, il doit bien y en avoir.

Soudainement, Hélène reprend du poil de la bête et redevient volontaire et combative.

— Évidemment qu'il y a des solutions : il suffirait que je puisse retravailler et tout rentrerait dans l'ordre. Avec deux paies, on n'en aurait pas pour longtemps à relever la tête.

— La coopérative vous reprendrait ?

— Peut-être. J'ai été remplacée par une femme qui ne fait pas l'affaire. D'ailleurs, elle va sans doute les lâcher dès le mois de juin. Alors, ma place, elle ne serait pas difficile à retrouver. Seulement voilà, il y a les enfants.

— Ce ne sont plus des bébés. Une femme du village pourrait peut-être vous les garder.

— Qui voulez-vous qui me les garde à l'œil ?

Jacques est prêt à avancer qu'il en parlera au maire quand Hélène lui oppose un regret plein de bon sens :

— En ville, les femmes ne connaissent pas leur bonheur. Elles mettent leurs petits à l'école maternelle et elles peuvent aller travailler pendant ce temps-là. Nous, en campagne, on n'a pas cette facilité. Non seulement nos enfants sont privés d'école par rapport à ceux des villes mais en plus les mères sont pénalisées. Pourquoi que nos enfants n'auraient pas droit à l'école maternelle comme les autres ? Est-ce qu'il y aurait deux catégories de Français dans ce pays ?

Hélène s'échauffe un peu. Jacques partage son sentiment. En zone rurale, les enfants n'accèdent à l'école qu'à l'âge de six ans alors qu'en ville, l'école maternelle les accueille à partir de trois ou quatre ans. C'est effectivement une injustice que lui-même constate chaque année. Quand un petit arrive dans sa classe, ou bien il est resté dans les jupes d'une mère attentive qui s'est occupé de lui et il apprend à lire normalement, ou bien il a poussé sans qu'on s'occupe de lui et c'est à peine s'il parle correctement à six ans. Où est l'égalité des chances ?

— Ce qu'il faudrait, c'est qu'en campagne, on nous les prenne aussi à l'école à trois ou quatre ans. Si mes trois petits allaient à l'école, on serait sauvés.

Scolariser les enfants à partir de trois ans… Pour Jacques aussi, ce serait la solution. Dans la commune, il y a six ou sept enfants en âge pour la maternelle. S'il avait eu la possibilité de les inscrire, peut-être son école aurait-elle été sauvée. Mais, outre le fait que l'inspection académique ne l'autorise pas, comment ferait-il pour gérer une classe où seraient regroupés des enfants de trois à quatorze ans ? Onze niveaux… ingérable ! Du coup, Jacques n'ose pas annoncer à Hélène qu'il n'y aura plus d'école à Chambray à la prochaine rentrée. Encore un problème : où scolarisera-t-elle Florence qui aura neuf ans et Didier s'il ne va pas en sixième ? Didier est un très bon élève qui aurait sa place en sixième de lycée, tout comme son fils Frédéric. Il en a déjà parlé, mais évoquer cette admission au lycée, c'est ajouter des frais de pension, de trousseau, de transport ; de fournitures aussi, parce qu'au lycée les livres ne sont pas gratuits…

Une galopade retentit dans l'escalier. Frédéric et Didier entrent dans la salle.

— On a fait un téléphérique. Et ça marche !

Quelques secondes plus tard, les jumeaux les suivent, tenant Claire par chaque main.

— Elle peut encore jouer avec nous ? implore la petite Marielle.

— Oui, on s'amuse bien tous les trois, renchérit son jumeau Gaétan.

— Pas aujourd'hui, répond Jacques. Il est tard. Il faut qu'on rentre.

— Et pour vous, c'est l'heure du bain, rappelle Hélène. Allez me chercher vos pyjamas.

Frédéric a déjà enfilé son anorak. Claire embrasse les petits. Jacques tend la main à Hélène.

— Vous avez quarante-cinq jours de répit. Ne vous découragez pas. Je vais réfléchir. On va certainement trouver une solution.

V

L'aubaine

Aimé Duval, le maire de Colville, se gare devant le portail de la cour du bistrot-épicerie. Sa 2 CV est un modèle ancien qui possède des portières avant s'ouvrant à contresens. Des portes-suicides, comme on les appelle parfois. Ses soixante-quinze ans et sa corpulence un peu forte rendent ses gestes lourds. Il s'agrippe au montant de la voiture et s'extirpe d'autant plus laborieusement de la 2 CV que le siège est bas et à moitié défoncé. Comme le charrient ses copains, « t'as l'cul sur le bitume ». Il fait un quart de tour sur son fessier, pose ses deux pieds sur la route et se dresse en lançant un « Ah, nom de Dieu ! » ronchon. La portière se trouve repoussée, retournée, s'ouvre complètement et s'abat contre la porte arrière. Sans prendre la peine de la refermer ou de couper le contact, il avance vers le bistrot, ouvre la porte dans un tintinnabulement de clochettes et lance :

— Oh, la patronne, me faut de l'essence !

En attendant que la Valentine fasse le tour du comptoir, il jette un coup d'œil à l'intérieur et apostrophe deux vieux assis près du poêle, un ballon de rouge devant eux.

— Avec moi, ça va faire trois ! leur lance-t-il. En manquera plus qu'un pour faire une belote ! J'arrive !

Valentine quitte le comptoir et se dirige vers la porte de la cour tout en essuyant ses deux mains avec le tissu de son tablier.

— J'fais le tour !

La cuve à essence se trouve dehors, sous un petit appentis. Quand un client veut faire le plein, Valentine doit d'abord se rendre dans la cour, ouvrir le portail, allumer l'électricité qui actionne la pompe et tirer toute la longueur du tuyau jusque sur la route avant d'enfourner le pistolet dans le trou du réservoir. À défaut d'être pratique, le système garantit que l'essence est en sécurité. Duval ressort dans la rue au moment où passe le maître d'école. Il lève le bras et le salue. M. Gaubert est un homme qu'il estime, et il envie le maire de Chambray d'avoir un tel secrétaire de mairie. Lui, en tant que maire de Colville, le village voisin de Chambray, n'a pas cette chance d'avoir un secrétaire de mairie-instituteur. La directrice de son école est une pimbêche qui a toujours refusé de faire la mairie. Une femme de la ville, pas une campagnarde. Sa secrétaire est donc « une professionnelle » qui n'habite même pas la commune, et si elle est compétente pour les papiers, tous deux ne font pas une équipe soudée comparable au tandem Leclerc-Gaubert.

Le *courriau* couine, le battant du portail s'ouvre.

— Elle est gourmande, ta 2 CV ! dit Valentine. T'as déjà fait le plein avant-hier !

— Elle a roulé toute la journée d'hier, et puis aujourd'hui j'ai été à Châteaudun. La jauge marche plus. J'sais pas où que j'en suis, alors je préfère pas prendre de risque.

Duval dévisse le bouchon du réservoir. Valentine tire le tuyau et introduit le pistolet. Au moment où elle appuie sur la gâchette, on entend un déclic suivi du ronronnement du moteur de la pompe.

— Plains-toi pas. Plus je viens, plus je te fais travailler, plaisante Duval pendant que le réservoir se remplit.

— Pas sûr que tu vas me faire travailler encore longtemps ! Il est passé un contrôleur de je ne sais pas quoi. Il a dit que mon installation n'était pas aux normes et que si je fais pas des travaux, j'aurai plus le droit de vendre de l'essence.

— Ils nous emmerdent avec les normes ! Où est-ce qu'on ira à l'essence si t'en vends plus ?

Un camion passe. Il frôle la 2 CV qui est à moitié garée sur la route. Le souffle du passage fait voler le bas du tablier de Valentine.

— C'est vrai que s'arrêter au milieu de la route pour faire le plein, c'est pas l'idéal, reconnaît la bistrotière.

Plein terminé. La pompe s'arrête automatiquement. Valentine ramène le tuyau à l'intérieur de la cour et ferme le portail. Duval se contente de refermer la portière de sa 2 CV et abandonne sa voiture sans prendre la peine de mieux la garer. Il franchit le seuil du bistrot au moment où le garde champêtre sort de l'obscurité de la rue où il habite, son vélo à la main.

— Ah, ben le v'là le quatrième ! s'exclame Duval. Tu tombes à pic !

— Je veux bien en faire une petite, répond Gilbert, mais faut d'abord que j'aille porter un papier. C'est urgent. J'en ai pour cinq minutes.

Duval entre et rejoint Lucien et Abel.

— Ben alors, Comone, il t'en faut un temps ! reproche Lucien.

Comone, c'est le surnom du maire de Colville, surnom dont il se montre d'ailleurs plutôt fier. Lucien est ancien cantonnier des Ponts et Chaussées ; Abel, ancien cheminot. Deux veufs dont la situation de retraités de l'administration fait des envieux dans le village, parce qu'on les soupçonne de toucher une pension de fonctionnaire bien supérieure à celles des ouvriers agricoles qui ont toujours travaillé dans la culture. Tous deux sont rouges de visage et d'idées. Des gars de gauche. Depuis quelques mois, ils n'ont que le nom de Georges Marchais à la bouche, ce que Gilbert, toujours prompt à la moquerie, tourne en dérision en désignant son ballon de pinard sous l'appellation « un Georges Marchais » à chaque fois qu'il trinque. « C'est du pareil au même : tous les deux, c'est des gros rouges ! » Et il ricane de sa plaisanterie.

— J'écoutais l'angélus ! s'exclame Comone d'une voix mystérieuse qui réjouit aussitôt les deux vieux anticléricaux que sont Lucien et Abel, qui flairent une bonne plaisanterie sur les curés, l'un des sujets favoris des compères.

Duval s'assied. Les trois hommes se retrouvent face à face, le ventre de chacun appuyé contre le bord de la table carrée. Comone garde le silence, de façon à fixer l'attention de son petit auditoire, et annonce :

— Le curé de Fresnay s'en va. Il sera pas remplacé. Décision de l'évêque.

— Ben alors, y aura plus de messes à Colville !

— À Chambray non plus, enchaîne Abel, puisqu'en plus de Fresnay c'est lui qui desservait les deux paroisses.

— Non, plus de messes, plus de curé, se réjouit Comone. Encore un de moins.

— Dans le coin, il ne reste plus que celui de Mélicourt.

— Si c'est celui de Mélicourt qui reprend Fresnay, Colville et Chambray, il va pas chômer. Déjà qu'il avait trois ou quatre paroisses ! Va falloir que des ouailles lui achètent un hélicoptère.

Valentine apporte une chopine et un verre qu'elle pose sur la table.

— Apporte-en un quatrième, lui dit Comone. Gilbert va arriver dans cinq minutes. Donne aussi un tapis et les cartes. On va faire une partie dès qu'il sera là.

Lucien s'empare de la bouteille, remplit le verre de Duval et complète le sien et celui d'Abel pour que les trois soient au même niveau. Ils lèvent leurs verres, trinquent, et Abel lance :

— À la disparition des curés !

Dans un bel ensemble, ils portent les verres à leur bouche et aspirent une lampée.

— Moi, commente Lucien, ça va pas me faire pleurer. Nous, les communistes, des curés, moins on en voit, mieux on se porte.

— Toute ma vie, j'ai été anticlérical, se vante Duval. Les corbeaux, j'ai jamais pu les piffrer, même pas en peinture.

Et, selon une habitude vieille de plusieurs décennies, le maire de Colville se lance dans un discours auto-congratulant où il ressuscite le Front populaire, revendique ses idées de gauche, clame son attachement à l'école laïque, rappelle son opposition à Pétain, dit sa lutte contre les gros cultivateurs et en particulier contre l'ancien maire qu'il a réussi à virer de la mairie de Colville à la libération, avant d'en arriver immanquablement au récit de son engagement et de ses exploits dans la résistance – parce que les diatribes de Comone finissent toujours par un couplet sur Pétain et les boches, sur son héroïsme pendant la guerre et sur son image de grand résistant n'ayant pas hésité à mettre sa vie en danger pour défendre la liberté à la libération. Certains soirs, quand il a lampé quelques canons de trop et qu'il s'échauffe, on pourrait croire qu'il a libéré Chartres à lui tout seul. Comme il le fait plusieurs fois par semaine, il aurait volontiers sorti son portefeuille pour exhiber sa carte officielle de combattant volontaire de la résistance délivrée par la préfecture, si Gilbert ne lui avait cassé son coup en entrant à ce moment précis.

— J'ai pas été long, dit le petit bonhomme. Vous avez pas commencé à distribuer les cartes ?

Il s'assied, s'empare du verre que Valentine vient de remplir à son intention et s'envoie une rasade de pinard au fond de la gorge, histoire de mettre son godet au même niveau que celui de ses partenaires.

— On causait, dit Comone qui s'attend à épater l'arrivant en lui annonçant que Chambray n'a plus de curé.

— Je l'savais déjà, rigole le champêtre.

Gilbert furète tant et tant du matin au soir qu'il est toujours au courant avant tout le monde. Pas facile de le surprendre.

— Eh ben moi, poursuit Gilbert en se penchant en avant au-dessus de la table et en prenant une voix de conspirateur, j'en ai une autre, de nouvelle à vous annoncer, et elle est autrement plus importante, celle-là.

Les trois autres se penchent à leur tour de façon à refermer un peu plus le cercle des conspirateurs.

— Pour des piliers de la République comme vous, ça va pas vous réjouir.

Avant de livrer le plat principal, en habile conteur, Gilbert dit en guise de hors-d'œuvre :

— Ce matin, j'étais en train d'émonder les tilleuls sur la place. J'étais en haut de mon échelle quand v'là-t-y pas que je vois arriver une belle auto. Une DS ou une ID qui vient se garer juste devant la mairie. Moi, je croyais que c'était quelqu'un qui avait besoin d'un papier, alors je…

— Tu nous les casses, avec tous tes détails, le coupe Abel.

— C'est vrai. C'était qui ?

Gilbert fronce les sourcils en signe de contrariété et accélère son récit :

— C'était l'inspecteur de l'Académie. Il venait voir le maître d'école.

— Et alors ? interroge Lucien qui ne voit rien d'extraordinaire dans cette démarche.

— Ce soir, poursuit Gilbert, j'ai compris pourquoi l'inspecteur est venu. En allant chercher les papiers à la mairie tout à l'heure, j'ai pas fait exprès mais j'ai entendu. Le maître d'école disait au maire que l'école de Chambray fermera à la rentrée.

— C'est ce que l'inspecteur d'académie est venu dire ?

— Exactement, confirme Gilbert.

— L'école du pays, elle est morte, répète Gilbert. Elle va fermer.

— C'est peut-être pas encore officiel, doute Abel qui n'accorde qu'un crédit limité à tout ce que dit le champêtre.

Lucien et Abel se montrent fort contrariés. Plus que les paroles, leurs visages expriment leur opposition. Eux, des piliers de la République, des communistes, des laïques qui bouffent du curé à tout propos, sont heurtés par cette décision.

— Ah, le salaud ! s'offusque Lucien. L'école, c'est quelque chose ! Il peut pas la fermer sans nous demander notre avis !

— L'école publique, c'est une conquête de la République. Nos anciens ont lutté pour qu'il y ait une école dans chaque village. C'est un droit.

— Sûr. Nous, on défend l'école laïque. Si on laisse faire, dans dix ans, il n'y aura plus que les écoles des curés.

— Faut écrire à Georges Marchais ! Il nous soutiendra.

Gilbert ne participe pas à la discussion. Comme à son habitude, il allume le feu puis se met en retrait pour observer avec gourmandise les ronds que provoquent le pavé qu'il vient de jeter dans la mare. Comone non plus ne dit rien, et il faut plusieurs minutes à Lucien et Abel pour le constater.

— Eh ben, tu dis rien ? s'étonne Lucien. Y a pourtant pas plus défenseur de l'école que toi !

Comone se recule, cale son dos au fond du dossier de la chaise et croise ses mains sur son ventre. Il semble réfléchir. L'école publique, c'est la grande affaire du maire de Colville. Depuis toujours, il se targue d'en être le premier défenseur, lui le pilier de la République, comme il aime à se définir. Il voue une véritable dévotion à l'école laïque. Le jour de la remise des prix, il n'est pas peu fier de monter sur l'estrade, ceint de son écharpe bleu-blanc-rouge, pour faire un discours où les mots « instruction », « livres », « valeurs républicaines » et autres termes issus de la morale laïcarde côtoient les « liberté-égalité-fraternité » de la devise de la France. L'école, c'est son domaine réservé, même si sa conception de l'éducation l'amène parfois à refuser l'achat de matériel pédagogique moderne au motif que de son temps on n'avait pas besoin de trucs en plastique pour apprendre à lire.

— L'important dans cette histoire, c'est les enfants, dit-il de façon péremptoire. Je sais pas combien il va en rester mais il doit bien y avoir encore une dizaine de gosses à Chambray. L'année prochaine, faudra bien qu'ils aillent à l'école quelque part.

— Ils iront à l'école libre. Où veux-tu qu'ils aillent ?

— À Colville ! On a trois classes et de la place. Moi, si Leclerc et le gars Chantoiseau viennent me le demander gentiment, je suis prêt à les accueillir. Qu'ils soient de Chambray ou de Colville, tous les enfants sont des enfants de la République. Ils seront les bienvenus.

L'effectif de l'école de Colville, quoique stable pour la prochaine rentrée, reste fragile pour les années suivantes. Duval a tout de suite mesuré l'aubaine qu'une fermeture à Chambray pourrait représenter pour son école.

— C'est vrai que pour les parents, constate Abel, ce serait plus facile d'emmener les enfants à Colville plutôt qu'à l'école privée.

— Surtout, c'est une école laïque.

— Seulement, laisse planer Lucien, est-ce que Leclerc te le demandera ?

— Chantoiseau, c'est peut-être encore possible, glisse Abel. Mais Leclerc…

— Il faudra pourtant bien qu'ils plient. L'école est obligatoire et un maire est tenu de prévoir une solution pour que tout parent qui le veut puisse inscrire ses enfants dans une école publique. C'est la loi. Y a pas à tortiller.

Les paroles de Comone sont pétries d'arrogance et de ressentiment. Gilbert sait que les deux maires ne s'aiment pas et il observe sans surprise la jubilation que Comone a bien du mal à dissimuler. Finalement, la fermeture de l'école de Chambray est une bonne chose pour lui : non seulement elle apporte une bouffée d'oxygène à son effectif scolaire faiblard, mais elle a toutes les chances de le mettre en position de force.

Abel ne semble pas partager l'avis de Comone :

— Un pays sans école, c'est un pays mort. Le mieux, ce serait quand même de pas la fermer, notre école.

Lucien se tait. Bien qu'il se dise communiste, il est très attaché à son clocher, et la perspective de ne plus entendre les enfants dans la cour de récréation ne le réjouit pas du tout. Il ne veut pas se fâcher avec son copain mais ce n'est pas l'envie qui lui manque. Comone s'en rend compte. Lui non plus n'a pas envie de s'accrocher avec ses amis. Il change de conversation et relance un sujet qu'il sait plus propice à la rigolade :

— Enfin, moi je dis ça et puis ça se passera peut-être autrement. Votre Parisien, le boucher, il dit partout que le maire et les conseillers de Chambray sont tous des bons à rien et qu'il va se charger de les virer aux prochaines élections. On va voir ce qu'on va voir !

— C'est un maître-gars, ricane aussitôt Gilbert, goguenard, trop content de tourner en dérision le boucher en faillite.

— Il sait tout. Il a tout vu, tout mangé. À côté, nous, on n'est rien que des pauvres péquenots.

— Encore un qui se prend pour un ministre parce qu'il avait une boutique à Belleville !

— Quand même, un boucher qui fait faillite, faut le faire !

Ils cassent du sucre sur le dos du boucher mariole pendant quelques minutes, jusqu'à ce que Comone frappe la table avec ses phalanges, comme s'il abattait bruyamment un atout maître :

— C'est pas le tout, les interrompt-il. Cette belote, c'est pour aujourd'hui ou pour demain ?

VI

Une idée qui redonne espoir

Huit heures. La discussion avec Hélène s'est prolongée plus qu'à l'ordinaire. Ce soir, Jacques et les enfants ne sont pas en avance. Ils viennent seulement de rentrer. Marianne revient toujours la dernière à la maison. Chaque jour, ils se font un point d'honneur à ce qu'elle n'ait plus qu'à mettre les pieds sous la table quand elle arrive. Or aujourd'hui, tout n'est pas prêt. Claire n'a pas fini de mettre la table – c'est son domaine réservé – et Frédéric, qui aide son père à préparer le plat de macaronis, prend tout son temps pour disposer de façon artistique les fines lamelles de gruyère sur le dessus. Son souci de faire beau est louable mais retarde la cuisson.

— Le four est chaud depuis un moment, s'impatiente Jacques. Tu as fini ?

— Presque.

Le bruit caractéristique du moteur de la 4L se fait entendre. Les gravillons de la cour de récréation crissent au passage de la voiture que Marianne va garer sous le préau de l'école. Du coup, les dernières lamelles de gruyère tombent sans grand respect de la construction esthétique sophistiquée et Frédéric se précipite :

— Je vais lui fermer le portail. Ça l'avancera.

Claire n'est pas en reste. Elle pose prestement la corbeille de pain sur la table et suit son frère :

— Moi aussi, je vais l'aider. Elle a certainement des courses plein son coffre.

Les enfants détalent. Cet empressement à retrouver leur mère réjouit Jacques. « *Voilà un accueil qui va lui faire plaisir !* »

Pour un instant, les gros soucis qui tournent dans sa tête depuis la visite de l'inspecteur cèdent la place à un sentiment qui lui fait chaud au cœur : sa famille est une belle réussite. Il tend l'oreille, entend les pas des enfants sur les gravillons et perçoit la voix de Marianne sous le préau. Il dépose deux petits morceaux de beurre sur les macaronis et enfourne le plat. Il imagine ses enfants sautant au cou de leur mère, l'embrassant et s'empressant de saisir les courses qu'elle a faites entre deux pansements dans les boutiques voisines de son cabinet. Le claquement de la porte du coffre est un déclic qui le ramène à la fermeture de l'école. Cette 4L, c'est l'annexe du cabinet d'infirmière. « *Ce n'est pas seulement ma vie que la fermeture de l'école va bouleverser, c'est la sienne aussi...* »

Il sait combien sa femme s'épanouit dans son activité d'infirmière en milieu rural. Ce travail, pour fatigant qu'il soit, la rend heureuse, et il redoute que, par ricochet, la fermeture de l'école ait pour elle des conséquences aussi pénibles que pour lui. Il a besoin de savoir ce qu'elle ressent. Il a hâte de lui en parler, même s'il appréhende cette conversation qui risque d'être d'autant plus pénible qu'il redoute des larmes. La fatigue aidant, ne se laissera-t-elle pas submerger par l'abattement ? *« Il ne faut pas en parler devant les enfants. Ils ne se doutent de rien. À table, pas un mot. »*

— Mettez les courses dans la cuisine et allez vous laver les mains, leur dit Jacques dès qu'ils reviennent. On rangera après.

Sa femme vient l'embrasser. Il sent tout de suite qu'elle le scrute, cherche sur les traits de son visage des réponses aux questions qu'elle se pose.

— Ça va ? lui demande-t-elle.

Plus que les mots, l'expression de ses yeux traduit les préoccupations de Marianne. Il ne s'est pas trompé. Elle aussi est tourmentée par cette fichue fermeture de l'école. Elle a réalisé que c'est leurs vies à tous les deux que cette fermeture va bouleverser. Il l'embrasse à son tour et lui glisse à l'oreille :

— On en parlera tout à l'heure. Pour l'instant, il faut laisser les enfants à l'écart.

Elle approuve d'un petit hochement de tête juste au moment où Frédéric et Claire prennent place à table.

— J'ai une faim de loup, dit-elle.

— Tu n'as pas mangé ce midi ? demande Claire.

— Pas vraiment.

— On a préparé un de ces plats de macaronis ! jubile Frédéric. Tu vas te régaler.

Ils déplient les serviettes. Jacques revient de la cuisine, une casserole fumante à la main.

— Avant, il y a la soupe, dit-il.

— La soupe, c'est bon pour les enfants, taquine Marianne en regardant Frédéric qu'elle sait peu amateur du poireau-pomme de terre.

— Ça fait grandir, renchérit Claire qui répète volontiers les recommandations de sa mère.

Frédéric tend son assiette, tout en lançant un regard vif à sa sœur dont la collusion avec sa mère l'agace. D'une voix de perroquet récitant pour la millième fois une sempiternelle prescription, il ânonne :

— Je sais : *pour les en-fants, la sou-pe c'est re-com-man-dé par les doc-teurs !*

Marianne sourit et s'empresse d'enchaîner sur un autre sujet :

— Et votre journée ? Qu'est-ce que vous avez fait à l'école ?

Jacques, les ayant tous les deux dans sa classe, ne peut jamais poser ce genre de question. Chaque jour, c'est donc Marianne qui se préoccupe de cet aspect de leur vie. Frédéric retrouve immédiatement le sourire. L'école, c'est son truc, et il est toujours le premier à raconter sa journée.

— On a fait un problème du certif. J'ai battu Didier.

— Comment ça, battu ? Il n'a pas trouvé la solution ?

— Ben si, hein !

Frédéric accompagne ses paroles d'une moue qui signifie qu'il est évident que Didier aussi a trouvé la réponse, parce qu'il est inconcevable que son meilleur copain puisse caler devant un problème.

— Didier et Frédéric trouvent toujours les réponses, confirme Jacques. Seulement, il y a manière et manière de trouver une réponse. Depuis quelques semaines, le challenge entre eux, c'est de rechercher le raisonnement le plus efficace et le parcours le plus court.

— Il a fait sept opérations. Moi, seulement cinq.

— Et vous avez trouvé pareil ?

— Évidemment…

— Je vais vous apprendre la mise en facteurs, annonce Jacques. Vous irez encore plus vite.

Claire explique comment elle a tracé de grandes lettres sur le tableau. Frédéric parle du calcul mental. Jacques n'intervient pas. Il emporte la casserole dans la cuisine et revient avec le plat de macaronis croustillants. Frédéric dit qu'il sait dessiner de mémoire la carte de la Bretagne. Claire ne peut se vanter d'une telle prouesse scolaire mais ne veut pas être en reste. Elle cache maladroitement qu'elle prépare un cadeau pour sa mère, mais en même temps elle ne résiste pas au plaisir d'expliquer que Babelle lui a appris le point de bouclette, qui est très difficile et qu'elle réussit pourtant parfaitement bien.

— Même Frédéric n'y arriverait pas.

Très fair-play, Frédéric le reconnaît et explique le fonctionnement du téléphérique en Meccano fabriqué avec Didier. Le repas se termine par une des pommes que Marcel a déposées en allant à son jardin.

Une fois la table débarrassée, Jacques pose une pile de cahiers et entreprend de les corriger. Claire approche une chaise, se colle contre lui et ouvre la boîte de tampons empruntée dans la classe. Silencieusement, à gestes mesurés pour ne pas déranger son père, elle les applique avec grand soin sur des pages blanches.

— Qu'elles sont belles, tes fleurs ! dit Marianne en jetant un coup d'œil par-dessus l'épaule de sa fille.

— Chuuuut ! l'interrompt immédiatement Claire en dressant son index devant ses lèvres. Puis elle ajoute à voix basse : « Papa travaille. Faut pas faire de bruit. »

Frédéric monte dans sa chambre. Son grand plaisir, le soir, c'est de se mettre en pyjama, de se glisser dans son lit et de se plonger dans un livre. C'est un gros lecteur et, presque chaque soir, Marianne doit insister à plusieurs reprises avant qu'il ne se résigne à éteindre la lampe de chevet.

— Tu es toujours dans *L'Appel de la forêt* ?

— Non. Je l'ai fini depuis longtemps. J'ai commencé *Croc-Blanc*.

— C'est le même genre d'aventure.

— Oui. J'adore.

À neuf heures, Jacques prend sa fille dans ses bras et, comme chaque soir, c'est le moment du gros câlin. Claire a douze ans mais sa croissance suit le rythme lent de son développement mental et elle ne pèse pas bien lourd. Il la tient dans ses bras comme il le ferait avec une enfant de sept ou huit ans, monte dans la chambre, la couche, borde le lit.

— Bonne nuit, mon papou chéri.

— Bonne nuit, ma petite puce.

Marianne passe d'une chambre dans l'autre et les embrasse. Elle recommande à Frédéric de ne pas prolonger sa lecture plus de cinq minutes et redescend. Jacques embrasse sa fille, éteint la lumière, tire la porte sans la refermer complètement et redescend l'escalier à pas de loup. En bas, une fois la porte de la salle à manger fermée, le couple se retrouve en tête à tête. Marianne brûle d'impatience d'engager la conversation.

— Rude journée ! s'exclame-t-elle en se laissant tomber dans un fauteuil. Viens t'asseoir et raconte-moi en détail ton inspection.

Jacques aborde la discussion d'une façon plus inquiète. C'est un homme mesuré et réfléchi, et il sait que l'annonce de la fermeture de l'école est trop récente pour en parler avec le recul et la clairvoyance nécessaires. Tous deux sont trop sous le coup de l'émotion pour y voir clair.

— Bof, il n'y a pas vraiment eu d'inspection. Il n'est venu que pour m'annoncer la fermeture. L'augmentation de ma note, c'est sa façon de faire passer la pilule.

— 18, c'est bien plus que les collègues de ton âge. Cette note va te permettre d'obtenir plus facilement un poste.

— La note comptera peu. L'instituteur qui est victime d'une fermeture bénéficie d'une priorité absolue. Avant d'affecter ceux qui ont déjà un poste et qui demandent une mutation pour convenance personnelle, la commission paritaire donne un poste à ceux qui n'ont plus rien. Alors, note ou pas, je passerai avant eux. La note ne joue qu'entre ceux qui sont dans la même situation.

Chaque année, les mutations des instituteurs s'opèrent selon des règles bien établies. Tout instituteur peut solliciter un poste vacant ou susceptible de l'être. Comme il faut bien départager les candidats qui demandent un même poste, l'inspection académique procède aux nominations selon un barème que les syndicats contrôlent avec une vigilance très grande. Pour chaque instituteur, ce barème se concrétise par un certain nombre de points, résultat de l'addition de la note d'inspection et d'un point par année de service. Pour Jacques, qui est sorti de l'école normale dix-neuf ans plus tôt, le barème est de trente-sept points : dix-neuf années d'ancienneté et une note d'inspection de 18.

— Tu devanceras ceux qui ont dix ans de plus que toi et un barème supérieur ?

— Absolument. Je serai prioritaire. Pour faire passer la pilule, l'inspecteur me l'a rappelé. Je passerai devant les collègues qui ont quarante ou cinquante points.

Marianne n'y tient plus. Elle est certaine que son mari a déjà envisagé l'avenir et elle a besoin de sonder ses intentions. Elle lance :

— Tu es donc certain d'obtenir une direction en ville ?

Jacques marque un temps d'arrêt.

— Voilà donc ce qui te tourmente…

— Oui, répond-elle sans hésitation.

Il vient s'asseoir près d'elle et pose sa main sur celle de sa femme.

— Ma chérie, tu sais, devenir directeur, vivre en ville, porter une cravate tous les matins… franchement, ça ne me fait pas rêver. Je ne suis pas fait pour ce genre de vie. Tu sais bien ce que j'aime : la campagne, un village, des enfants qui courent dans les champs, la mairie, les racontars de mon garde champêtre, les salades ou les pommes que Marcel glisse dans le volet pendant que je suis en classe. Je suis un rural…

— Ouf ! s'exclame Marianne, manifestement soulagée par ce qu'elle entend.

— Tu en doutais ?

— Je me posais des questions… Une promotion, c'est dur d'y renoncer.

— Directeur, une promotion ? C'est l'inspecteur qui présente les choses de cette façon. Me mettre un point supplémentaire à la va-vite et faire miroiter une grosse direction en ville, c'est une façon de faire passer la fermeture de l'école. Est-ce que cela représente une promotion à mes yeux ? Pas vraiment. Non, en ville, je ne me sentirais pas à ma place.

Marianne se love contre l'épaule de son mari.

— Et toi ? demande-t-il.

— Moi non plus, je n'ai aucune envie d'aller habiter en ville. Je suis comme toi. Je suis une rurale. Tes parents étaient paysans. Les miens étaient artisans. On est du même monde. La vie que j'aime, c'est toi dans l'école et à la mairie, les enfants, mes petits vieux, ma 4L cabossée, les petites routes pleines de terre, les maisons dans les hameaux isolés, les lumières allumées dans les cours pour montrer qu'on m'attend.

À ce moment, ils se sentent très proches l'un de l'autre, et la fermeture de l'école leur apparaît un peu moins importante que cette volonté commune de faire face. Ils se taisent mais, dans la pression de leurs doigts qui s'étreignent, ils savent qu'ils seront deux pour affronter l'épreuve.

— Des postes en campagne, tu sais où il y en aura ? demande-t-elle.

— Non… À cause de ton travail, j'imagine que toi, tu souhaites rester dans le coin.

— Dans un rayon d'une quinzaine de kilomètres de Saint-Lubin, il doit bien s'en trouver un. Pour moi, ça ne changerait pas grand-chose.

Dans la fraction de seconde qui suit, Jacques réalise que l'obtention d'un poste dans un périmètre proche de Chambray ne représenterait, ni pour lui, ni pour sa femme, un terrible cataclysme. Peut-être même pourrait-il continuer à faire le secrétariat de mairie de Chambray pour ne pas laisser tomber son maire. En revanche, pour sa petite Claire, même si le départ dans un village proche permettrait de ne pas couper le lien avec Isabelle, il sait combien cet éloignement serait douloureux.

— Je vais voir, je vais voir…

Jacques passe en revue les écoles proches. Il est probable que des postes se libéreront dans certaines. *« Il faudra faire attention et vérifier que ces écoles ont des effectifs qui assurent l'avenir. Si c'est pour revivre une fermeture dans quelques années… »*

— Comment as-tu trouvé Hélène ? demande Marianne à brûle-pourpoint.

— Soucieuse… très soucieuse. Quand elle m'a ouvert la porte, elle était en larmes.

Il lui raconte la lettre de l'huissier, les impayés, les difficultés d'argent.

— Ce qu'elle voudrait, c'est retravailler. Mais maintenant qu'elle n'a plus la grand-mère pour garder les petits, elle est bloquée.

— En ville, évidemment, elle les mettrait à l'école maternelle et le problème serait réglé. Mais en campagne…

— Si un patron propose un emploi de chef de chantier à Jean-Paul, je me demande s'il ne sera pas tenté de partir. Quelques centaines de francs de plus, sur une petite paie, ça compte…

Marianne fronce les sourcils :

— Manquerait plus que ça !

— Ce sera ça ou ils seront obligés de vendre la maison. Ils ont quarante-cinq jours pour trouver de l'argent et régler les arriérés. Ils sont sur la corde raide.

— Pierre a besoin de Jean-Paul. S'il venait à partir, ce serait une catastrophe d'autant plus grande que Pierre voudrait développer l'activité de son entreprise. Il cherche par tous les moyens à se réorganiser pour pouvoir se lancer dans la construction de maisons neuves.

À son tour, elle lui raconte les deux pavillons qui viennent d'échapper à l'entreprise Fauconnier, l'évolution de la mentalité des nouveaux acheteurs, la concurrence de ces nouvelles entreprises que Pierre appelle des « pavillonneurs » et qui proposent du « clés en mains », le manque de compétence de son frère dans le domaine des paperasses et des formalités.

— Les gens veulent des devis, des plans, des dossiers. Bientôt, un artisan passera plus de temps dans le bureau que sur le chantier. Pierre ne peut pas être au four et au moulin en même temps.

— Ton frère, ce qui lui manque, c'est une femme. Les artisans qui s'en sortent, ce sont ceux dont la femme tient le bureau.

Une ombre passe dans les yeux de Marianne. Du temps où sa mère était du monde, c'est ainsi que ça se passait. Sa mère recevait les clients, établissait les devis et les factures, calculait les paies des ouvriers, accomplissait les démarches. Son père et son frère consacraient tout leur temps sur les chantiers.

— Tu as raison…

Seulement, sa mère est morte quatre ans auparavant. Depuis, plus de secrétaire pour l'entreprise.

— C'est sûr que si Pierre était marié et soutenu, les choses seraient différentes…

L'an dernier, Pierre avait eu des projets avec une jeune femme qu'il avait rencontrée à Bonneval. Gentille, mais pas vraiment le profil d'une femme d'artisan. Dès la première rencontre, Marianne et Pierre avaient pressenti l'échec. Trop romantique, trop vacances, trop week-ends dans sa famille, trop soirées chez des amis, trop sorties au cinéma. Au bout de quelques mois, elle avait commencé à reprocher à Pierre de ne pas venir l'attendre à la sortie de son travail, de ne pas être assez aux petits soins pour elle. Quand Pierre avait commencé à lui parler mariage, elle lui avait répondu que son ambition ne se bornait pas à faire la vaisselle et à réchauffer la soupe en l'attendant tous les soirs jusqu'à pas d'heure.

— Lui, il l'aimait beaucoup. Il y croyait. La déception a été sévère.

— L'infarctus de ton père n'a rien arrangé. Reprendre une affaire dans la précipitation et sans y être préparé, c'est rude.

Jacques se lève, prend la pile de cahiers qu'il a laissée sur la table et la pose sur la tablette de la cheminée.

— Pierre est dynamique et volontaire, poursuit Marianne. Pour faire face à la concurrence des pavillonneurs, il a dans l'idée de s'entendre avec des artisans du coin. Les gens qui veulent faire une maison ne veulent plus cavaler après les artisans un par un. Alors l'idée de Pierre, c'est de s'associer d'une façon ou d'une autre pour présenter à ce genre de clients une proposition complète avec des devis de tous les corps de métier.

— Un genre de coopérative…

— Oui, c'est l'idée. Le marché de la maison individuelle est en plein essor et il ne veut pas passer à côté. Offrir tout sur un plateau, de l'étude du projet à la réalisation totale du chantier. Travailler la main dans la main avec d'autres artisans permettrait à tout le monde d'avoir accès à des chantiers plus importants, donc d'améliorer le chiffre d'affaires.

Jacques réfléchit à ce que vient de lui dire sa femme, et qui lui fait songer aux documents qu'il trie chaque semaine à la mairie. Les ministères, la préfecture, le conseil général envoient en effet dans toutes les mairies de la documentation sur la réglementation : bulletins des lois et décrets, recueil des actes administratifs, arrêtés pris par le préfet ou le président du conseil général pour mettre en place telle ou telle disposition votée par le Parlement. Nombre de ces décisions ne concernent pas les petites communes, et aucun secrétaire de mairie rural ne peut lire les centaines de pages qui tombent chaque semaine. Cependant, afin de ne pas risquer de passer à côté d'une mesure qui pourrait concerner Chambray ou l'un de ses habitants, Jacques examine avec grand soin les tables des matières.

— À la mairie, je vois parfois passer des dispositions concernant les GAEC. Il n'y en a pas dans la région. Chaque ferme est suffisamment rentable pour rester autonome. Pas besoin de se grouper pour acheter du matériel en commun. Si je comprends bien, ce que veut faire Pierre, c'est une sorte de GAEC d'artisans.

— Oui. En campagne, si les artisans ne se regroupent pas, ils se feront bouffer par des entreprises plus dynamiques et mieux organisées, et ils disparaîtront.

— Un groupement d'artisans… répète Jacques, soudain songeur. « *Dans l'agriculture, dans l'artisanat,* pense-t-il, *se regrouper pour résister… et pourquoi pas aussi pour les écoles ?* »

VII

« Vous valez mieux que ça ! »

Chaque année, l'inspecteur de l'Éducation nationale donne sa conférence pédagogique dans la salle des fêtes de Saint-Lubin, spécialement mise à disposition par le maire-conseiller général qui met un point d'honneur à venir saluer les enseignants, qu'il considère comme l'élite de son canton. Maîtres et maîtresses attendent tous cet événement, parce qu'il revêt le caractère d'une fête de famille où les membres ont plaisir à se revoir. Ce jour-là, les élèves sont en congé et les écoles sont fermées.

Le début de la réunion est prévu à 9 heures mais l'inspecteur sait que les retrouvailles entraînent toujours du retard, si bien qu'il ne prévoit de commencer son rappel des règles administratives et de donner instructions et consignes nécessaires à la bonne gestion des écoles et des classes qu'à partir de 9 h 30. Après le repas de midi, pris en commun au « Bon Laboureur », restaurant de Saint-Lubin spécialisé dans les noces et banquets et seul endroit capable de recevoir quatre-vingts convives, l'après-midi est consacrée à la conférence pédagogique proprement dite. Selon les années, l'inspecteur et son conseiller délivrent la bonne parole pédagogique sur un thème différent : l'enseignement de la lecture, de l'orthographe ou de l'arithmétique.

— J'insiste sur la date limite de retour des dossiers d'entrée en sixième. Elle est impérative et je vous demande de la respecter afin que les commissions puissent se réunir selon le calendrier prévu. Les parents des bons élèves dispensés de l'examen d'entrée recevront une notification par la poste, mais les directeurs et les chargés d'école en seront informés par mes soins auparavant afin que vous puissiez…

Letrou se fait petit. En entrant dans la salle, il a serré la main de l'inspecteur sans s'attarder, de peur qu'il ne lui parle de l'effectif de son école.

— Moi, je n'ai pas d'enfants qui partent en sixième, glisse-t-il à l'oreille de Jacques qui est assis à côté de lui.

— Tu n'as aucun enfant de onze ans ?

— Si, j'en ai deux, mais ils ne sont pas bien doués et les parents veulent qu'ils aillent au certificat. Une chance…

— Tu en auras combien à la rentrée ?

— M'en parle pas ! Je me demande comment je vais tenir encore un ou deux ans.

Deux journées se sont écoulées depuis la visite de l'inspecteur. Si la fermeture de l'école a perturbé le sommeil de Jacques la première nuit, c'est beaucoup plus la création d'un regroupement pédagogique permettant de l'éviter qui a ensuite accaparé son esprit. Absorbé par l'école de 9 heures du matin jusqu'à 17 heures, accaparé par la mairie depuis la sortie de classe jusqu'à 19 heures, mobilisé ensuite par la correction des cahiers, la préparation des leçons et sa propre famille après le dîner, il n'a pas eu la possibilité de se renseigner, de rechercher les informations qui lui font défaut, d'aller en discuter avec les collègues des communes voisines ou de sonder les uns et les autres. Il sait l'école de Harvilliers dans une situation critique et il espère pouvoir convaincre Letrou d'adhérer à son idée.

— Pour Chambray, lui confie-t-il, c'est réglé. L'école fermera à la prochaine rentrée.

— C'est un bruit, ou l'inspecteur te l'a annoncé ?

— L'inspecteur est venu.

— Ah, mon pauvre ! Où est-ce que tu vas aller ?

— Je n'en sais rien.

— Moi, si ça m'arrivait à un an de la retraite, j'en tomberais malade.

L'inspecteur est passé à un autre sujet. Il parle du prochain examen du certificat d'études et reproduit à l'identique l'organisation rodée depuis des années et qui repose entièrement sur l'expérience des plus anciens du canton.

— En principe, la commission départementale chargée d'élaborer les sujets se réunira le 17 mars. Mais la date n'est pas définitive. Ceux d'entre vous qui font partie de cette commission recevront une convocation en temps opportun.

Il fait un peu de philosophie et rappelle que, dans deux ans, tous les enfants entreront en sixième de collège et que, à terme, le certificat d'études primaires sera supprimé.

— Aujourd'hui, je peux vous annoncer que la décision définitive de construire un collège tout neuf à Saint-Lubin a été prise par le conseil général. Le financement est inscrit au budget 1972 et les appels d'offres sont clos. Les travaux devraient démarrer dans quelques mois.

Marc Pointereau, l'instituteur et secrétaire de mairie de Mélicourt, se penche vers Jacques :

— Que tous les enfants aillent au collège, c'est pas un mal, dit-il. J'en ai marre de la classe unique. Toi aussi, t'en sais quelque chose ! D'autant plus qu'à Mélicourt, il a fallu créer une section enfantine et les prendre à cinq ans. C'est pas une sinécure d'enseigner dans une classe à neuf niveaux, surtout quand tu as le nombre ! L'année prochaine, j'en aurai vingt-six, et l'année suivante peut-être encore plus.

À 11 heures précises, selon une tradition établie depuis des décennies, l'inspecteur termine son intervention :

— Je vous rappelle que le repas commun est prévu à midi. Le restaurant est juste en face et je vous demande de respecter l'horaire. La conférence pédagogique de cet après-midi portera sur les activités d'éveil.

Il ajoute en désignant son conseiller pédagogique du doigt :

— M. Serreau et moi-même interviendrons à partir de 14 heures précises. Je vous demande d'être à l'heure. Merci.

Un brouhaha digne d'une cour de récréation suit ce « merci ». Pendant une heure, les « cantonniers » vont pouvoir encaisser les cotisations du syndicat des instituteurs et du syndicat des SMI, les directeurs et chargés d'école vont se concerter pour organiser le certificat d'études, et chacun va pouvoir échanger les dernières nouvelles.

Pendant les deux derniers jours, Jacques a beaucoup réfléchi. Le premier pas vers un regroupement pédagogique commence par le contact avec les collègues des communes environnantes pour sonder leur position et pour leur demander de donner effectifs et prévisions pour les années à venir. Il voudrait donc les voir un par un mais l'inspecteur ne lui en laisse pas le temps :

— Monsieur Gaubert, l'appelle-t-il en tendant une lettre.

Jacques se faufile à travers un groupe qui s'est déjà formé et rejoint la table où se trouve M. Thibault.

— Monsieur Gaubert, lors de ma visite, je vous avais annoncé une lettre pour votre maire. La voici. Merci de la lui remettre. Vous lui en avez parlé ?

— Oui…

— Et alors ?

La question étonne Jacques, qui constate que la réaction du maire face à la fermeture de son école préoccupe manifestement l'inspecteur.

— Il attend votre visite pour en discuter avec vous. Pour l'instant, il m'a demandé de ne rien dire. Il ne veut pas que des bruits inutiles circulent dans la commune et affolent les parents avant que la nouvelle soit officielle.

— Elle ne l'est pas, mais c'est tout comme.

L'expression du visage de l'inspecteur traduit sa crainte. L'an dernier, certains maires se sont fortement opposés à la fermeture de leur école et ont fait intervenir député et sénateur du coin pour soutenir leur combat contre la décision de l'administration, au point qu'un inspecteur a été convoqué au ministère pour rendre des comptes. Mais si M. Thibault semble appréhender la réaction du maire, en revanche, ce que le maître d'école – pourtant le premier concerné – peut ressentir n'a pas l'air de le chagriner le moins du monde. Jacques en comprend tout de suite la raison :

— Quant à vous, monsieur Gaubert, j'ai de bonnes nouvelles. À Chartres, la direction de l'école du boulevard Chasles sera vacante à la prochaine rentrée. Très bonne école. Huit classes avec des enfants du centre-ville, des fils et des filles de médecins, d'avocats, de commerçants.

À ce moment, le supérieur hiérarchique qu'est l'inspecteur n'imagine pas un instant que le maître d'école sur lequel il a autorité puisse ne pas se réjouir d'une fermeture qui lui offre, de son point de vue, une formidable opportunité. Il est à mille lieues de se douter des sentiments que ses paroles font naître dans l'esprit de Jacques, et il continue à lui parler comme s'il distribuait un bon point. C'est donc avec le sourire et des yeux brillants qu'il ménage un petit suspense pour dévoiler sa seconde proposition :

— Une autre direction sera vacante, celle de la plus grosse école de Lucé : dix-sept classes, avec un bureau pour le directeur, une secrétaire et une décharge complète de service. Une sacrée promotion.

Jacques ne saute pas de joie. M. Thibault observe ce manque de réaction avec étonnement. Il s'apprête à lui en faire la remarque quand son conseiller pédagogique accourt vers lui et interrompt la conversation :

— Monsieur l'inspecteur, la réunion a commencé. Il est 11 h 05. Tout le monde est là. M. le maire et le secrétaire général de la préfecture vous attendent.

Machinalement, M. Thibault regarde sa montre.

— 11 h 05... Ah oui, ah oui. Excusez-moi, monsieur Gaubert, il faut que je vous quitte.

Il saisit le porte-documents qui se trouve sur la table et file sur les pas de M. Serreau.

— Je vous reverrai en fin d'après-midi. On en reparlera.

Jacques le regarde partir et reste rêveur. M. Thibault est un bon inspecteur, un supérieur hiérarchique humain qui n'est pas insensible à la situation personnelle de ses enseignants. En se préoccupant du devenir de Jacques, il le prouve. Mais il n'est pas issu du monde rural et vit dans un univers où la vie citadine, le déroulement de carrière et l'accession à une position sociale enviée tiennent lieu d'objectifs de vie. *« Il se soucie de mon devenir et ne veut pas me laisser tomber. C'est gentil de sa part. Mais ce qu'il propose, c'est ce qu'il souhaiterait, lui, s'il se trouvait dans ma situation. Il ne cherche pas à savoir ce que je pense. Pour lui, rester en campagne, c'est dévalorisant, et cela en dit long sur le regard qu'il porte sur le monde rural. Le fin du fin de la vraie vie, c'est la ville... »*

Une main frappant son épaule tire Jacques de ses réflexions :

— Faut que tu viennes. On organise le certif.

Jacques rejoint ses collègues. Jusqu'à midi, il participe à l'organisation de l'examen, répond aux sollicitations des uns et des autres qui veulent un renseignement ou ont besoin d'un petit service. Midi arrive sans lui laisser le temps d'évoquer la création d'un regroupement pédagogique avec ses collègues des communes voisines. Letrou a adopté une stratégie d'évitement et ne participe pas au repas commun. Dommage. Quand Jacques entre dans le restaurant, ses collègues de Fresnay et de Mélicourt sont déjà assis et plus aucune place n'est disponible près d'eux. Il aurait pourtant aimé leur parler. Assis au centre, l'inspecteur et le maire-conseiller général prennent place en face des délégués de l'Éducation nationale pour qui ce repas constitue l'une des rares occasions annuelles d'échanger sur la qualité des installations scolaires.

— Viens avec nous. Il y a une éternité qu'on n'a pas discuté.

Lesieur et Bouthier l'invitent à les rejoindre à grand renfort de gestes du bras. Debout tel un maître face à une classe indisciplinée, l'inspecteur invite tout le monde à prendre place rapidement. Jacques ne s'est pas aperçu que Martine Gastégui, la directrice de l'école de Colville, se trouve juste en face de lui. Quand il la voit, cette présence le contrarie. C'est une femme antipathique, une enseignante peu appréciée des parents, une dame de la ville qui ne se plaît pas à Colville. Directrice d'une école du centre-ville de Chambéry, elle a suivi son ingénieur de mari quand il a été muté dans une grande usine d'appareils électroniques de Chartres. Venant d'un autre département, elle n'a pu postuler que sur les postes restés vacants à la veille de la rentrée et, à sa grande déception, a été affectée en campagne, là où il restait un poste dont personne n'avait voulu. Elle n'occupe pas le logement de fonction et a refusé de faire le secrétariat de mairie, ce qui a plongé Duval dans une situation difficile pendant quelques mois. Depuis, le maire et sa directrice d'école entretiennent des relations très conflictuelles. Comone l'a à l'œil, ne l'aime pas et ne se gêne pas pour le crier sur tous les toits.

— Bonjour chère collègue, dit Jacques en lui tendant la main.

Martine Gastégui ne l'identifie pas et le dévisage d'un air distant.

— Jacques Gaubert, votre voisin de Chambray.

— Enchanté, répond-elle comme si elle le découvrait pour la première fois.

Colville, avec son école de trois classes, est incontournable pour le projet de Jacques. Aucun regroupement pédagogique ne peut être envisagé sans cette commune immédiatement voisine de Chambray. Son adhésion au projet en est même la condition obligatoire. Jacques s'apprête à engager la conversation quand le maire-conseiller général frappe son verre avec le dos de sa cuillère pour obtenir le silence.

— Monsieur l'inspecteur, mesdames et messieurs les instituteurs du canton...

Traditionnel discours annuel de bienvenue pour célébrer l'Éducation nationale et exprimer reconnaissance et admiration pour le corps enseignant. Il parle et, comme l'aurait dit le champêtre de Chambray, « il dit quelques mots histoire de faire quelques phrases ». Personne n'est vraiment attentif quand l'orateur annonce :

— Vous savez que le nouveau collège ouvrira ses portes à la rentrée 1974. Dans cette optique, il a été décidé de créer un syndicat de transport des élèves qui regroupera toutes les communes du canton. Ainsi, vos élèves…

« Syndicat de transport des élèves »… L'appellation ramène aussitôt Jacques à son projet de syndicat de regroupement pédagogique. Pendant tout le repas, il parle avec la directrice de Colville, essayant de l'amener sur ce terrain. Mais Martine Gastégui est le genre de femme égocentrique qui ne parle que d'elle. Elle n'a qu'une idée en tête : fuir Colville et obtenir un poste en ville. Elle se plaint de l'attitude de Duval qui se prétend grand défenseur de l'école publique et qui lui mène la vie dure parce que son mari a de hautes responsabilités dans une entreprise privée et gagne beaucoup d'argent.

— Il dit même qu'avec une situation pareille, il ne comprend pas pourquoi je viens en campagne torcher les gosses des culs-terreux.

Jacques n'insiste pas longtemps. Il se tourne vers Bouthier et Lesieur qui sont, comme lui, secrétaires de mairie et qui aiment faire rire avec des anecdotes toutes plus savoureuses et vraies les unes que les autres.

— T'aurais vu la tête du gamin ! raconte Lesieur. Il avait les cinq doigts imprimés en rouge sur la joue. Le père n'y était pas allé de main morte. Moi, je demande au mouflet pourquoi il s'est pris une telle gifle. « J'ai fait une connerie, qu'il me répond. J'ai couru partout dans le jardin et j'ai piétiné les salades d'hiver. » Le soir, je croise le père et je lui dis qu'il y est peut-être allé un peu fort. Vous savez ce qu'il me répond, le père ? « Un gosse, c'est comme un chien de chasse. Si on le dresse pas tout jeune, on n'en fait qu'un corniaud ! »

Rires de l'entourage. Approbation de Bouthier, qui conclut par un « c'est pas faux », et enchaîne en racontant à son tour l'histoire du brave père de famille de sa commune à qui il expliquait que son gamin n'aurait certainement pas son certificat d'études parce qu'il était incapable de faire moins d'une douzaine de fautes dans une dictée, et qui lui avait répondu : « Mon pauvre monsieur, il est con comme moi. Vous n'en tirerez pas grand-chose ! »

Le patron du « Bon Laboureur » a mobilisé du personnel et l'arrivée des plats se fait sur un bon rythme. À 13 h 30, les serveuses apportent les cafés. Quelques hommes allument des cigarettes. La conférence pédagogique reprend à 2 heures pétantes. M. Serreau a préparé une intervention très intéressante sur les activités d'éveil et donne des conseils pratiques pour enseigner l'histoire, la géographie et les sciences dans l'esprit des nouveaux programmes. À quatre heures et demie, l'inspecteur clôt la réunion.

— Monsieur Gaubert, appelle-t-il en faisant signe à Jacques de le rejoindre. Je ne savais pas que votre femme était infirmière libérale à Saint-Lubin. C'est le maire qui me l'a appris.

— Son cabinet est à Saint-Lubin mais elle a des patients dans tout le canton. Son véritable cabinet, c'est sa 4L. Elle intervient dans tous les villages alentour.

— Je comprends mieux pourquoi vous n'avez pas sauté de joie en m'entendant vous proposer une direction en ville. Vous avez envie de rester dans le coin.

— Oui.

— Alors, j'ai autre chose à vous proposer : tous les enfants entreront bientôt en sixième... et il faut que nous trouvions des professeurs à mettre devant ces élèves d'un nouveau style. Vous savez qu'il existe un corps de professeurs d'enseignement général auquel les instituteurs ont accès. Il va falloir que nous augmentions considérablement le nombre de ces professeurs. Pourquoi ne vous orienteriez-vous pas vers le professorat ? C'est une fonction différente d'une direction d'école mais c'est aussi une belle perspective de carrière. Qu'en pensez-vous ?

— Je n'y ai pas réfléchi...

— Dès la prochaine rentrée, des postes de professeurs en français et en math seront à pourvoir. Les maths, c'est votre domaine, non ? Dans deux ans, vous pourriez facilement revenir à Saint-Lubin et obtenir un poste dans le nouveau collège.

Jacques reste silencieux. M. Thibault rappelle :

— Ce qui est certain, c'est qu'à la prochaine rentrée, vous ne pourrez pas enseigner à Chambray... Réfléchissez. Il va falloir décider quelque chose...

Jacques se passe la main sur le menton et conteste mollement :

— Il faut voir... Peut-être y aurait-il moyen de créer un regroupement pédagogique...

— Un regroupement pédagogique ! s'exclame l'inspecteur en ouvrant de grands yeux. Et vous espérez que ça éviterait la fermeture de l'école de Chambray ?

— Pourquoi pas ?

« Vous valez mieux que ça ! »

L'inspecteur se veut cordial mais le ton de sa voix dissimule mal son scepticisme.

— Il n'est pas défendu de rêver, mais vous savez pertinemment que l'Éducation nationale s'oriente vers la suppression des classes uniques et des classes isolées. Elles ne sont plus défendables sur le plan pédagogique.

Puis le ton se teinte de bienveillance :

— Néanmoins, sur le principe, je ne suis pas hostile à un regroupement pédagogique. Si toutefois vous arrivez à monter un projet, je l'examinerai. Mais il vous reste peu de temps…

Cette dernière phrase laisse la porte ouverte, mais Jacques sent bien qu'elle n'est pas un soutien. D'ailleurs, dans la foulée, M. Thibault ajoute :

— Monsieur Gaubert, vous êtes un très bon pédagogue et j'ai de l'estime pour vous. Croyez-moi, cette fermeture représente une belle opportunité de faire décoller votre carrière. Plutôt qu'un hypothétique regroupement, envisagez une direction ou un poste de professeur de collège. C'est beaucoup plus réaliste.

Et il ajoute une dernière phrase que Jacques reçoit comme une sentence assassine :

— Monsieur Gaubert, maître d'école en campagne, vous valez mieux que ça !

VIII

Une condescendance mal ressentie

La réflexion de l'inspecteur reste en travers de la gorge de Jacques. Au volant de sa voiture qui le ramène à Chambray, ces paroles lui semblent d'abord chargées de mépris, puis elles lui paraissent bien davantage traduire une ignorance de la campagne et du fonctionnement de la population qui y vit. M. Thibault est un homme de valeur mais la condescendance qu'il vient d'afficher entame l'estime que Jacques lui porte.

« Il n'appartient pas au même monde que nous. Il est à mille lieux de la mentalité rurale. Il ne comprend pas. »

C'est donc avec soulagement qu'il pousse les volets de la mairie et se retrouve dans son univers. Certes, le « vous valez mieux que ça » de l'inspecteur contient de la bienveillance à son égard. Il veut l'aider, mais le « ça » est terrible. Quel regard dédaigneux porté sur la campagne et les modestes maîtres d'école ! *« Attitude de supériorité méprisante. Il a l'air de m'accorder une faveur mais en même temps, il me fait sentir qu'il sera déçu si je ne l'accepte pas. »*

L'amour-propre de Jacques est blessé. Assis sous la photo du président Pompidou, le tourniquet de tampons à portée de main, face à cette sorte de dédain, il sent monter en lui une volonté de résistance forte.

Il commence son travail de mairie. Comme chaque année, la commission communale de révision des listes électorales s'est réunie. Il consigne sur le tableau rectificatif les quelques radiations et inscriptions qui ont été décidées. Des vieux qui sont morts. Des jeunes qui viennent d'atteindre l'âge électoral. Deux électeurs qui ont quitté la commune et qui se sont inscrits à Épernon. Le boucher et sa concubine qui ont emménagé l'été dernier à Chambray à la suite de leur faillite. Le boucher… un personnage. Encore un qui se croit supérieur parce qu'il a vécu à Paris. *« Pour lui aussi, on est tous des péquenots ! »*

En inscrivant leurs deux noms, Jacques sourit : *« Si, comme il le clame partout, il a l'intention de se présenter aux prochaines élections municipales pour déboulonner le maire, il vaut mieux qu'il s'inscrive. »*

La perspective de le voir battu à plate couture l'amuse un instant puis, malgré lui, il rapproche la réflexion de l'inspecteur des propos que tient ce Parisien. Même condescendance.

Jacques remplit l'état récapitulatif, en recopie un second exemplaire, les tamponne et les glisse dans la chemise des signatures. Le courrier partira à la préfecture dès le lendemain matin.

Peu avant l'arrivée du maire, les époux Marcellin frappent à la porte.

— On vient pour les empreintes sur nos cartes d'identité, dit Mme Marcellin.

Le mari reste un peu en retrait. C'est un brave garçon, excellent ouvrier, toujours prêt à rendre service, mais il est timide et effacé. Dans le couple Marcellin, c'est toujours madame, une femme douce et adorable, qui parle.

— Asseyez-vous.

Jacques ressort les dossiers. Il soulève le couvercle du tampon encreur noir, le pousse vers eux et indique le rectangle dans lequel il convient d'apposer l'empreinte.

— L'index droit, bien appuyé et en une seule fois.

Mme Marcellin s'exécute la première. Le mari observe, comme un enfant qui a besoin que maman lui montre le geste, puis il se livre à la même opération avec l'application d'un écolier docile.

— Voilà qui est fait, dit Jacques. Normalement, la préfecture nous enverra vos cartes sous une quinzaine. Je vous préviendrai.

La femme essuie le bout de son doigt avec le chiffon que lui présente Jacques. L'homme n'attend pas et se le frotte dans la paume de sa main gauche.

— Avec notre travail, on ne vient pas souvent à l'école, dit Mme Marcellin. Puisqu'on en a l'occasion, on va vous demander comme ça va.

Elle parle évidemment de ses deux enfants, deux petits garçons adorables, affectueux, gentils qui font tout ce qu'ils peuvent. Mais ni l'un ni l'autre n'a l'esprit vif et leurs résultats sont faibles. Jacques sait combien leurs parents les aiment. Aussi, il choisit ses mots pour éviter de leur faire de la peine.

— Ils font des efforts et progressent. La lecture reste hésitante. Ils ont encore du mal à déchiffrer mais ça vient. En calcul, ils peinent à retenir les tables. Les opérations ne...

Malgré ses efforts pour adoucir ses propos, Jacques voit le visage de la pauvre maman se décomposer davantage à chaque parole. Au bout de quelques minutes, elle éclate en sanglots, pose la main sur le bras de son mari et lâche :

— On n'a pas de chance. On en a deux et ils sont tous les deux de ton côté.

Le mari baisse le nez. Il admet. Jacques en est ému.

Heureusement, l'arrivée de M. Leclerc interrompt le malaise. Les époux Marcellin s'en vont.

— Leurs enfants ont bien du mal à l'école. Pour la maman, ce n'est pas facile à entendre, explique Jacques.

À première vue, le visage du maire est aussi calme et serein qu'à l'ordinaire. Pour Jacques qui côtoie cet homme depuis des années et le connaît très bien, d'imperceptibles tensions dans les traits traduisent des préoccupations. Tout de suite, il se dit que quelque chose chagrine son maire, la fermeture de l'école probablement.

— Alors ? demande M. Leclerc en serrant la main de son secrétaire. Vous avez vu l'inspecteur ?

Jacques saisit l'enveloppe à en-tête de l'inspection académique posée sur la table et la lui tend.

— Oui. Il m'a remis cette lettre pour vous. Il vous propose un rendez-vous en mairie pour vous annoncer la fermeture de l'école de façon très officielle.

— C'est donc définitif.

— Oui. Nous avons parlé un bon moment. Il me l'a confirmé.

Noël s'assied, soulève le rabat de l'enveloppe et déplie la lettre. Il la parcourt puis la présente à Jacques.

— Pour le rendez-vous, vous lui répondrez que je suis d'accord. Je me rendrai disponible à la date qu'il propose.

Depuis trois jours, outre la suppression de l'école, deux soucis emplissent l'esprit du maire : le départ de son secrétaire de mairie sans espoir de remplacement par un successeur à l'école, et le départ de son infirmière d'épouse. Surtout, il est peiné pour son ami Jacques. Sa pudeur de paysan lui interdit de s'apitoyer au grand jour sur le sort de la famille Gaubert, mais il devine combien cette perspective de départ doit être douloureuse. Le maire et son secrétaire forment le cœur de l'équipe municipale. Au fil des années, leur collaboration, bâtie sur le respect de chacun et une immense confiance, a tissé des liens d'estime et d'amitié très forts. Ils se connaissent bien.

— Soit, dit Noël, il va venir, mais il ne pourra pas me parler comme il l'a fait avec vous. Je ne suis pas son instituteur. Tout inspecteur qu'il est, il n'a pas autorité sur un maire. À votre avis, quelle est ma marge de manœuvre ?

— Faible, répond Jacques. Le seul argument que vous pourriez lui opposer, c'est l'effectif. Or, à la prochaine rentrée, il sera de dix ou onze.

— Il faudra bien scolariser ces enfants quelque part ! L'école est obligatoire.

— Oui, et la loi impose au maire d'appliquer cette disposition. Si cet effectif très bas était tout à fait temporaire et que les naissances laissaient prévoir une remontée les années suivantes, vous pourriez demander un sursis. Une année creuse au milieu d'années normales, c'est défendable. Le problème à Chambray, c'est que les années suivantes ne seront guère meilleures.

Bien qu'allant à la messe tous les dimanches, Leclerc n'a pas eu recours à l'école privée. Ses propres enfants ont été scolarisés dans l'école publique de Chambray, comme tous les enfants du village. Il ne les a mis dans une institution privée de Chartres qu'à partir du secondaire. Question de tradition. Question d'image de l'institution, aussi, qui a la réputation de dispenser un enseignement de bonne qualité. Noël Leclerc fait partie de ces maires-agriculteurs centristes, républicains, modérés, qui ont à cœur de défendre l'école publique tout autant que le clocher de leur église, et pour qui l'équilibre est dans la mesure et le respect des autres.

— Aucun espoir, alors ? Je n'ai qu'à dire « amen » ? s'insurge-t-il.

Jacques perçoit dans ce « amen » une rebuffade proche du sentiment de résistance qu'il éprouve lui-même.

— À moins que…

— Vous avez une solution ? s'empresse d'interroger Noël.

— Pour lutter contre la fermeture de leurs écoles, certaines communes ont créé des regroupements pédagogiques. On pourrait essayer…

— Regroupements pédagogiques… J'en ai entendu parler. Vous croyez que se regrouper pourrait éviter la fermeture ?

— Si on n'essaie pas…

La proposition séduit Noël. En un éclair, il entrevoit la chaîne des conséquences positives : l'école maintenue, c'est la famille Gaubert qui ne quitte pas Chambray, le secrétaire de mairie qui reste en poste et l'infirmière qui continue à soigner les gens.

— Dans les environs, argumente Noël, des syndicats ont bien été créés pour gérer l'eau ou l'entretien des fossés de drainage. Regroupement pédagogique, pourquoi pas ? C'est peut-être une solution. Creusons-la.

— Il faut faire une étude.

En très peu de temps, l'esprit vif du maire échafaude un plan de bataille :

— On va contacter tous nos voisins, se renseigner sur leurs effectifs scolaires et les prévisions pour les années à venir, essayer de convaincre les maires et les enseignants…

Noël se montre enthousiaste. En agriculteur habitué à gérer une grosse exploitation, il dresse l'inventaire des tâches à affronter. Il sourit, regarde Jacques droit dans les yeux et lui demande :

— On y va ?

— On y va ! répond Jacques. Je m'y attelle dès demain. Si on arrive à monter un dossier dans les deux ou trois mois qui viennent, il reste un espoir.

Solide bouffée d'oxygène pour le moral. Jacques retrouve confiance. Il ouvre la chemise des signatures et passe à la suite. Selon l'habitude, il présente un à un les papiers à expédier : l'état rectificatif des listes électorales, les demandes de cartes d'identité, une lettre, une notification, un accusé de réception. Pour chaque papier, il donne des explications et le maire signe, mais cette histoire de regroupement pédagogique emplit leurs pensées.

« On ne va pas baisser les bras. On va se battre. »

Une fois les signatures terminées, Jacques glisse tous les papiers dans les enveloppes. Le maire se redresse et appuie son dos contre le dossier de sa chaise.

— Autre chose : j'ai rencontré le maire de Mélicourt. Lui, c'est pas l'école qui lui pose problème mais le presbytère. À la suite du départ du curé de Fresnay, celui de Mélicourt va hériter de quelques paroisses supplémentaires. Le curé tient à rester parce qu'il vit avec son vieux père qui est veuf et très attaché à Mélicourt. L'évêché est d'accord mais juge le presbytère quasiment insalubre. Il n'y a aucun confort : pas de chauffage, pas de sanitaires, pas de WC, pas d'eau chaude. Carrelages, peintures, cheminées, escalier intérieur, emmarchement du perron, tout est à refaire. L'évêché ne l'a pas formulé ainsi mais il est sous-entendu que le maintien du prêtre à Mélicourt est conditionné par des améliorations. Beaucoup de frais en perspective.

— Avec son petit budget, M. Maillard doit s'arracher les cheveux.

— D'autant plus que le loyer du presbytère est symbolique. Quelques dizaines de francs par an. C'est le seul argument qu'il peut opposer pour justifier le peu d'entretien.

Jacques n'est pas croyant, ne va jamais à la messe – sauf pour les mariages et les enterrements –, mais sa position face à l'église est à peu près celle de son maire par rapport à l'école publique. Il faut se montrer respectueux des habitants du village.

— À Fresnay, le presbytère libéré par le départ du curé est-il plus confortable ?

— Oh oui ! Mais le conseil municipal a l'intention de le vendre pour financer la construction d'une salle des fêtes. Surtout, Guy Maillard et son conseil tiennent à garder leur curé. La vie d'un village, c'est l'école, les artisans, les fermes, le bistrot, la mairie, l'infirmière (il appuie sur le mot), et aussi le curé. Si on ne garde pas toute cette vie, nos villages deviendront des déserts et personne ne voudra plus y vivre. Les jeunes partiront et il ne restera que des vieux.

— Peut-être la commune de Mélicourt aurait-elle dû en faire un peu chaque année.

— C'est vrai qu'ils n'ont rien fait depuis au moins trente ans. Mais on ne peut pas revenir en arrière. Maintenant, c'est une énorme dépense qu'ils doivent envisager. Où trouver l'argent nécessaire ?

— Un emprunt ?

— Ils en ont déjà plusieurs sur le dos. Le réseau d'eau et les bordures de caniveaux leur ont coûté les yeux de la tête. C'était urgent.

Devant la mairie, les gravillons crissent. La silhouette fluette de Gilbert entre dans le champ de lumière qui s'échappe par la fenêtre. Machinalement, les deux hommes lèvent les yeux vers la pendule fixée au mur.

— 7 heures. Il est ponctuel.

On l'entend pousser la porte au raclement toujours aussi criard, s'essuyer les pieds sur le paillasson du couloir, attendre quelques secondes derrière la porte, frapper et entrer sans attendre la réponse.

— Ah, monsieur le maire ! dit-il.

Il est tout excité et ses yeux brillants indiquent qu'il a fait une petite halte au bistrot.

— J'suis bien content de vous voir. J'viens de me faire engueuler par Thérèse. Elle est pas contente rapport à la cabine téléphonique.

— Qu'est-ce qui lui arrive ?

À part dans les grosses fermes, peu de gens disposent du téléphone. Même la mairie n'en est pas équipée. Quand ils en ont vraiment besoin, les habitants utilisent le téléphone du bistrot, rebaptisé « cabine publique ». L'appareil est accroché sur le mur, derrière le comptoir. En compensation de ce service, la commune verse une indemnité qui paie l'abonnement et dédommage la bistrote pour le temps passé et les dérangements qui peuvent intervenir n'importe quand, même de nuit, quand il y a urgence à appeler le médecin.

— Thérèse a téléphoné à sa fille pour une histoire de médicaments. Il y avait des clients au comptoir et, comme on entend tout quand on téléphone, ils se sont foutus d'elle parce que ses médicaments, c'est pour une histoire de dérangement d'intestins.

Gilbert a un petit sourire au coin des lèvres. Il est clair qu'il était l'un de ces clients goguenards qui ont tendu l'oreille et ont commenté la chiasse de cette pauvre Thérèse. De quoi la mécontenter, assurément.

— Enfin, vous comprenez ce que je veux dire, ajoute-t-il. La chiasse, ça fait toujours marrer les gens, surtout au bistrot.

— C'est pas malin de la part des hommes.

— En attendant, poursuit Gilbert, elle a fini par s'engueuler avec Valentine, et puis après, c'est moi qui y ai eu droit. Vous allez en entendre parler parce qu'elle va venir vous voir pour se plaindre.

— La prochaine fois, je lui dirai de venir à la ferme. Elle sera plus tranquille.

Jacques reste silencieux. Il faut bien reconnaître que parler au téléphone devant un public de bonshommes buvant un canon, ce n'est pas agréable.

— C'était pas bien méchant, se justifie Gilbert. Thérèse, elle prend la mouche pour un oui ou pour un non.

Ce n'est pas la première fois qu'on reproche ce manque de discrétion. À chaque fois, la réponse de la bistrote est la même : « Ceux qui ne sont pas contents n'ont qu'à aller ailleurs. Moi, je veux bien rendre service mais je ne peux pas fermer mon commerce à chaque fois que quelqu'un veut téléphoner. »

— J'irai lui parler, promet M. Leclerc. On essaiera de voir s'il n'y a pas moyen d'arranger les choses…

IX

En quête d'informations

Dès qu'elle arrive à l'école, Florence Moreau vient embrasser son maître. Habituée depuis sa plus tendre enfance à voir Jacques dans le cadre familial, la sœur de Didier lui a toujours sauté au cou et elle ne fait guère de différence entre son maître, Jacques, M. Gaubert et l'ami de la famille. En classe, seul un « monsieur » respectueux fait la distinction.

— À midi, maman va venir vous voir, annonce-t-elle. Elle a quelque chose à vous demander.

Par la fenêtre du vestiaire, on ne voit des champs qu'une masse brumeuse où les labours et l'espace se confondent en un gris humide et froid. On se déchausse et on enfile les chaussons. Les grands aident les petits à dénouer les bonnets et à accrocher les manteaux. Ceux qui ont parcouru un bon bout de chemin à pied ont le nez rouge et les cils brillants de brouillard. Grands et petits gagnent leur place, accrochent leur cartable sur le côté du pupitre, croisent les bras et attendent, debout, que tous soient prêts. Jacques rejoint l'estrade. Grand silence dans la classe. Des places sont vides, celles des enfants Rousselet. Ils habitent la maisonnette SNCF qui se trouve à un kilomètre du bourg, sur la petite route qui relie Harvilliers à un hameau. Les trois petits viennent à pied par le chemin de terre qui traverse les champs. Ils sont souvent en retard.

— Bonjour, mes enfants, dit Jacques.

— Bonjour, monsieur, répondent-ils en chœur.

— Asseyez-vous.

Au tableau, comme chaque jour, le maître a écrit une phrase qui sert de support à la leçon de morale quotidienne.

Personne ne croit plus le menteur,
même quand il dit la vérité.

Les enfants sont friands de cette activité qui leur permet de s'exprimer et de donner leur point de vue. Telle qu'il la pratique, Jacques est convaincu que la leçon de morale, outre les principes qu'elle inculque, enrichit le vocabulaire, développe la capacité à s'exprimer oralement, forge le jugement, accroît l'aptitude à écouter et à tenir compte de ce que disent les autres. Dans les écoles privées, la journée de classe commence par la prière. Dans les écoles laïques, depuis Jules Ferry, la prière a été remplacée par cette leçon de morale. C'est en grande partie à cause de cette origine quasi religieuse que certaines écoles la suppriment. Jacques ne l'envisage pas.

En silence, les enfants découvrent la maxime. Florence est la première à lever la main. Comme presque tous les matins, elle brûle de donner son point de vue. D'autres mains se lèvent.

— Qu'en pensez-vous ? demande le maître. Patrick... ?

— Ben, quand c'est un mensonge, faut pas croire que c'est vrai, mais quand c'est vrai, faut pas croire que c'est un mensonge.

— Florence ?

Florence conteste les dires de Patrick, parce qu'on ne peut pas savoir à l'avance si c'est un mensonge ou la vérité. Elle pense que la maxime est exacte et elle illustre son point de vue en racontant l'histoire d'une vieille tante qui disait toujours qu'elle était malade. D'autres enfants interviennent pour défendre l'idée de Patrick et donner des exemples de mensonge qu'on reconnaît tout de suite. Ceux dont le sujet n'a jamais effleuré l'esprit écoutent sans s'exprimer. Jacques leur donnera la parole à la fin, quand les arguments des uns et des autres auront nourri leur esprit. Une fois que chacun a donné sa réaction spontanée, le maître appelle Catherine. À tour de rôle, chaque élève lit l'histoire quotidienne qui illustre la maxime.

— Catherine va vous lire l'histoire de Guillot.

La grande fille se lève et vient se poster sur l'estrade, face à ses camarades. Elle a soigneusement préparé cette lecture à la maison. Pour cette grande élève timide qui va passer le certificat cette année, lire devant tout le monde reste une épreuve. Jacques l'encourage d'un regard.

— « Autrefois, à la campagne, les enfants de notre âge travaillaient souvent dans les champs. Guillot était un jeune berger. Il surveillait les moutons de son maître dans la montagne. De là-haut, au fond de la vallée, il voyait les paysans travailler dans leurs champs. Il était là pour surveiller le troupeau et prévenir la population en cas d'attaque des loups, nombreux en ce temps-là, et dangereux lorsqu'ils étaient affamés. Guillot s'ennuyait. L'idée lui vint de faire une farce. Alors, il se mit à crier : (Catherine met ses mains en porte-voix et y met tout son cœur :) *"Aux loups ! Aux loups ! Aux loups !"* »

Jacques observe les enfants. Tous sont suspendus aux lèvres de Catherine qui poursuit la lecture en prenant de l'assurance :

— « Les paysans s'arment de fourches et accourent. Quand ils arrivent, Guillot rit et se moque d'eux. Comme cela amuse Guillot, dès que les paysans sont redescendus dans la vallée, il recommence. *"Aux loups ! Aux loups ! Aux loups !"* Une nouvelle fois, les paysans montent et Guillot se moque d'eux encore une fois. En fin d'après-midi, les paysans entendent de nouveaux *"Aux loups ! Aux loups ! Aux loups !"*. Ils pensent que Guillot renouvelle sa farce et ils ne montent pas. *"Encore ! Cette fois-ci, Guillot, tu ne nous prendras pas."* Les appels cessent et ils continuent à travailler. Quand la nuit commence à tomber, Guillot n'est pas rentré avec le troupeau. Son maître monte à la pâture. Et là, quel carnage ! Le loup a dévoré Guillot. »

À la fin, Catherine se tourne vers le maître. Elle a très bien lu. Jacques lui adresse un sourire de satisfaction. Elle est radieuse. Silence de la classe, traversée de frissons à la pensée des dents du loup dévorant ce menteur de Guillot. Jacques pointe le doigt vers le tableau et lit la phrase :

— Moralité : « Personne ne croit plus le menteur, même quand il dit la vérité. »

La fin de la leçon de morale donne le signal des activités et des exercices qui, pour chaque niveau, vont s'organiser selon un enchaînement bien rodé. Catherine distribue les cahiers du jour. Les plus grands écrivent la date du jour, tirent le trait de soulignement en veillant à ce qu'il commence à six carreaux de la marge, inscrivent le mot « Morale » au beau milieu de la ligne et recopient la maxime en s'appliquant à ce que les pleins et les déliés soient correctement formés. Des élèves vont au tableau pour écrire la correction des opérations et des problèmes faits à la maison. Pendant ce temps, Jacques donne la première leçon de lecture à son unique CP et guide celle des cours élémentaires. Le petit enchaînera avec l'écriture et la copie, les autres avec les réponses aux questions sur le texte. Pendant toute la matinée, Jacques naviguera d'un groupe à l'autre, passera d'une leçon de grammaire à l'animation de la séquence calcul mental, fera une leçon d'histoire aux uns puis enseignera l'accord des adjectifs aux autres, fera réciter *Le Dormeur du val* aux candidats au certificat et reviendra apprendre la soustraction à retenue aux cours élémentaires. Tous savent que, quand le maître s'occupe d'un groupe, il ne faut pas le déranger, aussi l'entraide est la règle. Quand un élève bloque sur quelque chose, il fait discrètement appel à celui qui, dans son entourage, est capable de le sortir de l'impasse. Les grands aident les petits. Les moyens piochent dans les activités des plus jeunes ou des plus âgés, selon le niveau qu'ils ont atteint. Dès qu'elle a terminé son problème ou son exercice de conjugaison, Catherine vient faire lire les petits.

— M'sieur, on voudrait faire le problème du certificat mais on n'a pas de livre, dit Didier.

Didier parle au nom du duo qu'il forme avec Frédéric, et le « on » désigne l'équipe des deux inséparables copains.

— Mettez-vous à la grande table avec Mathilde et Pascal. Aidez-vous et essayez de trouver quatre façons différentes de le résoudre.

— … et la façon la plus courte ! ajoute Frédéric.

Jacques sourit. Il promène son regard sur son petit monde. L'ambiance est paisible. Les enfants parlent entre eux à voix basse, s'aident, travaillent et sont heureux. Le temps passe très vite. La pendule indique déjà 11 heures.

« Que ce serait dommage que cette classe reste vide ! »

À midi, Hélène attend devant le portail. Elle est accompagnée de ses trois petits qui profitent de la conversation que leur mère engage avec Jacques pour entrer dans la cour de récréation et mettre un pied impatient dans le monde des grands.

— Depuis deux jours, dit-elle, le maire de Colville fait courir le bruit que l'école de Chambray va fermer à la rentrée.

Jacques n'en a parlé qu'à sa femme et à M. Leclerc. Comment Aimé Duval en a-t-il eu connaissance ?

— Vous comprenez, moi, j'ai mes deux grands ici. J'ai besoin d'en avoir le cœur net. C'est déjà assez compliqué comme ça avec mes trois petits. Si, en plus, il faut que je coure pour trouver une école aux deux plus grands... Vous, monsieur Gaubert, vous savez si l'école va fermer, ou pas ?

Jacques est embarrassé. Faut-il confirmer la nouvelle, au risque de provoquer la panique des parents et une possible hémorragie vers l'école privée, qui ruinerait toute tentative de créer un regroupement pédagogique ? Doit-il nier fermement, au risque de perdre la confiance de parents quand ils apprendront la vérité ? Il essaie de se montrer rassurant.

— Il ne faut pas écouter les on-dit. Je ne suis pas dans les secrets de l'Éducation nationale. Tous les ans à cette époque, l'inspecteur d'académie prépare ce qu'on appelle la carte scolaire et chaque école tend le dos. La fermeture, c'est une crainte que toutes les écoles ont. Pour l'instant, l'académie n'a pas dévoilé ses décisions. Il faut attendre. Je n'ai aucune information fiable.

— Ah... C'est pas un non ferme. La fermeture n'est pas à exclure.

— De toute façon, les enfants seront scolarisés. Vous n'avez pas de soucis à vous faire.

Hélène ne veut pas insister mais le ton avec lequel M. Gaubert tente de la rassurer lui fait comprendre que des changements pourraient bien intervenir. Elle appelle ses trois petits qui tiennent la main des grands et courent dans les gravillons.

— Et Didier, vous allez faire un dossier d'entrée en sixième pour lui ? demande-t-elle. Moi, je suis pour, mais en ce moment, vous savez tous les problèmes qu'on a. Je n'arrive pas à décider Jean-Paul. Il faudrait que vous lui parliez. Vous, il vous écouterait peut-être.

Contrairement à son mari qui a arrêté l'école une fois le certificat d'études en poche, Hélène a fait un peu d'études. Avant la guerre, son père était le facteur de Colville. Comme des millions de Français, il a été mobilisé en 39, et a fait toute la « drôle de guerre ». En juin 40, il a été tué dans le Nord, au troisième jour de l'offensive allemande. Hélène avait un an. Sa mère l'a élevée seule et lui a consacré toute sa vie, en particulier en tenant à lui donner la meilleure instruction possible. « C'est le seul héritage que je lui laisserai », aimait-elle à répéter. De fait, Hélène a fréquenté les cours Pigier à Chartres et a décroché un diplôme de secrétaire-comptable.

— Didier a le niveau. Il pourrait entrer en sixième sans examen. Je verrai votre mari.

Pour une fois, Marianne rentre avant midi et le repas est prêt quand Jacques regagne le logement.

— Aucune urgence ! dit-elle. C'est rare. Ce matin, je n'ai pas fait cinquante kilomètres. J'ai même eu le temps d'aller prendre un café avec papa.

Frédéric et Claire jouent à la corde à sauter dans la cour de récréation, juste devant la fenêtre de la cuisine. Elle leur fait un petit signe de la main et poursuit :

— Hélène est venue te voir ?

— Duval fait courir le bruit que l'école va fermer. Elle venait me demander si c'est vrai.

— Elle ne t'a pas reparlé de ses problèmes d'argent ?

— Non. Elle voudrait que Didier aille en sixième, comme Frédéric. Jean-Paul n'est pas décidé. J'ai promis de lui parler. C'est certain que leur problème d'argent est un frein.

— Papa va proposer à Jean-Paul de l'aider, dit Marianne

— Il va lui prêter de l'argent ?

— Oui. Papa préfère parler d'une avance.

Pour expliquer la décision de son père de venir en aide aux Moreau, Marianne fait un détour et parle d'abord de son frère.

— Pierre veut à tout prix trouver une entente avec d'autres artisans. C'est le seul moyen d'assurer l'avenir de son entreprise. Il en a déjà parlé au plombier, au couvreur et à un plâtrier. Ces trois artisans-là veulent rester indépendants mais ils seraient d'accord pour prendre certains chantiers en commun. Pour eux aussi, c'est une question de survie. Il doit poser la question au menuisier et à un électricien. Il a bon espoir.

Jacques comprend le raisonnement de son beau-père. Il revient à l'avance consentie à Jean-Paul et poursuit le raisonnement :

— Seulement, si Pierre arrive à se grouper et à prendre davantage de chantiers, il aura besoin de Jean-Paul. Il ne faut donc pas qu'il aille chercher du travail mieux payé ailleurs.

Formulé de cette façon, la bienveillance est absente et réduit le geste de Charles à un calcul froid. Marianne corrige :

— Il veut aider Pierre en faisant en sorte que Jean-Paul ne parte pas, c'est vrai. Mais papa a de l'affection pour Jean-Paul. Il l'a eu en apprentissage à quatorze ans et il serait sincèrement peiné qu'il soit obligé de vendre sa maison.

— En quelque sorte, c'est du donnant-donnant…

— Il faut plutôt voir les choses comme ça. En tous cas, cette avance va leur donner le temps de se retourner.

Jacques ouvre la fenêtre et lance aux enfants :

— Venez vous laver les mains. On est prêts à manger.

Les enfants enroulent la corde et vont la poser sur le rebord de la fenêtre de la classe.

— Le plus gros problème, c'est la partie administrative. Créer un groupement d'entreprises, cela demande des papiers et Pierre est perdu. Il faut que quelqu'un l'aide. J'ai demandé à Viviane de passer prendre le café. Elle, elle pourra certainement lui donner des informations.

Marianne et Viviane sont amies d'enfance. Elles étaient toutes les deux internes au lycée de Chartres. Sept ans passés dans le même dortoir, les mêmes salles d'études, les mêmes classes, cela forge une solide amitié et une grande complicité. Après le bac, Marianne est entrée à l'école d'infirmières. Viviane est partie à Tours pour y faire du droit. Aujourd'hui, elle est clerc dans l'étude de Me Martineau, l'un des deux notaires de Saint-Lubin.

Frédéric et Claire entrent dans la cuisine. Ils mangent tous les quatre et la conversation tourne autour des activités des enfants. Claire raconte à sa mère que les Rousselet étaient absents tous les deux ce matin et que, comme ce serait bizarre qu'ils soient malades en même temps, ils ne se sont sans doute pas réveillés.

— Ils viendront cet après-midi, lui répond sa mère.

— Il faut que je recense la famille, dit Jacques. J'avais l'intention d'y aller jeudi prochain mais, si les enfants ne sont pas là à 2 heures, je ferai un saut ce soir avant d'ouvrir la mairie.

Le repas se termine par une orange pour Frédéric et une banane pour Claire. Dès que les enfants sont montés dans leur chambre, Jacques débarrasse la table et Marianne sort trois tasses. Viviane arrive un peu avant 1 heure.

— J'avais peur de vous déranger à table, dit-elle.

— On t'attendait. Entre.

Ils parlent de menues choses du quotidien, du brouillard froid, des incidents qui éclatent dans les prisons, de la grève des mineurs en Angleterre et de ce fameux traité européen qui vient d'élargir à dix le nombre de pays membres du marché commun.

— À propos de marché commun et de groupement, intervient Marianne qui saisit la balle au bond, j'ai quelque chose à te demander.

— Si c'est pour faire du commerce avec la Norvège, c'est raté, plaisante Viviane. Les Norvégiens n'ont pas adhéré.

— C'est pour une autre forme de marché commun. Un groupement d'entreprises, tu…

En quelques mots, elle lui explique la volonté de Pierre de développer son activité en créant un groupement d'entreprises dans lequel tous les corps de métier seraient présents.

— Seulement, autant Pierre est compétent sur les chantiers, autant il est mal informé sur les formalités qu'il faut accomplir sur le plan juridique. Est-ce que tu pourrais lui donner des informations sur ce qu'il y a lieu de faire ?

— Je n'ai jamais monté de dossiers de création de groupements d'entreprises mais j'ai participé à la création de deux GAEC. J'imagine qu'il y a des points communs. Je vais rechercher et j'en parlerai à mon patron. Lui, il est certainement au courant.

— Il est plutôt de bon conseil.

— Oui. Les entreprises, c'est son truc.

Un tracteur s'engage sur la place et vient s'arrêter devant la mairie. Jacques le reconnaît au premier coup d'œil : c'est celui de Bailly.

— Celui-là, ironise Marianne, il ne doit pas avoir de montre. Mairie ouverte ou pas, il vient quand ça le prend.

À cette heure, le secrétariat est fermé mais cela ne perturbe pas Bailly. Il descend de son tracteur, une lettre à la main, et se dirige directement vers la fenêtre du logement. Il frappe au carreau. Jacques ouvre.

— J'veux pas vous déranger, s'excuse-t-il. J'viens de recevoir cette lettre de la DDA. Ils me cherchent des poux dans la tête. Ils veulent pas indemniser. Pourtant, il y a bien eu du maïs dedans.

Il tend la lettre.

— Si vous pouviez regarder ça, vous me rendriez service. J'comprends pas ce qu'ils veulent comme justificatifs.

— Je regarderai, promet Jacques.

Bailly fait un pas en arrière et s'apprête à tourner les talons.

— J'vous dérange pas plus longtemps. Encore merci.

Jacques referme la fenêtre et commente en regardant les deux femmes :

— Sacré Bailly ! Je suis sûr qu'il s'est encore emmêlé les pinceaux dans ses papiers.

Puis, dans un sourire taquin, il ajoute :

— Les paperasses, c'est pas son fort à lui non plus. Il me fait penser à Pierre...

X

Réunion à trois

JACQUES POUSSE LES VOLETS de la mairie. Il a dix minutes de retard, ce qui n'a aucune importance puisque personne n'est venu, mais il n'aime pas. La ponctualité est l'une des valeurs qu'il enseigne aux enfants dans ses leçons de morale et il considère qu'il doit donner l'exemple. Il ne peut y avoir de distorsion entre ce qu'il enseigne et ce qu'il fait. Question de crédibilité. Il s'installe à la table et commence par ouvrir la lettre que lui a apportée Bailly. « *Alors, qu'est-ce qu'ils lui veulent ?* »

Entre la sortie de classe et l'heure d'ouverture de la mairie, Jacques a fait un saut chez les Rousselet. La ligne de chemin de fer traverse la plaine et, dans les années 1880, on se demande qui a bien pu avoir l'idée de construire un passage à niveaux sur une route si peu fréquentée que, cent ans plus tard, elle n'est toujours pas goudronnée. Officiellement, la mère Rousselet est garde-barrière. L'indemnité que lui verse la SNCF est ridicule mais le logement gratuit qui accompagne la fonction est un avantage considérable pour cette famille nombreuse qui vit dans des conditions proches de la misère. Depuis sept ans, la maisonnette dispose de l'électricité mais il n'y a pas l'eau courante et il faut aller au puits. Seules les deux pièces du bas peuvent être chauffées. Faute de cheminées, il n'est pas possible d'installer un poêle dans les chambres du haut. L'intérieur est petit, vieux, sale, indigent. Pousser la porte de cette masure de pauvres gens, c'est faire un bond de cent ans en arrière et pénétrer dans le monde de Zola.

« Suite à votre déclaration visant à obtenir une indemnité au titre des calamités agricoles, nous avons le regret de vous informer que, après vérifications, nous constatons que les parcelles ZH 28 et ZH 29 sont classées en nature de bois. En conséquence… »

Quand il est entré dans la maisonnette, toute la nichée était regroupée autour de la grande table de la cuisine sur laquelle il y avait un litre de mauvais pinard et des verres à moitié vides. Du linge séchait sur des fils tendus au-dessus de la cuisinière. Le père, la mère, les sept gosses – dont trois petits plus ou moins handicapés – et un gars d'une vingtaine d'années, tous assis autour de la grande table, ne faisaient rien.

— Il travaille depuis quelques mois dans la même ferme que moi, a expliqué le père Rousselet en désignant le gars sur les genoux duquel était assise la Mireille, l'aînée de la fratrie, une gamine de seize ans qui n'avait jamais eu les yeux dans sa poche et à qui Jacques avait eu bien du mal à apprendre à lire. Il est de l'assistance. Il n'a nulle part où dormir. Cet été, il pieutait à la ferme mais maintenant, il fait trop froid.

Jacques ne connaît pas ce jeune gars mais il n'a pas été étonné de le trouver là. Le père et la mère Rousselet n'ont quasiment rien, mais ils ont un cœur en or et partagent volontiers le peu qu'ils ont. Comme l'avait dit Gilbert, « ils seraient capables de se priver de pinard pour acheter un litre de lait à un gosse qui en aurait besoin ».

Jacques repose la lettre de Bailly. La situation est claire : sans rien demander à personne ni faire aucune déclaration, le cultivateur a déroqué deux parcelles de bois et les a ensemencées en maïs. Comment la DDA pourrait-elle aujourd'hui indemniser une perte de récolte de maïs cultivé dans des bois ? *« Il va falloir régulariser et leur envoyer une déclaration de changement de nature de culture. »*

Jacques se lève et va chercher un imprimé.

La mère Rousselet a expliqué que les enfants ne sont pas allés à l'école parce qu'elle a lavé leur linge et que les affaires n'ont pas eu le temps de sécher.

— Je pouvais pas les envoyer à l'école tout nus. Avec ça qu'il fait un froid de canard !

Les papiers concernant le recensement que Jacques avait remplis étaient toujours sur le buffet, non signés, tels qu'il les y avait posés quelques jours auparavant. Il les a fait signer et les a remportés.

— Il faut qu'ils viennent à l'école. Demain, vous me les envoyez, a dit Jacques d'une voix ferme.

— C'est presque sec, avait répondu le père Rousselet en désignant les pulls. Vous inquiétez pas, ils viendront.

Jacques est sorti et, une fois à l'extérieur, il avait fait un demi-tour pour refermer la porte vitrée : Mireille était en train de bécoter le gars de la ferme.

Le maire aussi a du retard. Il n'arrive qu'à six heures et demie.

— Je me suis arrêté chez Robert, dit-il. Il n'était pas là. Dès qu'il rentrera, sa femme lui dira de nous rejoindre à la mairie.

Robert Chantoiseau est adjoint au maire. Artisan bourrelier entre les deux guerres, la disparition progressive des chevaux après la libération l'a obligé à se reconvertir dans la restauration de fauteuils et sièges, activité qu'il continue à pratiquer aujourd'hui malgré ses soixante-seize ans. C'est un homme que Jacques apprécie pour sa droiture, sa constance, sa mesure et son immense bon sens qui compense largement son manque d'instruction.

— Je l'ai vu hier soir, dit Jacques. Nous avons parlé du regroupement pédagogique.

M. Leclerc ne rebondit pas sur cette histoire de regroupement pédagogique. Il est préoccupé par autre chose.

— Si je suis un peu retard, dit le maire en guise d'excuse, c'est parce que j'ai été accroché par Christelle Grenouillet. Elle était à la maison. Elle n'a pas été tendre.

— Vous aurait-elle parlé du curé de Mélicourt ?

— Tout juste.

Christelle Grenouillet est réputée avoir un caractère inflexible. Elle habite Mélicourt, dans une maison de notaire située à deux pas du presbytère. Ce voisinage avec le curé n'est pas la seule raison qui explique la proximité cultuelle qu'elle entretient avec l'église, l'enseignement catholique et le prêtre. C'est une femme riche, autoritaire, rigide sur la morale et la religion. Son mari gère les immeubles qu'elle possède à Orléans et Étampes et que son père, riche marchand de vins, lui a laissés en héritage. C'est une militante catho, pour ne pas dire une prosélyte.

M. Leclerc s'assied et raconte en toute liberté :

— Elle vient à la maison de temps en temps. Pour ce qui est de la religion, elle est toujours la première à être au courant des nouvelles. Le curé de Mélicourt va devoir reprendre les paroisses de Fresnay et de Colville qui sont désormais vacantes, mais en plus son secteur va être élargi aux paroisses de Heudicourt et Brétigny. Avec Mélicourt, Chambray et Viéville qu'il fait déjà, ce sont sept paroisses dont il va désormais avoir la charge. Une catastrophe aux yeux de Mme Grenouillet qui prétend que les fidèles vont forcément être délaissés. Mais le pire pour elle, c'est que l'évêché parle de l'éloigner pour le loger ailleurs. Si des améliorations ne sont pas apportées au presbytère de Mélicourt, il sera déplacé. Dans un premier temps, l'évêché avait envisagé de le déménager à Fresnay mais le conseil municipal a déjà voté le principe d'une vente pour financer la future salle des fêtes. L'évêché aurait trouvé un autre logement. En clair, elle m'a redit tout ce que le maire de Mélicourt m'a dit l'autre jour sur l'état de vétusté de son presbytère.

— Oui, vous m'en aviez parlé.

— Aux yeux de Christelle Grenouillet, ces travaux sont hautement prioritaires. Elle en a parlé à plusieurs reprises à M. Maillard qui, chiffres à l'appui, lui a montré que le maigre budget de la commune ne peut supporter une telle charge.

— Mélicourt s'est endetté ces dernières années…

M. Leclerc marque un temps d'arrêt. Il sait que Jacques, contrairement à lui qui va à la messe chaque dimanche, n'est pas homme d'Église, mais il sait aussi que le maître d'école, en laïc qu'il est, n'est pas sectaire, pas hostile ni à l'Église ni au curé. Il n'a rien d'un Duval ou de ces vieux retraités des Ponts et Chaussées ou de la SNCF qui sont toujours prêts à bouffer du curé au comptoir du bistrot. M. Gaubert n'a jamais fait de difficulté pour libérer les enfants de chœur lors des cérémonies. Il est respectueux des opinions des gens et assiste aux enterrements et aux mariages religieux. Certes, on ne l'a jamais vu faire le signe de la croix, mais après tout, c'est son droit.

Il existe une grande confiance, pour ne pas dire de la complicité, entre le maire et son secrétaire. Comme il le fait pour tous les sujets importants, M. Leclerc s'adresse à Jacques en ami et conseiller, et sa voix devient plus familière :

— J'ai besoin de votre avis et de vos conseils…

— Ah…

À ce moment, la porte d'entrée grince. Robert Chantoiseau arrive.

— Tu tombes à pic, lui dit Noël. J'étais sur le point d'expliquer l'idée de Christelle Grenouillet à M. Gaubert.

— J'étais à Saint-Lubin. Si j'avais su que tu souhaitais que je vienne à la mairie…

— Je ne le savais pas moi-même il y a une heure, le rassure Noël.

— Hier au soir, vous m'avez parlé du regroupement pédagogique, dit-il en se tournant vers

Jacques. Je suis bien content de vous voir tous les deux parce que j'ai pensé à un truc.

— Tu veux qu'on commence par ça ? demande le maire.

— Non. T'étais en train d'expliquer quelque chose et je t'ai coupé, s'excuse l'adjoint. Continue. Tu disais donc que Christelle Grenouillet avait une idée. J'imagine que c'est rapport au curé de Mélicourt.

— Oui, répond Noël. Enfin, du presbytère plus que du curé. Elle suggère une solution et j'aimerais avoir votre point de vue à tous les deux. D'accord, elle admet que le budget de Mélicourt ne peut pas financer les travaux, mais elle met en avant que Mélicourt n'est pas la seule commune à bénéficier de la présence du prêtre. Avec les quatre qui vont s'ajouter aux trois déjà desservies, ce sont sept communes qui vont être concernées.

M. Leclerc poursuit en racontant que, pour faciliter la tâche du curé sur un territoire aussi vaste, Mme Grenouillet a entrepris d'aller voir, un par un, les fidèles de ces sept paroisses pour les inciter à faire un don dans le but d'acheter une voiture au curé : « Tout le monde est bien content qu'il soit là pour les messes, les enterrements et les mariages, leur a-t-elle expliqué. Si on veut qu'il reste, il est normal de mettre la main à la poche, et les premiers concernés, ce sont bien ceux qui vont à la messe. »

— C'est juste, approuve Chantoiseau.

— Pareil pour le presbytère. Elle voudrait que les six communes qui n'ont pas à entretenir un presbytère participent aux dépenses d'amélioration. C'est sur ce point que je voudrais votre avis.

Le cas ne s'est jamais posé et aucun des trois hommes n'a connaissance de communes qui se sont associées pour réaliser ce genre de travaux. Chantoiseau se tourne vers Jacques :

— Il y a une certaine logique dans ce qu'elle suggère, dit-il. Mais avant de se lancer dans des discussions, faut d'abord voir si c'est possible légalement. L'entretien des églises, c'est pour les communes, ça oui, mais celui des presbytères ?

— Vous pensez que la préfecture pourrait nous éclairer ? demande le maire.

— Certainement, précise Jacques. Il faut voir ce que dit la loi parce qu'une fois les travaux terminés, la valeur du presbytère aura augmenté. C'est du patrimoine communal privé. La preuve, de nombreuses communes les ont vendus.

— Ceci dit, ajoute Chantoiseau, sur le principe, une participation des communes desservies ne semble pas anormale.

— Vous pourriez vous renseigner ?

— Oui. Bien sûr. J'en parlerai aussi au receveur municipal. Le cas s'est peut-être posé ailleurs.

M. Leclerc énonce la longue liste des travaux à entreprendre : chauffage central avec réfection d'au moins une cheminée, sanitaires, WC et fosse septique, carrelages, menuiseries, fenêtres, peintures, emmarchement du perron…

— M. Maillard s'est renseigné sur le montant de la dépense ? demande Jacques.

— Non. Il ne prend pas la suggestion de Mme Grenouillet très au sérieux…

— Il n'a pas besoin de poser la question pour connaître la réponse de Duval. Il refusera. Alors,

Maillard doit se dire que ça ne sert à rien de perdre son temps.

— Évidemment, pour convaincre Duval… soupire M. Leclerc avant de poursuivre : Je n'ai pas idée du montant global mais je suppose que c'est l'affaire de plusieurs dizaines de milliers de francs. Une petite fortune.

— Il faut faire l'inventaire des travaux à entreprendre et les chiffrer. Sans devis, on discute dans le vide.

La discussion se poursuit à bâtons rompus. M. Leclerc ne cache pas que, si les manières de Mme Grenouillet et sa façon de faire pression l'agacent, il trouve qu'elle n'a pas tort sur le fond et il serait favorable à une coopération. La propriété de ce bâtiment par la seule commune de Mélicourt constitue sans doute un obstacle juridique majeur, mais un presbytère, n'est-ce pas un logement de fonction au même titre que celui d'un instituteur ?

— Le service est différent, résume Chantoiseau, mais dans la tête des gens, le curé et l'instituteur sont souvent mis sur le même plan.

Jacques pense à son propre logement. Certes, le chauffage central a été installé dans la classe, la mairie et le logement dès 1947 et sa famille est bien mieux chauffée que le curé de Mélicourt, mais lui non plus ne dispose pas de WC à l'intérieur. Comme le curé, il se contente de cabinets extérieurs, à la différence près que le curé, lui, n'a pas d'enfants.

— Son père est très âgé. Il faut être humain, lâche-t-il.

Le ton de sa voix laisse percevoir un sous-entendu qui n'échappe pas à Chantoiseau :

— Avouez, monsieur Gaubert, qu'entre le curé et vous, il y a au moins un point commun : vous ne réclamez jamais rien pour vous.

Il se tourne vers le maire :

— Les cabinets dans le logement de l'école, on aurait dû y penser depuis des années.

M. Leclerc hoche la tête dans un signe d'approbation.

— Conclusion sur le presbytère : on se renseigne d'abord pour savoir si, sur le principe, une participation de toutes les communes est possible. Si c'est oui, on est favorables.

Chantoiseau acquiesce et enchaîne :

— Se regrouper pour éviter le départ du curé, c'est pas très différent de notre histoire de regroupement pédagogique. C'est même pareil. L'idée, c'est bien de se regrouper pour éviter le départ de l'instituteur et la fermeture de l'école.

« *Très juste*, pense Jacques. *Financer en commun les travaux du presbytère de Mélicourt, c'est même faire avancer l'idée d'un regroupement pédagogique. Comment les conseils municipaux pourraient-ils refuser à l'école ce qu'ils accepteraient d'accorder à l'église ?* »

— Seulement, poursuit Chantoiseau, faut voir les choses comme elles sont : que ce soit pour le presbytère ou l'école, rien ne pourra se faire sans Colville.

— Exact, confirme M. Leclerc. Si Duval s'y oppose, c'est même pas la peine de commencer à discuter.

Court silence. Pour l'instant, les trois classes de l'école de Colville ne sont pas remises en cause et Duval n'est pas demandeur d'un regroupement pédagogique. D'autre part, ils connaissent le bonhomme et l'image qu'il se donne d'homme de gauche, de pilier de la République, de défenseur de l'école laïque... enfin, de « son » école laïque. Chantoiseau en vient à son idée :

— Toi, Noël, s'il te voit arriver, il sera aux anges. Il rigolera et tu n'auras même pas le temps de lui expliquer ton idée. Si c'est moi, ce sera à peu près pareil. Il ne m'aime pas plus que toi et il se fera un malin plaisir de nous rembarrer. Avec nous deux, c'est foutu à l'avance. Alors, voilà ce que j'ai pensé... (Il s'adresse à Jacques :) Il a de la considération pour les maîtres d'école et je crois qu'il vous estime. Si c'est vous qui lui en parlez en premier, il y a une chance qu'il vous écoute.

Coup d'œil furtif en direction du maire pour rechercher son assentiment :

— Monsieur Gaubert, je crois qu'il vaudrait mieux que ce soit vous qui lui parliez du regroupement pédagogique. Qu'en pensez-vous ?

XI

Le cas Comone

POUR QUE SA VISITE ne soit pas ressentie comme une démarche téléguidée par le maire de Chambray et son adjoint, Jacques décide d'aller voir Duval non pas dans sa mairie, mais chez lui, à Colville, dans ce qui était autrefois la ferme familiale et n'est plus aujourd'hui qu'une maison proprette à la cour gravillonnée depuis que la vieille mère est morte. Quand il tire la sonnette, vers cinq heures et demie, Comone est en train de regarder la télévision.

— *Les Chiffres et les Lettres*, c'est mon émission, l'accueille-t-il. Je la regarde presque tous les jours. Avant, c'était *Le Mot le plus long*, mais il n'y avait pas les chiffres. Le calcul, c'est nouveau et j'aime bien.

Il fait entrer Jacques dans la grande pièce qui lui sert tout autant de cuisine, de salle à manger que de bureau. Le téléviseur trône en bonne place, juste en face d'un fauteuil en cuir aux accoudoirs usés.

— Entrez, entrez et faites pas attention. C'est le lundi que Madeleine vient faire le ménage. Moi, je passe bien un coup de balai, mais c'est pas fait à fond comme quand elle vient.

Duval est « vieux gars », comme on appelle ici les hommes qui ne se sont jamais mariés. Il a toujours vécu dans cette maison avec ses parents, ce qui ne l'a pas empêché de se forger une réputation de chaud lapin. La pièce est propre, bien rangée, sans la moindre petite touche de fantaisie trahissant la présence d'une main féminine. Il fait signe à Jacques de s'asseoir sur l'une des quatre chaises qui entourent une table où sont posés un tapis et des cartes. À n'en pas douter, la pièce sert aussi de rendez-vous pour les amateurs de belote.

— Un maître d'école chez moi, c'est pas tous les jours, plaisante-t-il. C'est pas la maîtresse d'ici qui s'arrêterait pour me causer. Celle-là, c'est pas son genre...

— Je passais à Colville, ment Jacques. Alors, je me suis dit, je vais aller dire bonjour à monsieur Duval.

Le bonhomme est roué et Jacques le sent flairer comme un chien de chasse qui frémit au moment de débusquer une caille. Dès son arrivée, Duval a compris que Jacques vient lui parler de l'école de Chambray, mais il fait semblant de n'avoir rien deviné et fait durer le plaisir.

— Je vous offre un petit quelque chose ? propose-t-il. Un petit cassis ?

Jacques s'apprête à refuser mais, par souci de ne pas braquer le bonhomme, il accepte.

— Un tout petit, histoire de trinquer.

— C'est du naturel. Le cassis, il vient de mon jardin, et l'alcool, c'est moi qui le fais. Ma mère avait le droit de brûler. Je l'ai conservé et je continue à faire de la goutte tous les ans. Si j'arrêtais une année, ce serait fini.

Duval se dirige vers le buffet, ouvre la porte vitrée, prend l'une des bouteilles qui se trouve sur l'étagère du haut et deux petits verres sur celle du bas. Au moment de faire demi-tour pour revenir vers la table, il avise l'un des cadres posés dans la niche du milieu.

— C'est les chars américains quand ils ont libéré Colville, dit-il en tendant la photo. Vous les avez peut-être jamais vus ? Ils étaient garés dans le chemin du moulin. Regardez, les gars sont en train de faire leur popote.

Jacques approche la photo de ses yeux et feint de l'examiner avec grand intérêt. Duval pose les verres et la bouteille. Il pointe le doigt :

— Tenez, le sergent, c'est celui-là. C'est lui que je suis venu chercher pour neutraliser les boches. Faut dire qu'à l'époque, nous, dans la résistance, on avait des informations que les Américains n'avaient pas. Ils ne connaissaient pas la région et ils ne parlaient pas un mot de français. Heureusement qu'il y avait des gars comme moi pour les guider.

En août 44, une colonne allemande avait traversé la région pour remonter vers l'est. Un camion était tombé en panne et était resté en arrière. La dizaine de soldats qu'il transportait ne disposait que d'armes légères. Ils avaient monté une sorte de bivouac et se reposaient en attendant que le chauffeur, un peu mécanicien, répare un axe de chenillette qui avait pété. Duval était allé signaler leur présence à l'avant-garde américaine qui les avait faits prisonniers sans qu'un seul coup de feu ne soit tiré. Cette histoire, Jacques la connaît.

Duval fait son numéro habituel. Jacques a droit au récit de son exploit, à sa carte de combattant volontaire de la résistance et, de fil en aiguille, au fait qu'il a toujours été un résistant, un paysan, et pas un de ces gros cultivateurs qui faisaient du marché noir et payaient les ouvriers à coups de lance-pierres ; lui est un homme de gauche, qui récite des poèmes de Gaston Couté au banquet des anciens combattants.

— À la libération, le maire de Colville, c'était un gros cultivateur qui s'en était mis gros comme lui dans les poches pendant l'occupation. Comment que je te l'ai viré de la mairie ! Ça a pas fait un pli. C'est grâce à moi si la gauche est arrivée à la mairie.

Au bout d'un quart d'heure, Duval se rend compte qu'il lasse son visiteur. Il saisit son verre et invite Jacques à trinquer.

— Mais c'est pas pour entendre mes histoires que vous êtes venu.

Les deux verres s'entrechoquent. Le cassis est épais et envahit la bouche d'un goût de sirop trop sucré.

— Alors, dites-moi, enchaîne Duval, cette histoire de fermeture de l'école de Chambray, c'est-y vrai tout ce qu'on raconte ?

« *Nous y voilà* », pense Jacques.

Dans le fond, il n'est pas fâché que ce soit Duval qui prenne l'initiative. Il ne savait pas comment aborder le sujet.

— Pour l'instant, rien n'est officiel, mais c'est vrai, la fermeture est à craindre.

— Si c'est pas malheureux ! Moi, depuis toujours, je suis un vrai défenseur de l'école laïque. Si ça m'arrivait, j'en serais malade. À la place du maire de Chambray, je me battrais jusqu'au bout. Moi, j'suis de gauche, j'suis anticlérical, j'suis contre l'école privée. Moi, mon école, j'y tiens comme à la prunelle de mes yeux. C'est-y le cas aussi avec votre maire ?

— J'espère que vous ne serez jamais confronté à une telle situation.

— Colville a trois fois plus d'habitants. C'est pas demain que l'académie fermera l'école !

— L'école, non… mais une classe, c'est moins sûr. Dans deux ans, tous les enfants partiront au collège à onze ans et le certificat d'études sera supprimé. Plus d'élèves de onze à quatorze ans dans les écoles. Les effectifs baisseront, forcément.

Duval a une réponse brutale et insolente que Jacques n'attendait pas :

— À la rentrée, l'école de Chambray va fermer, mais il restera quand même des enfants. Chambray n'aura pas d'autre choix que de venir me supplier de les inscrire ici. À l'avenir, ils remplaceront les élèves qu'on va perdre.

Jacques remarque que, dans les propos bravaches de Duval, il y a la fanfaronnade et le cynisme du petit qui prend sa revanche sur les gros, du laïc sur le calotin, du rouge sur l'homme de droite. Jacques ne voit pas d'autre explication à l'inimitié qui existe entre son maire et Duval. L'emploi du mot « supplier » lui apparaît tout à fait révélateur. Pas facile après de tels mots de parler solidarité rurale, entente, coopération, avenir, maintien de la vie en campagne.

— Tout seul, on ne peut pas résister. Pour lutter contre les fermetures, faudrait se mettre tous ensemble.

Jacques, espérant prendre son interlocuteur au dépourvu, lui demande à brûle-pourpoint :

— Un regroupement pédagogique, vous, vous en penseriez quoi ?

Duval est un vieux renard qu'on ne surprend pas aussi facilement. Il a senti venir la question et s'est préparé. Il hausse les épaules et répond du tac au tac :

— Ah ! Me parlez pas de regroupement de quoi que ce soit ! Moi, je suis à fond contre. L'avenir, c'est pas dans ces machins intercommunaux. Les syndicats, qu'ils appellent ça. Ça coûte la peau du cul et on n'est plus maître chez soi. Que ce soit pour l'eau, les fossés ou l'école, je veux rester le patron dans ma commune. Moi à la mairie, Colville n'entrera dans aucun syndicat ou regroupement.

Pas vraiment une surprise pour Jacques, même si une riposte d'une telle virulence le déçoit. Il tente de faire vibrer la fibre républicaine de l'homme de gauche que l'autre se vante d'être :

— Créer un regroupement pédagogique, c'est défendre l'école laïque. Si on ne fait rien, les parents de Chambray seront peut-être tentés d'aller à l'école libre.

— L'école libre, faut payer. Les parents voudront pas. Faudra bien que votre maire vienne me supplier de les prendre…

La conversation est bloquée. Duval est en position de force. Il tient les manettes et il entend bien imposer sa vision des choses. Il enfonce le clou en ajoutant :

— C'est triste à dire mais, une fois de plus, le malheur des uns va faire le bonheur des autres.

Pour museler son envie de réagir trop vivement, Jacques porte le verre de cassis à ses lèvres. À quoi bon le braquer davantage ? En face, peut-être parce qu'il pense avoir remporté la partie, la voix de Duval s'adoucit et se fait visionnaire :

— Vous êtes secrétaire de mairie, vous êtes au courant aussi bien que moi de ce qui se trame à la préfecture. Le mois prochain, le préfet va proposer un plan départemental de fusion des communes. Pas un plan de regroupement, mais bel et bien un plan de fusion. Les mots ont un sens. Fusion, c'est pas regroupement. Qu'elles le veuillent ou non, que ce soit dans un an, cinq ans ou dix ans, les petites communes sont appelées à disparaître. Vous connaissez le pays. Quelle est la commune la plus importante dans le coin ? C'est Colville. On a donc vocation à absorber toutes les petites communes qui sont autour. Bientôt, il n'y aura plus qu'une seule commune dans le coin… et ce sera Colville.

Duval aspire la dernière gorgée de son cassis. Il repose son verre en concluant d'un air triomphant :

— Ce sera pareil pour les écoles. Un jour ou l'autre, il n'y en aura plus qu'une et elle sera à Colville. On n'y peut rien. C'est la géographie de la contrée qui veut ça.

Aujourd'hui, la mairie de Chambray n'est pas ouverte au public mais Jacques prétexte du travail pour prendre congé. Il en a vraiment assez de ce discours arrogant, qu'il se refuse de contrer pour ne pas prendre le plus petit risque d'hypothéquer les contacts futurs qu'il faudra bien avoir si on persiste dans l'idée d'un regroupement.

« Fichu bonhomme ! Ce ne sera pas facile de lui faire entendre raison. »

Quand il arrive à Chambray, il fait nuit noire. Gilbert est en train d'approvisionner la chaudière. La lampe extérieure fixée au-dessus de la porte de la chaufferie projette la silhouette du garde champêtre et de son képi jusque sur le mur de la classe. Jacques gare sa voiture sous le préau.

— Vous allez à la mairie ? l'interpelle Gilbert.

— Oui.

— Je termine le charbon et je viens vous voir. J'ai quelque chose à vous dire.

Jacques n'apprécie pas trop les liqueurs sucrées. Le goût sirupeux du cassis de Duval lui colle aux dents. Il éprouve le besoin de boire un verre d'eau avant de rejoindre la mairie. À peine sort-il de sa cuisine que Gilbert pénètre dans le couloir.

— C'est juste pour vous mettre au courant d'un petit truc, annonce-t-il.

Ils entrent dans la mairie et s'assoient. L'œil de Gilbert ne brille presque pas. Il n'est pas encore passé au bistrot.

— C'est à cause du tintouin que fait Christelle Grenouillet, commence le champêtre. Elle en fait, du foin, pour l'histoire du curé de Mélicourt. Elle est venue à la maison pour demander des sous, soi-disant pour lui acheter une 2 CV. Moi, j'ai déjà du mal à me payer un pneu pour mon vélo, c'est pas pour offrir une auto au curé. Elle va dans toutes les maisons pour quémander, aussi bien à Chambray qu'à Colville ou dans les communes qui vont être rattachées.

— Je suis au courant, l'interrompt Jacques pour couper court aux élucubrations.

— Mais c'est pas pour ça que j'voulais vous causer, se reprend Gilbert. Christelle Grenouillet, c'est une cul-bénite de première. Elle s'occupe aussi de l'école libre de Saint-Lubin. Dans toutes les maisons où il y a des enfants, en passant pour l'auto du curé, elle en profite pour faire de la propagande pour l'école privée. Partout, elle dit qu'à la prochaine rentrée, il y aura une cantine toute neuve et un système de garderie le matin et le soir à l'école de Saint-Lubin.

Aïe ! Mauvaise nouvelle ! Immédiatement, Jacques pense : *« Monter un regroupement pédagogique avec une telle concurrence, il faudra un miracle. »*

— Une cantine et une garderie, ça risque d'attirer les parents qui travaillent, poursuit Gilbert. Tout le monde n'a pas la grand-mère à côté. Déposer les gosses le matin à 8 heures et les reprendre le soir à 6 heures, c'est pratique pour les femmes qui travaillent.

Gilbert a raison. C'est pratique. Ce nouvel obstacle ramène Jacques à la difficile conversation qu'il vient d'avoir avec Duval. L'abattement l'envahit à nouveau. C'est comme si son projet prenait deux coups de fusil dans les ailes : le coup gauche tiré par Duval et maintenant le coup droit tiré par l'école libre.

— Vous, ça doit pas vous réjouir, dit Gilbert, mais j'en connais un autre que ça va foutre en colère : c'est Comone. Je l'entends gueuler d'ici ! Déjà qu'il peut pas voir la mère Grenouillet en temps normal, alors quand il va apprendre sa propagande pour l'école libre, il va bondir.

— Elle n'est pas la seule que Comone n'aime pas… lâche Jacques d'une voix sourde.

En tant qu'instituteur et secrétaire de mairie, Jacques s'oblige à la plus grande réserve. Il s'estime au service de tous les habitants du village et la retenue est sa ligne de conduite. Tout le monde doit pouvoir venir à la mairie sans éprouver la moindre réticence. L'école et la mairie doivent être accueillantes pour tous. D'ordinaire, il ne se laisse jamais aller à ce genre de remarque, surtout devant le garde champêtre qui répète tout. La réflexion est inhabituelle et surprend.

— Vous voulez parler de Comone par rapport à notre maire ? demande Gilbert.

— Par exemple…

Gilbert est surpris. Beaucoup de gens savent pourquoi les deux maires ne sont pas en bons termes. M. Gaubert l'ignorerait-il ? Il est vrai que cette vieille histoire remonte à 1953 et que personne n'en parle plus dans le pays. C'est cependant curieux que la belle-famille de l'instituteur, les Fauconnier, ne lui en aient jamais parlé.

— Votre femme est du pays, dit-il. Vous devez connaître l'histoire depuis longtemps.

— Quelle histoire ?

— Vous savez pas pourquoi Comone en a après M. Leclerc ?

— Ben non.

— Ah ! Depuis le temps que vous êtes à Chambray, personne vous a jamais rien dit ?

— Pas même vous !

L'œil de Gilbert brille d'un éclat nouveau. Il avance le torse, pose les deux bras sur la table et se livre à son exercice de prédilection : dévoiler un secret.

— Ça remonte à la guerre, commence-t-il en empruntant un ton de conteur aguerri. Pendant l'occupation, Comone était dans la résistance. Depuis la libération, il rebat les oreilles de tout le monde avec ses exploits. À l'entendre, il a libéré Colville à lui tout seul. Il vous a jamais montré sa carte officielle ?

Jacques hoche la tête.

— Qui ne l'a jamais vue ?

Gilbert poursuit en racontant que la résistance, la lutte contre les boches, les parachutages d'armes, la clandestinité, les Allemands faits prisonniers grâce à Comone, c'est sa période glorieuse. Avec des accents ironiques, le champêtre tourne quelque peu les exploits héroïques du maire de Colville en dérision, en ajoutant que Chantoiseau, qui a été un résistant de la première heure et qui l'a côtoyé dans la clandestinité, dit que Comone est un vantard.

— C'est vrai que quand il a un verre de trop, Comone a tendance à en rajouter pour se faire mousser. Y a toujours du vrai dans ce qu'il dit mais faut trier. Remarquez, au bistrot, c'est pas rare que les gars enjolivent.

Pendant l'occupation, c'est M. Leclerc père qui était maire de Chambray. Cet homme, Gilbert lui voue une reconnaissance éternelle. C'est grâce à lui qu'il est devenu garde champêtre. À l'époque, le fils Leclerc, devenu maire depuis, avait une vingtaine d'années. Comme beaucoup de jeunes de cet âge-là, il a été requis au Service du Travail Obligatoire, le fameux STO de triste mémoire, et il a été obligé de partir travailler en Allemagne.

— Il était pas partant. Il s'était caché dans la ferme de son oncle. Les gendarmes sont allés le chercher et l'ont conduit au train. Encore heureux que son père était maire et qu'il connaissait bien les gendarmes ! Il était moins une qu'il soit classé réfractaire et qu'il soit envoyé dans un camp en Pologne.

Noël Leclerc avait alors dû travailler pendant deux ans dans les usines Messerschmitt, en Bavière. Deux ans sans revenir une seule fois à Chambray.

— Moi, j'ai connu sa mère. La pauvre, elle faisait peine à voir.

Gilbert baisse la voix et devient grave. Jacques se fait très attentif. Le champêtre en arrive au cœur de son histoire. Le dénouement est proche.

— Un soir de 1953, on était tous au bistrot. Comone en avait un petit coup dans le nez. Comme d'habitude, il en avait contre les capitalistes, les patrons, les gros cultivateurs.

Le nom de Leclerc, exemple type, à ses yeux, du gros cultivateur capitaliste, était alors venu dans la conversation. Le verre de trop avait provoqué le dérapage verbal de Comone qui avait martelé : « Pendant que je risquais ma vie dans la résistance, il y en a d'autres comme Noël qui étaient partis en Allemagne pour travailler dans les usines Messerschmitt. » Il n'avait pas vraiment dit les choses, mais tout le monde avait compris qu'il l'accusait de collaboration.

— C'est là que ça a mal tourné. Il n'a pas dit que Noël avait été un collabo mais c'était tout comme. Ses paroles sous-entendaient que le fils Leclerc était parti de son plein gré en Allemagne pour fabriquer les avions avec lesquels les boches nous cassaient la gueule. Sur le coup, ça a fait rigoler les gars accoudés au comptoir, mais dès le lendemain matin, il s'en est évidemment trouvé un pour tout rapporter.

Le garde champêtre agite la main pour signifier combien Noël Leclerc avait vu rouge.

— Être catalogué collabo quand on a été arrêté par les gendarmes et envoyé de force en Allemagne, ça fait pas plaisir. Le soir, pile à l'heure où le bistrot est plein, Noël est venu. J'y étais. Il était blanc et il avait un papier à la main. On a senti que ça allait péter et tout le monde s'est arrêté de parler. Il s'est avancé vers Comone qui tapait le carton à une table. D'abord, il a rien dit. Il s'est contenté de lever le bras et de le tourner dans toutes les directions pour montrer le papier. J'ai tout de suite reconnu le tract du parti communiste que presque tout le monde avait trouvé dans sa boîte aux lettres au début 1941. Le titre, c'était « Pour le salut du peuple français ». En 1941, Comone était communiste et il le distribuait la nuit dans tous les villages du coin.

Jacques connaît son histoire de France. D'août 1939 à juin 1941, le Parti communiste français avait soutenu le pacte germano-soviétique conclu entre l'Union soviétique et le Reich. Les Soviétiques étant les alliés d'Hitler, au début de la guerre, les communistes appelaient à collaborer pour préserver la paix et lutter contre le capitalisme. Pour s'aligner sur la politique de Moscou, il fallait soutenir le Reich. *« Duval était donc du côté de Pétain... »*, réalisa Jacques.

— Noël Leclerc est resté très calme, poursuit Gilbert. Il a regardé tout le monde dans les yeux et il a déclaré d'une voix très forte : « En février 41, vous avez tous eu dans vos boîtes aux lettres ce tract appelant à collaborer avec les Allemands et à soutenir Pétain. Celui-là, c'est mon père qui l'a ramassé dans celle de la ferme. À votre avis, qui parcourait la campagne la nuit pour le distribuer ? » Personne n'a répondu à haute voix. Silence général. Noël est parti sans ajouter un seul mot. Tous les gars sont sortis derrière lui et Comone est resté tout seul comme un con.

— C'est donc pour ça… commente Jacques. Je ne savais pas.

« Même vingt ans après, c'est le genre de gifle qui ne s'oublie pas. Je comprends mieux maintenant pourquoi Duval et Leclerc ne s'aiment pas. »

— Pendant le reste de la guerre, et jusqu'à la libération, Comone a fait de la résistance, essaie de le racheter Gilbert. Quand les Américains sont arrivés, c'est lui qui est allé au-devant d'eux pour dénoncer des Allemands qui se cachaient dans les bois. C'est d'ailleurs à cause de ça qu'on l'appelle Comone aujourd'hui. Mille fois il s'est vanté de parler anglais et de les avoir guidés en répétant *« Come on ! Come on ! »* Il l'a raconté tellement de fois qu'on a fini par l'appeler comme ça et que ça lui est resté.

« Troisième coup de fusil contre le regroupement pédagogique ! pense Jacques. *Cette inimitié entre les deux maires n'est pas de bon augure. Les mettre autour d'une même table pour discuter ne s'annonce pas simple. »*

XII

Un soutien du bout des lèvres

Robert Chantoiseau arrive en mairie alors que Jacques est en train de rédiger l'acte de décès de la veuve Petit, une gentille petite vieille de quatre-vingt-onze ans dont la postérité ne retiendra que l'anecdote de son dentier.

— Bon sang qu'on avait rigolé ce jour-là ! se rappelle Chantoiseau. J'me rappelle, c'était pour l'élection des députés. Elle était venue voter juste après la messe et elle avait oublié son dentier dans l'isoloir. Quand elle est revenue le chercher, elle a expliqué qu'elle l'avait enlevé parce qu'il la gênait pour coller l'enveloppe. Mais elle risquait pas de la coller puisque les enveloppes électorales ne sont pas gommées. Le plus drôle, c'est qu'elle rigolait encore plus fort que nous en le remettant dans sa bouche.

Jacques a vécu ce moment et il s'en souvient aussi en souriant.

— C'est assez formidable de se dire que désormais, c'est le grand fou rire qu'elle avait à ce moment-là qu'on reverra chaque fois qu'on prononcera son nom.

— Depuis quelques jours, sa fille m'avait dit qu'elle toussait beaucoup.

— Elle est morte cette nuit. C'est son gendre qui m'a apporté le certificat.

— Brave femme. Encore une page de l'histoire de Chambray qui se tourne !

M. Leclerc arrive à son tour. Dès qu'il serre la main de son ami Robert, il lui explique pourquoi il tient à ce qu'il soit présent.

— Rencontrer le maire et son adjoint donnera un caractère un peu plus officiel à l'entrevue. Une fois que l'inspecteur aura dit ce qu'il a à nous dire, on lui exposera comment on voit l'avenir scolaire de nos enfants. Je crois qu'on ne sera pas trop de trois pour le mettre de notre côté.

— Deux, rectifie Jacques. Aborder l'organisation scolaire relève de la politique. Je ne suis pas élu. Moi, je resterai dans mon rôle de secrétaire de mairie et d'instituteur.

M. Leclerc approuve d'un mouvement de tête.

— Vous avez raison. Le cadre n'est pas le même pour vous. L'inspecteur vient pour rencontrer le maire.

Les phares de la DS balaient la place à 6 heures précises. M. Thibault est d'une ponctualité remarquable. Le maire va au-devant de lui et l'accueille dans le couloir.

— Nous vous attendions. Entrez, je vous en prie.

— Merci d'avoir accepté la date que je vous ai proposée, dit M. Thibault en lui serrant la main. Mon agenda est très chargé en ce moment et j'aurais eu beaucoup de mal à vous en proposer une autre dans les quinze jours qui viennent.

— M. Chantoiseau, adjoint au maire, le présente M. Leclerc. Nous gérons l'école ensemble.

L'inspecteur salue M. Gaubert et lui glisse un « Vous allez bien ? » avant de prendre place autour de la table du conseil.

— Monsieur le maire, commence-t-il, vous connaissez l'objet de ma visite.

— Je m'en doute. M. Gaubert m'a fait part de votre... réflexion.

— L'inspection académique a étudié les effectifs actuels et à venir. Cette année, dix-sept enfants sont scolarisés. L'an prochain, il n'y en aura plus que onze, ce qui est nettement insuffisant pour maintenir une classe. Pour les années à venir, compte tenu des grands qui quitteront l'école et des petits qui entreront, l'effectif devrait être de treize dans deux ans, puis à nouveau treize l'année suivante, puis douze.

L'inspecteur observe le maire et son adjoint. S'ils réagissaient et engageaient la discussion, sa tâche en serait facilitée. Mais, en bons paysans, les deux élus restent muets et le laissent épuiser ses arguments. M. Thibault poursuit :

— Je ne vous cache pas que je trouve ces prévisions très optimistes, parce qu'elles supposent que le certificat d'études perdurera. Vous savez bien que la décision d'envoyer tous les enfants au collège à partir de onze ans est imminente. Bientôt, il n'y aura plus aucun enfant de onze à quatorze ans dans les écoles primaires. D'autre part, le ministère s'oriente vers la suppression des classes uniques, qui ne permettent plus de mettre en œuvre les nouvelles méthodes pédagogiques.

Il marque un temps d'arrêt, étonné que ses propos ne provoquent aucune réaction. Il regarde l'instituteur qui, comme les deux élus, l'écoute, les deux coudes sur la table, le menton posé dans les paumes de ses deux mains.

— Pour toutes ces raisons, l'inspection académique a décidé la fermeture de l'école de Chambray. Je suis désolé…

Le maire et l'adjoint échangent un rapide coup d'œil. Au grand soulagement de l'inspecteur, Chantoiseau se décide enfin à parler :

— Onze élèves à la prochaine rentrée, pour vous c'est peut-être pas un effectif suffisant pour maintenir une classe, mais il n'empêche que ces onze enfants, il faudra bien qu'ils aillent à l'école quelque part. Alors, qu'est-ce que vous avez prévu pour eux ?

— Vous soulevez un point très important. L'école est obligatoire. La loi précise ce qui relève de l'Éducation nationale et ce qui incombe aux communes. Nous gérons les enseignants et la partie pédagogique. Vous avez la responsabilité de l'organisationnel, des locaux, du matériel et des moyens d'enseignement. Tout l'aspect matériel de l'enseignement relève de la compétence du maire et du financement par les communes.

Il se tourne vers M. Leclerc et retrouve l'assurance de celui qui a la loi de son côté.

— Monsieur le maire, c'est donc à vous et à votre conseil de trouver une solution pour scolariser les enfants de votre commune.

On jurerait que le maire et l'adjoint ont mis au point une stratégie pour faire face. Comme s'il se réservait pour l'étape suivante, M. Leclerc continue à se taire et c'est encore Chantoiseau qui monte au créneau :

— Vous en avez de bonnes, monsieur l'inspecteur. Vous nous supprimez le poste d'instituteur et vous nous dites : « Débrouillez-vous. » À la prochaine rentrée, les enfants, on veut bien les mettre dans la classe et payer tout ce qui est nécessaire, mais qui leur fera classe si vous nous enlevez le maître ?

— Non, monsieur Chantoiseau, je ne vous dis pas « Débrouillez-vous ». Je suis conscient de mes responsabilités et je vais vous aider à trouver une solution. La plus évidente, c'est de vous entendre avec une commune voisine. Vous pensez bien qu'avant de vous rencontrer, j'ai regardé les effectifs des écoles alentour. Celle de Colville, qui compte trois classes, peut facilement accueillir les enfants de Chambray. Je suis tout prêt à contacter le maire de Colville pour faciliter les choses si vous le souhaitez.

L'inspecteur ne soupçonne évidemment pas l'inimitié qui oppose les maires des deux communes, mais la facilité avec laquelle il propose cette solution déplaît aux deux élus. Jacques regarde le visage en apparence impassible de M. Leclerc et y note d'imperceptibles traces d'agacement. S'ils étaient en tête à tête, M. Leclerc lui confierait probablement qu'il n'apprécie pas cette forme de condescendance des gens de la ville qui se débarrassent des problèmes des ruraux en trois secondes, sans leur demander ni leurs besoins, ni leurs aspirations, ni leur ressenti. Le secrétaire de mairie connaît bien son maire. Il sent qu'après avoir beaucoup écouté sans jamais qu'on lui demande son avis, M. Leclerc va passer à l'offensive.

— Je suis vraiment navré pour vous, dit l'inspecteur sur le ton de la conclusion. Je n'ai pas d'autre alternative que la fermeture de l'école.

M. Leclerc échange un regard avec son secrétaire de mairie-instituteur et riposte avec le calme d'un homme de la terre :

— Monsieur l'inspecteur, vous décidez la suppression d'un poste d'instituteur, pas la fermeture de l'école…

M. Thibault semble interloqué :

— C'est pareil. S'il n'y a plus d'instituteur, il n'y a plus d'école.

— Ah oui ?

La question s'accompagne d'un mouvement de tête qui sonne comme le reproche d'avoir bâclé très hâtivement la réflexion. Le maire tire alors sa première cartouche et le ton se fait sévère :

— Inscrire tous les enfants de Chambray dans l'école d'une autre commune est la solution de facilité. Elle ne tient compte ni de l'intérêt des enfants ni de la vie du village, ni de l'avis du conseil municipal et de son maire, qui sont souverains en la matière. Une autre solution ne permettrait-elle pas de maintenir une classe à Chambray et d'améliorer à la fois la qualité de l'enseignement, la bonne scolarité des enfants et la pratique pédagogique des enseignants ?

M. Thibault se sent remis à sa place. Sur l'instant, il comprend qu'il est fait allusion à la création d'un regroupement pédagogique. Son regard fixe M. Gaubert.

— Je vois que vous n'avez pas attendu ma visite pour commencer à réfléchir.

M. Leclerc est le genre d'homme qui voit toujours dix ou quinze ans en avance. C'est vrai dans la conduite de son exploitation. C'est tout aussi vrai dans l'exercice de son mandat de maire. Il se fait visionnaire.

— Jusqu'à un passé récent, on vivait en autarcie dans les fermes. Il en était de même dans nos communes. On consommait ce qu'on produisait et la population disposait des services que la commune était capable de faire fonctionner. L'époque n'est plus à l'autarcie et au chacun pour soi. On entre dans l'ère de la coopération intercommunale. Toutes les communes connaissent des problèmes. Vouloir les résoudre individuellement ne permet pas de répondre aux aspirations des populations rurales. Il faut voir plus loin. L'avenir des campagnes passe par la coopération.

Belle déclaration que Chantoiseau illustre d'une manière plus familière :

— Comme on dit, ensemble on est plus forts.

— Concrètement, se reprend l'inspecteur, quelle serait votre proposition ?

M. Leclerc se détend. Il sait qu'il va désormais pouvoir exposer l'idée qui lui permettrait tout à la fois de garder son maître d'école, son secrétaire de mairie et son infirmière.

— S'il faut fermer l'école, on s'y résoudra. Mais avant, je veux étudier la possibilité de créer un regroupement pédagogique. Autour de Chambray, ce sont six à huit communes qui pourraient être intéressées. Il faut faire une étude et mettre le sujet sur le tapis de chaque conseil municipal. Une décision aussi importante ne peut pas tomber d'en haut.

Donnons la parole aux populations concernées. Je sais qu'il y aura des obstacles, mais s'il se dégage une volonté de faire vivre l'école sous une forme nouvelle, avec un peu de détermination et d'argent, on y arrivera.

— Cela risque effectivement de coûter cher, objecte l'inspecteur.

— S'il le faut, on augmentera les impôts, le rembarre Chantoiseau.

— Il faudra démontrer qu'un regroupement pédagogique va dans le sens de l'intérêt des enfants et leur apportera une meilleure scolarisation, poursuit le maire. On ne convaincra qu'avec des arguments éducatifs. Nous associerons nos instituteurs mais il nous faut la caution morale de l'Éducation nationale. Et ce soutien, c'est de vous que je l'attends.

L'inspecteur est flatté que son autorité morale soit reconnue. L'intérêt éducatif des enfants, c'est évidemment la préoccupation première de l'Éducation nationale. Il dodeline de la tête, montrant ainsi qu'il n'est pas hostile par principe, mais reste sceptique quant aux chances de voir aboutir un tel projet.

— Nous sommes déjà fin janvier, fait-il remarquer. Pour que ce soit opérationnel à la rentrée, il faudrait mettre les bouchées doubles. Conduire une étude, informer, discuter, réunir les conseils, décider, accomplir toutes les formalités pour créer un syndicat, cela demande du temps. Le calendrier est serré.

M. Thibault est un inspecteur qui a des années d'expérience derrière lui. D'ordinaire, il affronte des maires qui s'opposent à la décision de fermeture pour le principe, en évoquant la mort du village, la brutalité de l'administration, l'inhumanité des décisions prises dans les bureaux, quand ce n'est pas le mépris avec lequel les gens des villes traitent les gens des campagnes. C'est au nom de la tradition et du passé qu'ils s'accrochent à leur école. Avec M. Leclerc, qui apparaît en gestionnaire avisé, il affronte un maire différent. Pas une seule fois il n'a contesté le bien-fondé de la suppression du poste d'instituteur, pas une seule fois il n'a soutenu que, même avec onze élèves, il fallait maintenir la classe. C'est rare d'avoir pour interlocuteur un maire qui ne s'accroche pas à un passé révolu mais qui essaie de construire l'avenir en imaginant une solution différente.

— Pour répondre à votre souci, assure l'inspecteur, je suis prêt à cautionner et soutenir l'idée d'un regroupement pédagogique sous réserve que le projet soit pérenne. Additionner les faiblesses ne constitue pas une force. Présentez-moi un projet viable et je l'examinerai avec beaucoup d'attention… et une certaine bienveillance.

« *Enfin !* » se réjouit Jacques.

Il est vrai qu'un regroupement pédagogique est souvent une opportunité pour l'administration. Il est plus facile de remplir les classes et, ainsi, de réduire le nombre de postes budgétaires d'enseignant. Le climat se détend. Chantoiseau, qui manifeste constamment un esprit très pratique, bâtit déjà un plan d'action.

— Si vraiment on veut mettre quelque chose sur pied pour la rentrée, dit-il, faut d'abord contacter tous les maires des environs et tâter le terrain.

— Les enseignants aussi, ajoute l'inspecteur.

Il se tourne vers Jacques :

— Vous connaissant, je serais surpris que vous n'ayez pas déjà commencé. J'imagine que vous avez déjà sondé vos collègues et collecté des chiffres…

— C'est en cours, confirme Jacques.

— Les instituteurs, surtout s'ils sont aussi secrétaires de mairie, connaissent bien le terrain. Les aspirations des parents aussi…

— Monsieur l'Inspecteur, interroge M. Leclerc, si l'état d'esprit de mes collègues est constructif et que les communes alentour semblent favorables, accepterez-vous de donner un caractère plus officiel à ma démarche ?

— Un caractère officiel ?

— Une simple lettre invitant chaque maire à inscrire le sujet à l'ordre du jour de son conseil municipal, par exemple. Devant un conseil, un maire se sent plus fort en présentant une lettre à en-tête de l'Éducation nationale.

— Oui… à condition que le projet me semble solide sur le plan pédagogique, viable dans la durée, et que les conditions matérielles soient réunies.

La discussion se prolonge encore un petit quart d'heure. Ils évoquent différents points, en particulier l'aspect financier qui, aux dires de l'inspecteur, ne sera pas mince. M. Leclerc s'en tire par une plaisanterie en répétant une nouvelle fois que c'est son affaire et que, si c'est nécessaire, le conseil augmentera les impôts. Jacques observe que l'inspecteur ne déborde pas d'enthousiasme, mais qu'il ne manifeste aucune hostilité : *« Soutien assez mou, mais soutien tout de même. Qu'il ne mette pas de bâtons dans les roues est déjà une bonne chose. »*

Une fois l'inspecteur parti et la porte de la mairie refermée, le ton devient beaucoup plus familier et les trois hommes devisent très librement.

— Le gros morceau, ce sera Duval, dit Robert. Colville est incontournable dans un projet de regroupement pédagogique, et avec lui, c'est pas gagné d'avance.

— Maillard l'a rencontré pour lui parler de son histoire de presbytère, rapporte Noël. Je sais bien que Duval ne porte pas l'Église dans son cœur, mais le pauvre Maillard s'est fait littéralement jeter dehors. Tout le monde connaît l'anticléricalisme de Duval, mais là, il a poussé le bouchon un peu loin. Se regrouper pour faire quelque chose ensemble, ça lui donne des boutons. Il répète qu'il veut rester maître chez lui.

Jacques confirme et raconte sa propre visite :

— Je suis allé tâter le terrain. Il a de la considération pour les instituteurs et je crois qu'il a un peu d'estime pour moi. L'école laïque, c'est son drapeau, et j'espérais pouvoir discuter avec lui. Mais non. Il est borné. L'école de Colville, c'est son domaine, et il ne veut absolument pas entendre parler d'un regroupement. C'est comme avec le presbytère : je crois que c'est l'idée même de coopération dont il ne veut pas entendre parler. Pas question de syndicats intercommunaux. Alors, que ce soit pour le presbytère ou l'école, j'ai grand-peur que sa réaction soit la même.

Aucun des trois hommes ne se montre optimiste quant au changement de position de Duval. Noël ne se décourage pas pour autant. Il connaît le bonhomme et son entêtement, et les fanfaronnades de Duval ne l'émeuvent pas.

— C'est un obstacle, admet-il. On ne va pas baisser les bras. À Colville, il y a le maire, mais il y a aussi la population. Hollainville, Harvilliers, Mélicourt, Fresnay, Viéville et même Heudicourt et Brétigny, ça fait pas mal d'autres communes que Colville autour de Chambray. Il faut qu'on se mette tous autour de la table, et vite. Je connais tous les maires. Dès demain, je vais aller les voir un par un et je les inviterai à une réunion informelle, juste pour faire le point et voir comment ils envisagent l'avenir des enfants de leurs communes.

— Duval va te jeter dehors, objecte Chantoiseau. Il ne viendra pas.

— Tu as raison ; il serait trop content que je le supplie. Moi, je parie qu'il viendra, ne serait-ce que pour faire son petit numéro… à condition que ce soit quelqu'un d'autre que moi qui le lui demande. Toi, Robert ?

Chantoiseau sourit, soupire et hoche la tête pour signifier qu'il se dévouera.

— Mercredi prochain, ici, à Chambray… Qu'est-ce que vous en dites ?

— Dans la classe, suggère Chantoiseau, histoire de les mettre dans l'ambiance.

Ils approuvent. Jacques ajoute :

— De mon côté, je vais essayer de voir les collègues. On a besoin de leur avis.

XIII

Une semaine ordinaire

Le jeudi, Claire part chez Isabelle tôt le matin, mange avec elle le midi et passe toute sa journée dans les fils, les aiguilles et les travaux de couture. Une journée heureuse en compagnie de sa nourrice.

Dès le premier jour de février, le froid durcit et, la nuit, il gèle fort. D'ordinaire, Jacques accompagne sa petite Claire à pied, mais ce jeudi, il profite qu'il n'y ait pas classe pour aller s'approvisionner en fournitures scolaires à Chartres. Il sort la voiture.

— Je vais te laisser chez Isabelle en passant, dit-il à sa fille. Couvre-toi bien, il fait moins huit ce matin.

Jusqu'à Chartres, la route est incertaine. Par endroits, la chaussée brille. Dans les champs, des myriades de vanneaux sont posés dans les blés d'hiver. La plaine est morne, « immobile et sans voix. Toute vie est éteinte ». Jacques pense à sa femme, partie comme chaque jour aux quatre coins du canton avec sa trousse de pansements et ses seringues. *« On peut toujours être surpris par une plaque de verglas. »*

Marianne a l'habitude de rouler sur les petites routes de campagne. Il la sait prudente. Elle ne roule pas vite et la 4L est une voiture faite pour la campagne. Au pire, elle peut quitter la route et se retrouver dans un champ. Cela est arrivé l'an dernier et il a fallu l'intervention d'un tracteur pour la sortir du bourbier. *« Le vrai risque, c'est un fossé... ou un poteau. »*

À Chartres, la librairie Rigal est une institution. C'est la maison des instituteurs. Toutes les écoles situées dans un rayon de quarante ou cinquante kilomètres viennent s'y ravitailler en manuels scolaires, cahiers, crayons, cartes de géographie ou autres porte-plumes. Les secrétaires de mairie y trouvent aussi tous les imprimés administratifs utilisés dans leur quotidien. Le jeudi, la boutique devient un lieu de rendez-vous où l'on est sûr de rencontrer un collègue connu.

Jacques est en train de commander des pastilles de peinture de toutes les couleurs et des pinceaux quand une tape amicale sur l'épaule le fait se retourner.

— Jacques ! s'exclame l'arrivant. J'avais justement l'intention d'aller te voir !

— Loïc ! Moi aussi, j'ai besoin de te parler.

Loïc Pointereau est l'instituteur et secrétaire de mairie de Mélicourt. Sa vie est en tous points comparable à celle de Jacques. Il enseigne dans la classe unique du village, une commune qui compte une cinquantaine d'habitants de plus que Chambray. Il entretient avec M. Maillard des liens de confiance et d'amitié comparables à ce que connaît Jacques avec son maire. Une seule différence, et elle est de taille : il n'assure plus le secrétariat de mairie. Depuis quelques années, sa femme, qui ne travaillait pas auparavant, l'a remplacé à la mairie, ce qui lui permet de s'adonner à un loisir rare pour les gens de la région : l'escrime. Il a même créé une association et la moitié des jeunes de Mélicourt tirent l'épée ou le fleuret. Loïc est tout à la fois pratiquant, animateur, entraîneur et trésorier du club qui porte le joli nom de « La Feinte Mélicourtoise ».

— Je parie que tu veux me parler de ton histoire de presbytère, avance Jacques.

— Pas du tout. C'est vrai qu'on est empêtrés avec notre histoire de curé, mais c'est le regroupement pédagogique qui m'intéresse. Mon effectif est bon, plutôt élevé pour une classe unique. Moi, je n'ai pas de menace de fermeture et l'avenir est assuré. Tu sais que j'ai été obligé de créer une section enfantine pour prendre les enfants à cinq ans. Des gosses de cinq à quatorze ans ! Neuf niveaux, c'est de la folie ! J'en ai ma claque. J'ai hâte que le certificat soit supprimé et que la sixième devienne obligatoire pour tous. Mais d'un autre côté, les parents n'attendent que ça pour remplacer le cours supérieur et le « fin d'études » par une maternelle. Beaucoup de mamans travaillent et la pression sur le maire est forte. Seulement, entre une classe avec des enfants de cinq à quatorze ans et une classe avec des enfants de trois à onze ans, je préfère encore la situation actuelle. Non, mais tu imagines une dizaine de petits de maternelle de trois à six ans à côté d'une douzaine de gamins de primaire ? Ce n'est plus de la folie, c'est de la démence !

— C'est le genre de classe qui n'existe nulle part. L'inspection académique n'autorisera pas.

— C'est pour ça que ton idée de regroupement pédagogique, moi je suis pour à cent pour cent. Je pense à moi, mais aussi aux parents, aux enfants. C'est une bonne solution pour tout le monde. Faut qu'on se bouge. Mon maire ignore tout des regroupements pédagogiques. Je suis en train de lui expliquer et de le convaincre.

— M. Leclerc doit passer le voir aujourd'hui ou demain. On voudrait réunir tous les maires du coin pour y réfléchir. Tu peux lui annoncer la réunion. Elle aura lieu mercredi prochain dans ma classe.

— Je vais lui préparer tous les renseignements. Il viendra.

Si le jeudi est une bonne journée pour Claire, le vendredi après-midi est aussi un bon moment. Après la récréation de l'après-midi, Isabelle vient à l'école. L'examen du certificat d'études comporte une épreuve obligatoire de couture pour les filles. Depuis des années, Isabelle intervient donc en qualité de « maîtresse de couture », fonction tout à fait officielle et rémunérée par la commune. Pendant son intervention auprès des filles, Jacques prépare l'épreuve de travaux manuels – en ce moment, la pyrogravure – avec les garçons. Dans les faits, toutes les filles font couture ce jour-là, quel que soit leur âge.

— Pour réussir l'épreuve le jour de l'examen, il faut initier les petites, a coutume de répéter Isabelle.

Elles commencent par le canevas. Les moyennes s'initient à la broderie. Les grandes réalisent ourlets, boutonnières, points de croix ou brides accrochées sur un faux ourlet, qui figurent au programme.

De toutes les filles, Claire est celle qui s'applique le plus et réussit le mieux. Même les plus habiles des grandes prennent modèle sur ce qu'elle coud. C'est le moment de la semaine où, dans la classe, son visage est rayonnant. Elle tourne très souvent la tête vers son père pour s'assurer qu'il la regarde. Jacques lui répond par des sourires qui lui font comprendre qu'il est fier d'elle. À cet instant, elle n'est pas en difficulté. *« Rien que pour elle, il faut que je reste à Chambray »*, pense-t-il.

Le samedi à midi, Jacques accompagne ses élèves jusque sur la place. Malgré le froid vif, Hélène est là, tenant la main de ses trois petits, emmitouflés si chaudement qu'on ne leur voit pas le bout du nez.

— Ce n'est pas parce qu'il fait froid qu'ils doivent rester enfermés, dit-elle en avançant de quelques pas pour serrer la main de Jacques. Il faut qu'ils prennent l'air.

La fourgonnette jaune de la poste vire sur la place et vient s'arrêter près d'eux. Le facteur est frigorifié. Il reste au volant, baisse la vitre et tend un paquet de lettres.

— Fait pas chaud, dit-il. Pour une fois que je ne suis pas obligé de descendre de la voiture…

Jacques prend les lettres. Il identifie tout de suite la grande enveloppe de l'inspection académique, la sort du lot et la montre à Hélène.

— Ce sont les dossiers d'entrée en sixième. Alors, j'en fais un pour Didier ?

— Pour moi, c'est oui. Jean-Paul n'a pas encore dit qu'il signera mais j'ai bon espoir.

— L'autre soir, je lui en ai parlé une nouvelle fois, dit Jacques. Il ne m'a pas paru hostile sur le principe mais il continue à dire que le lycée, c'est pas pour les gosses de maçons.

— Il le cache, mais dans le fond, il serait fier d'avoir un gars qui fait des études. Ce qui pose problème, c'est les frais. Au lycée, tout est payant, même les livres et les cahiers.

— Je ferai un dossier de demande de bourse…

Les enfants piétinent et frappent leurs mains l'une contre l'autre. Malgré les mitaines en laine, Le froid pique leurs petits doigts.

— Je rentre. Je ne voudrais pas qu'ils attrapent du mal. Demain, Frédéric a invité Didier à venir faire une partie de Monopoly chez vous. Si Jean-Paul a le temps, je lui dirai de venir le chercher. Ça vous fera une occasion de lui en reparler.

Ce samedi à 18 heures, le conseil municipal se réunit. L'ordre du jour est mince et ne comporte pas de points importants. En une heure, tout pourrait être examiné, mais c'est sans compter sur une sorte de tradition qui veut qu'on s'est dérangé pour rien si la réunion ne dure pas deux heures.

Le dimanche matin, Marianne effectue une tournée pour dispenser les soins. Dimanche ou pas, des patients ont un besoin indispensable de leur piqûre quotidienne. Bien que les Gaubert ne soient pas croyants, leur petite Claire assiste régulièrement à la messe en compagnie d'Isabelle. La nourrice n'est pas du genre bigote non plus, mais depuis des années, le curé apprécie le linge d'autel qu'elle brode. La messe, ni la nourrice ni l'enfant n'y comprennent grand-chose, mais elles sont tellement fières de voir leurs napperons sur l'autel de la Vierge, ou au fond de la corbeille avec laquelle les enfants de chœur font la quête.

Le dimanche matin, Frédéric fait une longue grasse matinée et s'adonne à sa passion : la lecture. Pendant trois heures, le nez au ras de l'édredon, le livre posé sur l'oreiller, il voyage dans le Grand Nord de Jack London ou parcourt les mondes de Jules Verne.

Jacques consacre cette matinée à la mairie. Après une réunion de conseil, il faut rédiger le procès-verbal sur le registre, taper toutes les délibérations et les expédier à la préfecture pour approbation, préparer des courriers, faire en sorte que toutes les décisions prises par les conseillers soient exécutées.

« Le cinq février mil neuf cent soixante-douze à dix-huit heures, le conseil municipal de la commune de Chambray s'est réuni en session ordinaire sous la présidence de monsieur Noël Leclerc, maire. Tous les conseillers étaient présents sauf… »

Le père Fontaine est arrivé avec une demi-heure de retard. Il avait confondu l'heure. Faut-il le noter absent pour autant ? Quand il a poussé la porte, les conseillers étaient en train de voter le salaire annuel de la balayeuse de la classe. Rémi Fontaine n'avait pas participé à la discussion et ignorait complètement de quoi il s'agissait.

— Et toi, Rémi, qu'est-ce que tu votes ? lui a demandé Chantoiseau.

Le vieux s'est assis et il a répondu sans seulement demander de quoi on parlait :

— Moi, ben j'suis d'accord. J'vote comme tout le monde.

Le maire a souri et a enchaîné :

— Approuvé à l'unanimité. L'indemnité passe de trois cents à trois cent vingt francs par an.

De sa belle écriture, Jacques poursuit le compte rendu du conseil. Depuis des années, il utilise le stylo à plume en or que Marianne lui a offert pour leurs fiançailles. Un souvenir précieux.

« Bordures de caniveaux dans la rue des Châtelets : monsieur le maire expose que, préalablement à la construction des bordures de caniveaux, il convient de poser des buses afin d'évacuer les eaux pluviales. Le conseil le charge de contacter les Ponts et Chaussées afin qu'un devis soit établi.

« Subvention exceptionnelle : un comité national placé sous le haut patronage de monsieur Georges Pompidou, président de la République, a lancé une souscription afin d'ériger à Colombey-les-Deux-Églises un monument à la mémoire du général de Gaulle, décédé en novembre mil neuf cent soixante-dix. Après délibérations, le conseil municipal décide de participer et vote une subvention de dix francs. »

Le sujet suivant a réveillé les conseillers et animé les débats pendant un bon moment. Le maire a indiqué qu'il avait reçu une plainte de Thérèse et a tendu la lettre à M. Gaubert pour qu'il en donne lecture. Les conseillers ont tout autant parlé de l'impossible confidentialité des conversations téléphoniques dans le bistrot que de la personnalité de Thérèse, chacun y allant de sa petite anecdote.

— C'est vrai que raconter ses maladies devant les gars du bistrot, c'est délicat.

— Thérèse, elle a la critique facile. Y'a jamais rien qui va. C'est comme pour son histoire de fleurs dans le cimetière.

— C'est déjà bien beau que la bistrote accepte de faire cabine publique. Faut pas trop la chatouiller, parce qu'elle est foutue de plus en vouloir dans son commerce.

— Elle a déjà dit qu'on avait qu'à installer le téléphone à la mairie.

— La cabine à la mairie, c'est pas possible. M. Gaubert peut pas être dérangé jour et nuit.

— N'empêche que le téléphone à la mairie, ce serait pas du luxe. En plus, il pourrait servir pour l'école. Si un enfant venait à avoir un accident…

— Le problème, c'est pas le téléphone à la mairie, c'est que les gens peuvent pas téléphoner dans le bistrot sans que tout le monde entende ce qu'on dit. Faut avouer que c'est gênant.

— Si Thérèse est pas contente, elle a qu'à se le faire installer chez elle, le téléphone.

— Cela ne résoudrait pas le problème. Elle n'est pas la seule à se servir de la cabine. Tout le monde n'a pas les moyens d'en avoir un chez soi.

Après une demi-heure de discussion, il est décidé que Chantoiseau irait voir la bistrote pour lui proposer de rallonger le fil de façon à ce que les gens puissent s'isoler dans sa cuisine.

— On prendra tous les frais à notre charge.

À la fin, bien que cela ne soit pas à l'ordre du jour, le conseil décide quand même d'installer le téléphone à la mairie.

« Fournitures scolaires : le conseil décide de prendre en charge le coût des fournitures scolaires pour les enfants de la commune fréquentant le CEG.

« Compagnie des pompiers : monsieur le maire rappelle au conseil que l'actuel chef des pompiers sera atteint par la limite d'âge au premier juillet prochain et que, pour l'instant, aucun successeur ne s'est porté candidat. Il demande aux conseillers d'essayer de susciter une candidature, faute de quoi la dissolution de la compagnie communale devra être prononcée. »

Pour clore la réunion, M. Leclerc a demandé aux conseillers de réserver la date du dimanche 23 avril pour participer à l'organisation du référendum.

— Un référendum sur quoi ? a demandé le père Fontaine.

— Sur l'Europe. Ils veulent savoir si les gens sont d'accord pour élargir à l'Angleterre, l'Irlande, le Danemark et la Norvège.

— Ah !

À part pour son service militaire, le vieux n'a jamais quitté Chambray. Alors, l'Europe…

Le lendemain, le brusque redoux surprend tout le monde. En quelques heures, la température passe de moins dix à plus douze. Les enfants retrouvent avec plaisir la cour de récréation et organisent un grand jeu de balle au prisonnier où les petits ne sont pas les moins adroits. Claire ne parvient pas à maîtriser le ballon. Malgré ses douze ans, elle réagit toujours avec une seconde de retard et le ballon lui échappe sans cesse. Les autres sont gentils. Ils lui facilitent la tâche et le lui passent souvent. Une fois de plus, cette image renforce la conviction de Jacques : *« Avec des enfants des villes, rencontrerait-elle cette solidarité ou se heurterait-elle à une compétition permanente qui l'exclurait du jeu ? »*

Le soir, Chantoiseau vient rendre compte de son entrevue avec la bistrote :

— Elle est pas contre le rallongement du fil mais elle dit que sa cuisine, ce n'est pas une alcôve et qu'il ne faudra pas que ça devienne une habitude. D'autre part, elle dit qu'elle a fait ses comptes et qu'elle s'y retrouve pas. Au prochain conseil, il faudra revaloriser son indemnité de gérance de la cabine et prendre une partie de son abonnement en charge, parce que l'abonnement d'une cabine, c'est plus cher que celui d'un téléphone ordinaire.

C'est le mardi midi, une fois que le sol a dégelé en profondeur, qu'une grosse fuite d'eau apparaît devant le bistrot. À l'heure de la récréation, le garde champêtre passe devant l'école en courant et lance à M. Gaubert :

— Je vais couper au carrefour mais plus personne n'aura d'eau. Je récupère la clé de la bouche et des outils à l'arsenal et je me mets à creuser tout de suite.

— Le maire est prévenu ?

— Oui. Il a téléphoné. J'espère que le plombier aura les pièces en réserve. Pendant midi, je passerai dans les maisons pour prévenir tout le monde que l'eau est coupée. Y'en aura au moins pour jusqu'à ce soir.

— Vous n'aurez pas le temps de manger.

— C'est pas grave. Ma femme est partie toute la journée à Colville pour coudre des rideaux avec sa sœur. J'suis tout seul. Je mangerai plus tard.

Quand il va chercher ses enfants en soirée, Jacques passe devant le bistrot. Gilbert n'est plus là mais le plombier travaille encore à la lumière d'une baladeuse.

Le mercredi matin, avant la classe, Chantoiseau apporte la facture du plombier.

— L'eau n'a été rétablie qu'à 9 heures. Le gel et le dégel.

— C'était quoi ? demande Jacques. Je n'ai pas vu Gilbert hier au soir. Je n'ai pas eu de nouvelles.

— Gilbert ! Hier soir, vous ne risquiez pas de le voir ! Il a pris une de ces cuites ! C'est sa femme qui était contente quand elle est rentrée de Colville ! Paraît qu'il s'est fait engueuler et que, même avec les fenêtres fermées, les voisins ont entendu. Elle l'a expédié au lit.

Travailler devant le bistrot, c'est livrer Gilbert à la tentation, d'autant plus que, pour l'encourager, il se sera bien trouvé des gars pour lui apporter des canons à longueur d'après-midi.

— Je viens de le croiser, poursuit Chantoiseau. Il m'a dit en rigolant que c'était de la faute au maire s'il avait pris une cuite : « Il m'a fait creuser dans le froid juste devant le bistrot ! Fallait bien que je me réchauffe ! En plus, un jour où ma femme était partie à Colville chez sa sœur ! Moi, je pensais pas qu'elle reviendrait aussi tôt ! »

Encore une histoire qui va faire rigoler autour du comptoir.

— À ce soir, dit Chantoiseau alors que les premiers élèves pénètrent dans la cour de l'école.

— À ce soir. En espérant que tous les maires viendront.

À six heures, se tiendra la réunion où, pour la première fois, les maires parleront du regroupement pédagogique.

XIV

Une situation de blocage

La salle du conseil municipal, avec ses chaises adaptées à la taille des adultes, aurait été plus confortable, mais la classe, avec ses cartes de géographie accrochées aux murs, ses dessins d'enfants, ses tableaux noirs et l'odeur de l'encre violette dans les encriers, plonge d'emblée les maires dans une ambiance plus scolaire. À l'heure de la réunion, la classe est terminée mais chaque objet évoque les enfants et rappelle que c'est pour eux qu'on se réunit.

Six maires ont répondu à l'invitation de M. Leclerc. Avec lui, ce sont donc sept communes qui sont représentées. Les participants prennent place sur les bancs autour de la grande table, au milieu de laquelle sèchent des dessins d'enfants et, poils en l'air, les pinceaux dont ils se sont servis quelques heures auparavant.

— Les maires de Brétigny et Heudicourt s'excusent, annonce M. Leclerc en préambule. Nos collègues de ces deux communes sont concernés par le nouveau SICTOM. Ils participent à une réunion qui se tient à la même heure.

Duval est arrivé le dernier, légèrement en retard. Il est accompagné par sa secrétaire de mairie, une « professionnelle » qui, contrairement à ce qui existe dans la majorité des communes rurales, n'est pas institutrice, ne vit pas dans le village et vient faire ses heures à la mairie comme d'autres font les leurs dans un bureau de la sécurité sociale. C'est précisément parce que c'est la seule façon de la maintenir au courant que Duval lui a demandé de venir. Le mot SICTOM lui tire un ricanement et, d'entrée de jeu, il donne le ton :

— SICTOM… Peuh ! Une belle connerie ! Encore un truc qui va coûter les yeux de la tête et qu'ils maîtriseront pas ! Comme si c'était utile de construire une usine pour brûler des ordures ! Chez nous, c'est un paysan qui les ramasse avec son tracteur. Il benne sa remorque à la Samaritaine et le garde champêtre y fout le feu.

La Samaritaine est une ancienne marnière qui se trouve en plein milieu de la plaine, un trou où tout un chacun se débarrasse de ses ordures. À force d'entendre sur les radios le slogan publicitaire « On trouve de tout à la Samaritaine », que déverse chaque jour le grand magasin parisien sur les ondes, on a fini par baptiser du même nom ce trou à ordures où, effectivement, on trouve de tout.

Duval regarde en direction des autres maires et insiste pour donner le ton qu'il entend faire prendre à cette réunion :

— Pas besoin de se mettre à vingt-cinq pour faire une usine qui va coûter la peau des fesses. Nous, ça nous coûte quasiment rien et on reste maîtres chez nous.

Allusion directe au regroupement pédagogique. Chantoiseau sent que M. Leclerc va riposter pour que la réunion ne soit pas pourrie par ce type d'intervention. Pour éviter des crispations avant même d'avoir entamé la discussion, l'adjoint donne un coup de coude à son maire et intervient :

— T'as raison, Aimé. Les ordures, c'est pas un problème pour nous non plus, et personne n'est venu ici pour en discuter. Ce qui nous amène, c'est les écoles.

M. Leclerc enchaîne rapidement pour éviter que Duval ne poursuive son numéro :

— De toute façon, Brétigny et Heudicourt sont déjà en pourparlers avec leurs voisins pour créer un regroupement scolaire. Ils m'ont dit que c'est en bonne voie.

Lors des réunions du conseil municipal, Jacques est assis à la droite de son maire, un cahier devant lui pour noter tout ce qui se dit. Chantoiseau, en tant qu'adjoint, est assis à sa gauche. Par habitude sans doute, les trois hommes ont reproduit cette disposition. Afin de rappeler l'enjeu considérable de cette réunion, le maire tient d'abord à exposer certains points :

— J'ai reçu la visite de l'inspecteur d'académie. Il voulait évidemment me parler de l'effectif de l'école de Chambray, mais pas seulement.

Depuis que le bruit court dans la campagne, tout le monde est au courant de la fermeture de l'école de Chambray. En évitant de prononcer le mot « fermeture », M. Leclerc veut minimiser la décision et amener ses collègues à voir plus loin.

— Il m'a exposé que l'Éducation nationale amorce de grandes réformes qui vont transformer l'enseignement à brève échéance. Un jour ou l'autre, chacun à votre tour, il viendra vous en parler, parce que toutes les écoles sont concernées, et pas seulement Chambray. Comme l'inspecteur ne peut pas être là ce soir et qu'il s'agit de pédagogie, je vais donner la parole à M. Gaubert. Pour les questions scolaires, il est plus au courant que moi. Monsieur Gaubert…

Jacques pose son crayon dans la rainure du cahier dans lequel il a déjà noté les présents. Que le maire passe la parole à son secrétaire pour exposer une situation plus technique est une habitude que les deux hommes pratiquent depuis toujours pendant les réunions de conseil. M. Gaubert ne donne jamais son avis personnel. Il présente les choses, s'ingéniant à rester le plus neutre et impartial possible pour ne pas orienter la décision finale des conseillers.

— Vous savez que, depuis 1967, la scolarité est obligatoire jusqu'à seize ans, rappelle-t-il. Dans les faits, les élèves qui avaient entamé un cursus de certificat d'études sont encore scolarisés dans les écoles, mais de plus en plus d'élèves entrent en sixième à onze ans. À très brève échéance, le certificat d'études sera supprimé et cent pour cent des enfants partiront au collège. Vous savez tous que le nouveau collège de Saint-Lubin sera terminé en 1974. À cette date, toutes les écoles de nos villages connaîtront une baisse de leurs effectifs puisqu'elles perdront les enfants de onze à quatorze ans. C'est déjà commencé. De plus en plus d'enfants partent d'ores et déjà en sixième. D'autre part, les nouveaux programmes de l'Éducation nationale imposent des méthodes pédagogiques différentes qui sont difficiles, voire impossibles à mettre en œuvre dans des classes uniques où cohabitent huit niveaux. Vous avez peut-être entendu parler des fameuses activités d'éveil. Les jeunes enseignants ne veulent plus enseigner dans les classes uniques des petits villages pour la bonne et simple raison qu'ils ne sont plus formés comme je l'ai été. Autre paramètre : vous savez combien les jeunes parents sont soucieux de l'éducation de leurs enfants et ressentent comme une injustice que les enfants des villes bénéficient de l'école maternelle alors que les leurs en sont privés. Vous, les maires, vous êtes bien placés pour entendre les revendications de ces parents.

— Bouf ! C'est les bonnes femmes qui…

Sans doute parce qu'il est dans sa classe et que, à ce moment, il est plus maître d'école que secrétaire du maire, Jacques porte vers Duval le regard sévère de l'instituteur qui n'admet pas qu'un élève lui coupe la parole pendant une leçon. Par réflexe, Duval adresse immédiatement un geste de la main qui signifie tout à la fois « Je m'excuse » et « Je vous en prie, monsieur, continuez ».

— Pour l'instant, poursuit Jacques, il n'est absolument pas question de rendre les écoles maternelles obligatoires, mais le ministère encourage toutes les initiatives allant dans ce sens. Après la scolarité obligatoire jusqu'à seize ans, peut-être y aura-t-il un jour l'école obligatoire, non plus à partir de six ans, mais à partir de quatre ans, pourquoi pas trois.

Jacques en a terminé. La plupart des maires restent songeurs. Tout ce qui vient d'être dit, ils le savent. Ils ont bien conscience que les temps changent et qu'il va falloir imaginer l'école autrement qu'à la lumière des lois Jules Ferry. M. Leclerc invite ses collègues à prendre de la hauteur :

— Un maire, ce n'est pas seulement celui qui gère le cimetière, organise le banquet de la Sainte-Barbe ou empierre les chemins. Il gouverne sa commune. C'est le capitaine d'un bateau et il tient le gouvernail. Or, celui qui a le gouvernail en main doit savoir où il veut aller. Nous, en campagne, où veut-on aller ? Il n'est pas besoin d'être grand visionnaire pour se rendre compte que le monde rural est en pleine mutation et que, dans les années à venir, on ne vivra plus dans nos villages comme on y a vécu autrefois et comme on y vit encore aujourd'hui. Ou bien on s'adaptera, ou bien on périclitera. Les transformations dont vous êtes témoins dans l'agriculture, les entreprises, le commerce, les transports, enfin dans tous les domaines, qu'on le veuille ou non, elles concernent aussi les communes.

— Et en particulier les écoles, ajoute Chantoiseau.

— Et tout spécialement les écoles et notre jeunesse ! répète M. Leclerc à sa suite pour bien souligner l'importance de l'enjeu.

Il se penche vers Jacques pour l'inciter à organiser la concertation.

— Le mieux, dit Jacques, c'est de savoir d'où l'on part. Il faut passer en revue la situation de chaque commune L'un après l'autre, pouvez-vous faire le point sur l'école de votre village et donner votre sentiment sur la façon dont vous voyez son avenir ?

La main de Jacques décrit un geste circulaire que chacun interprète comme une invitation à un tour de table. Respectant l'ordre des places, M. Maillard est le premier à parler.

— L'école de Mélicourt ignore les problèmes d'effectif, commence-t-il. C'est même un peu le contraire. Dans les années qui viennent, même avec la suppression du certificat d'études, le nombre d'enfants aura tendance à augmenter. En ce qui concerne l'instituteur, notre situation est un peu la même que celle de Chambray : on a un bon enseignant et les parents tiennent à le garder. On tient à le conserver parce que c'est un bon maître mais aussi parce que c'est son épouse qui est notre secrétaire de mairie. En plus, il s'occupe bien de la jeunesse avec son club d'escrime. Le jour où il ne sera plus là, je me demande si l'escrime continuera. Alors, les problèmes, on en a trois : d'abord, M. Pointereau en a assez d'enseigner dans une classe unique où il y a neuf niveaux, parce que chez nous, les enfants vont à l'école à partir de cinq ans, pas six. On comprend M. Pointereau. Si on ne fait rien, j'ai peur qu'un jour ou l'autre, il n'envisage de partir. Deuxièmement, les parents réclament une maternelle depuis des années. C'est ce que vous disiez, monsieur Gaubert : ils trouvent que leurs enfants sont désavantagés par rapport à ceux des villes. Troisièmement, on a un tout petit budget et des emprunts sur le dos. Vous savez qu'on a dû faire face à des dépenses incontournables. Pour ne rien arranger, aujourd'hui, c'est notre presbytère qui nous pose problème. Alors, un regroupement pédagogique, j'y suis très favorable, mais est-ce qu'on pourra supporter financièrement ?

Duval ricane et, tandis que M. Maillard se penche vers Jacques pour lui glisser à voix basse que ce serait bien qu'il travaille ce dossier du presbytère avec Mme Pointereau, Comone en profite pour lâcher entre ses dents que « le curé, y a qu'à le laisser partir et le problème du presbytère sera résolu ».

Le maire de Fresnay prend ensuite la parole et explique que son école à deux classes fonctionne bien. Il est favorable à une coopération avec les communes voisines mais ne souhaite pas s'engager pour l'instant pour une raison qui peut se comprendre :

— Fresnay se situe à l'écart. Un regroupement pédagogique, cela veut dire que certains enfants iraient à l'école dans d'autres communes que Frenay. Tant qu'on peut leur épargner la fatigue de trajets un peu longs…

L'argument ne convainc pas tout le monde. Les enfants de Chambray ou de Mélicourt qui iraient à Fresnay seraient dans le même cas. La suite du tour de table voudrait que ce soit Duval qui prenne la parole. Comone ne souhaite pas dévoiler ses batteries. D'un geste de la main, il désigne le suivant.

— Je causerai en dernier, dit-il. Je préfère connaître l'avis de tout le monde avant.

Jacques et M. Leclerc échangent un regard. *« Il veut avoir le dernier mot »*, pensent-ils au même instant.

Hollainville et Harvilliers sont deux très petites communes qui se sont déjà associées pour scolariser les enfants de leurs deux villages dans la classe de M. Letrou. Les deux maires sont très favorables au regroupement pédagogique et assurent qu'ils sont partants, mais pas pour la prochaine rentrée.

— Vous comprenez, M. Letrou est au bord de la retraite et il ne veut pas tout chambouler pour une année. Si un regroupement se fait, on vous rejoindra l'année prochaine.

— C'est compréhensible, commente Chantoiseau. Il est là depuis si longtemps.

— Trente-quatre ans ! précise le maire de Harvilliers. Il aura fait toute sa carrière chez nous.

La petite commune de Viéville n'a plus d'école depuis quatre ans. Néanmoins, Régis Chabaud, le jeune maire, a tenu à participer à cette réunion. Il souhaite adhérer à un regroupement pédagogique pour une raison spécifique à Viéville :

— Chez nous, la fermeture de l'école a créé la zizanie. La fermeture de l'école, on l'a pas décidée et on a été pris de court, si bien que rien n'a été proposé aux parents. Faute de solution, la dizaine d'enfants qui restaient ont été inscrits à l'école privée. Seulement, ça fait des histoires. C'est la raison pour laquelle l'ancien maire n'a pas été réélu. Les parents continuent à se plaindre. L'école privée, c'est pas forcément dans leurs idées. Ils se plaignent aussi du coût. Ils disent qu'ils n'ont pas eu le choix, qu'on les force à payer alors qu'ils ont droit à une école gratuite, comme tout le monde. Pour arranger les choses, le conseil serait prêt à payer l'équivalent de ce que coûtait l'école communale, mais ce n'est pas possible. La préfecture nous interdit de subventionner l'école catholique. Le regroupement, ça apaiserait le climat. Sinon, aux prochaines élections, il y aura encore une liste contre et le pays restera coupé en deux.

Chambray ne s'est pas encore exprimé. À l'approche de son tour, il est visible que Duval devient nerveux. On dirait un chat qui se ramasse pour mieux bondir. Il plonge la main dans la poche de poitrine de sa veste et en sort le mégot d'une Gitane maïs entamée une heure auparavant et qui s'est éteinte toute seule dans la 2 CV. Il le porte à ses lèvres. Il suffit que Jacques suive son geste pour qu'il renonce à sortir son briquet.

— Je sais qu'on est dans l'école. Je l'allume pas, s'excuse-t-il.

À Colville, un conseiller a proposé qu'on ne fume pas pendant les réunions du conseil municipal. Comone a fait voter. Depuis, avec arrogance, il triomphe en disant que cet emmerdeur a été battu, puisque le conseil a voté pour le droit de griller une cigarette pendant les réunions.

— Quant à la situation de Chambray, intervient M. Leclerc, vous la connaissez. L'inspection académique a décidé de fermer l'école à la rentrée. Je souhaite ardemment qu'un regroupement pédagogique soit créé parce que c'est l'intérêt des enfants. De plus, je suis comme mon collègue Maillard : je ne souhaite pas voir partir mon instituteur, pour toutes les raisons que vous imaginez plus une : Mme Gaubert est infirmière. Chambray et toutes les communes du coin ont besoin d'une infirmière. Si Mme Gaubert venait à partir, c'est toutes nos communes qui seraient privées d'une infirmière, pas que la mienne.

— Même Colville, ose ajouter Chantoiseau, que l'attitude goguenarde de Comone mâchouillant son mégot agace.

— Chambray est donc à cent pour cent pour un tel regroupement, résume M. Leclerc.

À ce moment de la discussion, tous les regards se tournent vers Duval. Il est le seul à ne pas s'être exprimé. Il prend son temps, ôte sa Gitane maïs de sa bouche, crachote un brin de tabac et commence sur un ton qui annonce un long réquisitoire :

— Eh ben moi, c'est tout le contraire. Le regroupement, je suis contre à cent pour cent. Une école communale, ça veut bien dire ce que ça veut dire : c'est l'école de la commune pour les gosses de la commune. Moi, je dis que les enfants de Colville doivent aller à l'école à Colville, pas dans un autre village. C'est en grandissant dans son école qu'un gosse apprend à aimer son pays. Pour l'instant, j'ai assez d'élèves et j'ai besoin de personne. J'veux rester maître chez moi. Le regroupement, c'est non.

La charge provoque immédiatement de l'agacement. Les maires se contiennent un instant jusqu'à ce que Régis Chabaud réagisse :

— Mon cher Aimé, vous m'étonnez. Jusqu'à maintenant, je vous ai toujours considéré comme un vrai défenseur de la laïcité, et là, vous poussez les enfants vers l'école privée. Ce qui s'est passé à Viéville va se dérouler de la même manière pour Chambray. Que voulez-vous que les parents fassent ? Je sais bien que ce n'est pas votre problème mais il ne faut pas penser qu'à soi. La solidarité avec les communes voisines, c'est important. Vous qui parlez toujours de laïcité, de fraternité et de République, vous devriez en tenir compte.

La leçon de laïcité et de solidarité donnée par un homme qui pourrait être son fils pique Comone au vif. Il s'offusque et monte immédiatement sur ses grands chevaux :

— Ça te va bien de donner des leçons ! La solidarité, la solidarité… Mais je suis solidaire ! Je pousse personne à aller chez les curés. La preuve, je suis tout disposé à accueillir les enfants de Viéville et de Chambray dans mon école publique. J'ai de la place, la porte est grande ouverte. Si vous voulez pas envoyer vos gosses chez les curés, venez à Colville. Je résous vos problèmes. Je peux pas faire mieux, comme solidarité.

— Avant de prendre des positions aussi radicales, fait calmement remarquer le maire de Harvilliers, il faut faire une étude.

— Sans regroupement, on ne résout pas le problème de la maternelle, souligne M. Maillard. Or, c'est un problème essentiel pour l'avenir. Le besoin est bien réel. C'est l'avenir de l'éducation dans le monde rural qui est en jeu. Oui, il faut faire une étude. Ça ne nous engage à rien.

Les esprits s'échauffent. M. Leclerc sent que la discussion s'enlise. Il avance une main grande ouverte en guise de stop et propose :

— Je partage ce point de vue, tranche-t-il. Faisons une étude. Les effectifs, bien sûr, mais aussi tout ce qu'un regroupement pédagogique entraînerait comme modifications dans l'organisation et en termes de dépenses.

— Ben voyons ! s'exclame Comone. Va en falloir, des sous ! Rien qu'un car, un chauffeur et pis tout le reste !

— Je suis d'accord, il faut chiffrer.

— Ensuite, chaque conseil pourra se prononcer en toute connaissance de cause sur le principe du regroupement. La décision, ce n'est pas au seul maire de la prendre. C'est l'ensemble du conseil qui doit être consulté et qui doit se prononcer.

— Eh ben moi, à Colville, je le connais à l'avance, le résultat. Le conseil sera contre à cent pour cent.

M. Gaubert apparaît comme l'homme de la situation. Il bénéficie de l'estime et de la confiance de tous, même de celle de Duval. Les maires le chargent de recueillir l'avis de tous les enseignants, d'envisager le possible fonctionnement du regroupement et d'évaluer les incidences financières.

— À la suite de ce que vous avez exprimé, conclut M. Leclerc, on part sur l'hypothèse d'un regroupement entre les communes de Mélicourt, Viéville, Chambray et Colville pour la prochaine rentrée, avec élargissement à Hollainville et Harvilliers l'année suivante. D'accord ?

— Oui

— Oui.

Duval hausse les épaules et bougonne en se remettant sa Gitane maïs entre les lèvres :

— Faites-la donc, votre étude. Mais c'est du temps perdu puisque Colville ne marchera pas dans la combine.

M. Maillard, qui entend la réflexion, souffle à son voisin :

— Si c'est comme ça pour l'école, qu'est-ce que ça va être pour mon presbytère !

XV

Un groupement d'artisans

DEUX JOURS PASSENT. Une épidémie à la maison de retraite oblige Marianne à consacrer à ses petits vieux une heure de plus chaque matin. Une cystite aiguë impose de poser à nouveau une sonde urinaire à Mme Bailly ; Marianne multiplie les allers-retours à Gondreville. Malgré des soins répétés, les ulcères de M. Chaboche saignent et il n'y a pas d'autre solution que de l'hospitaliser. Les journées de l'infirmière s'allongent.

En classe, Claire se désespère parce que, malgré des efforts considérables, elle ne comprend pas les divisions à deux chiffres. Frédéric et son copain Didier font preuve de beaucoup de patience et l'aident. En vain. Elle n'y arrive pas et en a tout à fait conscience, ce qui la désespère et la fait pleurer. Jacques en est malheureux pour elle. Les deux garçons, eux, caracolent en tête de la classe. Il y a belle lurette qu'ils ont compris les mises en facteurs et ils s'initient maintenant à l'algèbre dont ils trouvent des exercices dans les dernières pages des manuels du certificat d'études.

L'argent prêté par Charles ramène un peu de sérénité dans la famille Moreau. Jean-Paul, plus détendu, finit par accepter l'idée d'une entrée en sixième pour son fils.

— Pour un ouvrier maçon, forcément, c'est une fierté ! avoue-t-il.

Sa préoccupation, ce sont les frais. Si son fils est admis sans examen au lycée de Chartres, comme Jacques le prévoit, il sera pensionnaire, ce qui occasionnera des dépenses. Jacques a beau lui répéter qu'il va déposer un dossier de bourse et que, vu les revenus et les charges de la famille, le gros de la pension sera pris en charge, il reste inquiet.

M. Leclerc est administrateur de la coopérative agricole de Saint-Lubin. Ce vendredi soir, il participe à un conseil d'administration et ne peut venir à la mairie. C'est donc son adjoint qui signe les papiers courants. Chantoiseau n'a pas digéré l'attitude du maire de Colville et il fulmine contre ce zigoto qui – du moins le craint-il – brise dans l'œuf l'espoir d'un regroupement pédagogique.

— Avec son entêtement, il fait tout capoter. Il sait que rien ne peut se faire sans lui. Il en profite pour faire le malin. Mais qu'est-ce que les électeurs de Colville ont bien pu trouver à un loustic pareil pour en faire leur maire ?

— L'image du républicain, du résistant…

— Du résistant ! Ben parlons-en ! Résistant de midi moins le quart, oui ! Il a suivi les ordres du parti communiste d'un bout à l'autre de la guerre. Staline, Maurice Thorez, Jacques Duclos et les autres étaient ses idoles. Au moment de la débâcle, il défendait l'armistice, Pétain et la collaboration avec les Allemands. Ce n'est qu'en 41, quand Staline a rompu le pacte germano-soviétique et que le parti communiste a suivi Moscou, qu'il a viré sa cuti et qu'il a fait un peu de résistance. Oui, c'est vrai, de 42 à 44, il est venu de temps en temps avec nous pour des petits coups de main, mais on se méfiait de lui et de tous ses camarades communistes. Ses exploits de résistant, c'est surtout à partir de l'arrivée des Américains qu'il les a réalisés. Enfin, « exploits », c'est un bien grand mot ! Il a répété des centaines de fois que c'est grâce à lui que les soldats allemands ont été faits prisonniers. Tu parles : leur camion était en panne, ils crevaient de faim et il y avait parmi eux trois blessés qui n'ont même pas eu la force de lever les bras en l'air. Les boches qui étaient valides, je ne sais même pas s'ils avaient encore des munitions.

Chantoiseau n'est pas d'un naturel médisant et ses paroles sévères traduisent son exaspération. Jacques partage l'inquiétude de l'adjoint : ce sera d'autant moins facile de faire changer d'avis à Duval que l'inimitié entre lui et les deux élus de Chambray est réciproque. Décidément, la pilule ne passe pas. Chantoiseau poursuit :

— C'est comme sa carte de combattant volontaire de la résistance ! Il serait bien en peine de raconter comment il l'a obtenue. C'est lui qui l'a demandée. On n'est jamais si bien servi que par soi-même ! Il a magouillé avec un député communiste pour l'avoir. Pareil pour son soi-disant combat héroïque pour conquérir la mairie à la libération : quelques voix d'avance. L'ancien maire était un brave homme mais il avait quatre-vingt-trois ans. Faudrait reprendre les résultats du « dépouillage », comme dit Gilbert.

L'allusion au « dépouillage » des soirs d'élections fait sourire Jacques. Tous les scrutins se terminent à 18 heures. Un quart d'heure avant la clôture, le garde champêtre parcourt le village en soufflant dans une corne de chasse pour appeler les habitants à venir assister au dépouillement, mot inutilisé par Gilbert, auquel il substitue « dépouillage ». Le garde champêtre est coutumier de ce genre de confusions. Un jour qu'il avait repeint la grille du cimetière, il avait rendu compte en expliquant qu'avant les deux couches de peinture, il avait appliqué une sous-couche de « minimum ». La confusion avec le mot « minium » avait fait sourire le maire qui lui avait répondu qu'il avait eu raison parce que c'était plus économique, plaisanterie que Gilbert n'avait pas comprise.

— Enfin bref, conclut Chantoiseau, Comone, c'est un emmerdeur et il va faire avorter le regroupement.

L'adjoint signe deux fiches d'état civil, un extrait de naissance, la liste des enfants à vacciner en séance publique, la déclaration de Bailly concernant le changement de culture sur les deux parcelles de bois déroquées.

— Pour l'instant, explique Jacques, sa demande d'indemnité au titre des calamités agricoles est bloquée parce que les parcelles sont toujours classées en bois. Il faut d'abord régulariser.

— Sacré Bailly ! Pas mauvais bougre mais il est comme beaucoup : les papiers, c'est pas son fort. Heureusement que vous êtes là.

Une fois signés, Jacques plie les courriers et les glisse dans les enveloppes.

— Pour en revenir à l'école, dit Jacques, j'ai revu Loïc Pointereau. Il est très favorable. M. Maillard lui a raconté la réunion. Pas de problème du côté de Mélicourt. En revanche, du côté des collègues de Colville, je ne sais pas bien. La dernière fois que j'ai vu la directrice, c'était lors de la conférence pédagogique. Pas facile à contacter. Elle rentre à Chartres dès la fin de la classe. Elle n'a qu'une envie : quitter Colville. Je ne veux pas défendre le maire, mais il faut reconnaître que Mme Gastégui n'est pas souple. Elle ne se plaît pas du tout en campagne.

— Avec les parents non plus, le contact n'est pas bon.

Les deux autres institutrices sont beaucoup plus appréciées. Mme Bernardon a la classe des moyens. C'est une bonne institutrice, fortement implantée à Colville puisque son mari y est agriculteur et conseiller municipal. Elle est un peu en froid avec Duval parce qu'il aurait voulu qu'elle demande le poste de directrice au moment où il était vacant et elle ne l'a pas souhaité. C'est elle qui fait tous les papiers de la ferme.

— La petite jeune, dit Chantoiseau en parlant de la troisième institutrice, elle a l'air de bien se plaire. Pour l'instant, elle est stagiaire, mais je crois qu'elle va être titularisée. Son truc, c'est les petits. Les enfants l'aiment beaucoup.

— S'il y avait un regroupement, elle postulerait certainement pour la maternelle.

— Une classe de maternelle à Colville… soupire Chantoiseau. C'est pas pour demain !

— Je ne pense pas convaincre Letrou, poursuit Jacques. Je vais quand même retourner le voir. À un an de la retraite, je comprends sa position…

Parce qu'il juge très improbable que Duval change d'avis et qu'il n'envisage pas un instant d'aller se mettre à genoux devant lui, Chantoiseau réfléchit à une stratégie de contournement :

— Si le regroupement ne peut pas se faire avec Colville, il faudrait voir si on ne peut pas faire quelque chose avec Fresnay.

— Le maire de Fresnay a clairement dit qu'il souhaitait rester autonome. Fresnay est excentré. À l'avenir, je pense que ce n'est pas vers nous qu'ils se tourneront.

— À Fresnay, je connais des conseillers. Je leur en parlerai quand même…

La lampe extérieure s'allume au-dessus de la porte de la chaufferie. Gilbert vient charger la chaudière avant de récupérer le courrier à distribuer demain. On entend le bruit du charbon brassé à grandes pelletées. Par association d'idées, Chantoiseau passe du regroupement pédagogique à l'histoire du presbytère de Mélicourt.

— Est-ce que vous avez du nouveau ?

— J'ai posé la question au percepteur avant-hier, répond Jacques. À titre personnel, il n'a pas d'exemple d'une coopération pour financer des travaux dans un presbytère communal. Il va se renseigner et étudier le problème avec la préfecture et la trésorerie générale. Il me donnera une réponse dans quelques jours.

— Maillard, c'est un ami. Cette histoire l'empêche de dormir. Le curé, c'est pas obligatoire dans une commune, mais faut bien reconnaître que tout le monde en a besoin.

— Pour le percepteur, si les conseils municipaux assimilent le presbytère à un logement de fonction, un peu comme celui d'un instituteur, ce n'est pas inimaginable de créer un fonds de concours sans pour autant créer un syndicat intercommunal. L'argument qui pourrait justifier cette comparaison, c'est le montant dérisoire du loyer. Si le curé verse quelque chose, c'est uniquement pour respecter la loi. Le montant est symbolique, preuve que le conseil municipal considère, dans les faits, que c'est un logement de fonction.

— Dans la réalité, c'est bien ça.

— Là encore, ce sera difficile de convaincre Duval.

— Si ça lui chante pas, ça se fera sans lui. Les autres communes pourront participer. Ce serait déjà pas mal pour Mélicourt.

Peu avant la fermeture, Gilbert vient chercher les deux plis à distribuer dans le village.

— Le boucher parisien en faillite, jubile le champêtre tout goguenard, il est chez les fous !

— Il est malade ? s'étonne Chantoiseau.

— Mais non. Il s'est fait embaucher comme cuisinier à l'asile psychiatrique. Lui qui sait tout et qui veut virer le maire aux prochaines élections, il va avoir du mal, maintenant qu'il est chez les fous.

— Surtout avec la publicité que tu vas lui faire, plaisante Chantoiseau.

— Oui, il est parti chez les fous ! répète Gilbert. Au bistrot, j'en connais que ça va faire rigoler.

Il a été prévu que Marianne terminera sa tournée par la piqûre à son père et que Jacques et les enfants iront l'attendre chez Charles. Une fois la mairie fermée, Jacques récupère sa petite Claire chez Isabelle puis Frédéric chez son copain Didier. En route, Frédéric affirme que son grand-père va beaucoup mieux.

— Le père de Didier a dit qu'il conduisait à nouveau le camion, explique-t-il. Tonton lui a interdit de charger ou décharger. Il fait juste les voyages pour leur faire gagner du temps.

— C'est pas trop dur pour lui ? interroge Claire en levant les yeux vers son père.

— Il a dû en parler à son docteur, la rassure-t-il.

— Je ne sais pas si maman est au courant, dit-elle.

Quand ils arrivent, Charles est assis dans un fauteuil devant son poste de télévision. Frédéric l'embrasse puis se plante devant l'écran, très intéressé par l'émission des *Chiffres et des Lettres*. Pour l'instant, la télévision n'a pas fait son entrée chez les Gaubert. En 1965, la commune a installé un téléviseur dans la classe, moins pour les élèves – puisqu'il n'y avait pas d'émissions pendant la journée à cette époque – que pour les gens du village qui avaient la possibilité de venir voir des émissions intéressantes deux ou trois soirs par semaine. Les Gaubert étaient les premiers spectateurs et cela leur suffisait. En sept ans, progressivement, le bistrot et la plupart des maisons se sont équipés. Plus besoin de sortir de chez soi pour voir *La Piste aux étoiles* ou *Le Film du dimanche soir*. Maintenant, le téléviseur de l'école a vieilli. Il ne sert quasiment plus. Ce n'est pas pour autant que la télévision a fait son entrée chez les Gaubert.

Claire embrasse son grand-père et reste plantée devant lui, l'observant attentivement. Une véritable auscultation qui n'échappe pas à Charles.

— Pourquoi tu me regardes comme ça ? lui demande-t-il.

— Je veux voir si tu n'es pas trop fatigué.

— Ah ! Toi aussi. Tu es comme ta mère, sourit-il. On t'a dit que j'avais un peu conduit le camion, n'est-ce pas ?

— Oui. Faut pas que tu te fatigues.

Charles l'attire à lui et l'embrasse.

— Oui, j'ai conduit. Non, je ne suis pas fatigué. Oui, je suis content de retravailler un peu. Non, je ne fais pas d'imprudence. Oui, je te promets de faire bien attention. Ça vous va, docteur ?

— Tu promets ?

— Promis ! Tu n'as pas de soucis à te faire : je ne tiens pas à retourner à l'hôpital.

Le chien cherche à se faire caresser. Il pousse la main de la fillette avec sa truffe, manière de lui faire comprendre qu'il est temps qu'elle s'occupe de lui. Dès qu'elle a le dos tourné, Charles explique à son gendre sur le ton de l'excuse :

— Maintenant que je reprends des forces, je ne peux pas rester enfermé dans la maison du matin au soir. Je m'ennuie quand je ne fais rien. Ma vie, c'est l'entreprise. On ne se refait pas. Mais je n'ai pas intérêt à en faire de trop : je suis surveillé ! Marianne veille au grain et elle aussi me fait mille recommandations.

— L'activité, c'est une bonne chose pour le cœur et le moral, consent Jacques. Le tout, c'est de ne pas en faire plus que la juste dose.

— Tu tiens le même discours que ma fille.

Gendre et beau-père ont beaucoup d'estime l'un pour l'autre et s'entendent bien. Ils échangent quelques banalités sur le temps qui a tendance à s'adoucir dans la journée, sur les paroles péremptoires que Duval tient dans sa commune au sujet du regroupement pédagogique, sur les petits potins qui courent dans le village et que sa femme de ménage lui rapporte. Charles leur accorde peu d'importance, même s'il en souligne un :

— La gamine de la maisonnette, l'aînée qu'a seize ans et demi, comment qu'elle s'appelle déjà ?

— Mireille…

— Oui, Mireille. Paraît qu'elle est enceinte du gars que le père Rousselet héberge depuis le début de l'hiver.

Jacques ferme les yeux et secoue la tête plusieurs fois de gauche à droite dans un geste de désolation. Il se souvient de la façon dont elle se trémoussait sur les genoux de ce pauvre gars.

— Fallait que ça arrive… Manquait plus que ça.

— La mère Rousselet clame partout qu'elle va être grand-mère et ça la tourmente pas, bien au contraire.

Jacques a souvent observé que l'arrivée d'un bébé réjouit généralement les pauvres gens. Ils sont démunis face à la vie, vivent dans la misère et sont en proie à des difficultés permanentes. Ils ratent tout mais réussissent les bébés. Nombre de couples connaissent des difficultés pour avoir des enfants.

Eux, non. C'est comme si la vie leur accordait une sorte de compensation. Souvent, comme les filles sont jeunes et pleines de vitalité, leurs bébés sont beaux. Une naissance, c'est l'une des rares occasions pour eux de se trouver en position de réussite. Alors, que la garde-barrière soit fière que sa gamine soit enceinte n'étonne pas Jacques.

Charles passe à un sujet qui lui tient bien davantage à cœur :

— L'amie de Marianne fait du bon travail, enchaîne-t-il.

— Viviane ?

— Oui. Elle a contacté la plupart des artisans à qui Pierre avait parlé du groupement d'artisans et ça avance. Les gars sont plutôt partants. Le fait qu'elle soit clerc de notaire les rassure. Elle a étudié la question avec son patron pour définir un cadre juridique souple qui leur permettrait d'entreprendre des chantiers tous ensemble, sans les empêcher de faire des chantiers au nom de leur propre entreprise. Chacun garderait sa liberté. Comme la paperasse constitue un frein et les effraie tous, ils ont l'air d'être d'accord pour créer un bureau commun afin de faire toutes les démarches : permis de construire, devis, factures, comptabilité, commandes, etc. Ils embaucheraient une secrétaire payée en commun. En ce moment, Viviane est en train d'étudier les formalités juridiques à accomplir pour mettre tout cela sur pied.

— Pierre a eu une bonne idée.

— Oui, l'idée est bonne, mais sans Viviane qui lui donne un sérieux coup de main, il n'y arriverait pas.

— Il doit être content.

— Très content. Son gros problème, c'est le temps. Il a hâte que ça se mette en place. Faudrait pas que Jean-Paul s'en aille avant.

— Pierre doit lui expliquer que le groupement est en route, que le travail ne va pas manquer et qu'il compte sur lui pour diriger des chantiers.

— Faudrait pas que ça tarde trop, parce que, chaque mois, ils continuent à s'endetter. L'argent que je lui ai prêté, c'est une bouffée d'oxygène, mais ce n'est pas une solution définitive. Hélène continue à chercher un moyen de retravailler.

Si un regroupement pédagogique arrive à se mettre en place, il y aura création d'une maternelle. Cependant, Jacques se retient d'évoquer cette solution. Rien n'est fait. Il ne faut pas donner de faux espoirs. *« Maintenant que Charles lui a avancé de l'argent, Jean-Paul doit se sentir redevable. Il patientera. »*

Charles note le silence. Lui aussi doit penser à la garde des petits, parce qu'il glisse à son gendre :

— À propos, Christelle Grenouillet est passée chez les Moreau pour la quête de la 2 CV du curé. Elle en a profité pour souffler à Hélène qu'à l'école libre, il y a une maternelle qui accueille les enfants à partir de trois ans. Elle a poussé le toupet jusqu'à lui dire que ce serait la solution pour qu'elle reprenne son emploi à la coopérative. « Si vous voulez, je peux intervenir pour qu'on vous les inscrive en priorité », lui a-t-elle dit. Quel culot !

Cette démarche de racolage irrite Jacques. Lui, il ne s'est jamais permis de faire ce genre de pression déloyale auprès des parents qui, par conviction, scolarisent leurs enfants dans l'école catholique.

Un instituteur laïc se doit de respecter toutes les opinions, surtout dans un petit village où il est aussi secrétaire de mairie. C'est, de son point de vue, la condition pour que tous les parents et tous les usagers de la mairie viennent vers lui en toute confiance.

— Comment a réagi Hélène ?

— Tu sais bien que l'Église, c'est pas dans les idées des Moreau. Et puis il faut payer. Hélène l'a remerciée de façon suffisamment sèche pour que l'autre comprenne que sa proposition était malvenue. Du coup, Hélène lui a dit qu'elle était trop juste pour participer à l'achat de la 2 CV et elle n'a rien donné.

— Le pire, soupire Jacques, c'est que Christelle Grenouillet est sans doute persuadée qu'elle leur rend service et qu'elle fait le bien.

La 4L de Marianne entre dans la cour. Charles lève les yeux vers la pendule : il est près de 8 heures.

— Maman ! s'exclame Claire en abandonnant le chien.

— Ah ! s'exclame Charles. La piqûre en guise d'apéritif. Je préférerais un petit Cinzano, mais enfin…

XVI

Session extraordinaire pour tous

Jacques a été sensible à la confiance manifestée par les maires à l'issue de la réunion à Chambray. Dans la semaine qui suit, il s'efforce de faire abstraction de l'attitude décevante de Duval et refuse de se laisser démoraliser. C'est un obstacle majeur, mais Jacques se force à distinguer Duval et le maire de Colville. Le premier bonhomme s'oppose à Leclerc et Chantoiseau pour assouvir une sorte de vengeance. Le second ne peut pas être foncièrement opposé à l'idée d'assurer l'avenir de l'école publique. Aussi Jacques se lance dans la constitution d'un solide dossier. Il contacte tous ses collègues enseignants pour recueillir leur point de vue et les effectifs actuels de leurs écoles respectives. Ses collègues secrétaires de mairie lui fournissent, année par année, les listes des enfants nés entre 1966 et 1972, c'est-à-dire les effectifs potentiels d'une éventuelle maternelle et les prévisions pour les trois années suivantes. De quoi faire des projections jusqu'à la rentrée 1978. Il interroge également les élus pour anticiper de nouvelles constructions et l'installation de jeunes familles avec enfants.

Il passe des heures à résumer son étude dans des tableaux remplis de chiffres, rédige une note de synthèse sur la position de chaque maire et de chaque enseignant, note les aspirations des parents, constitue un dossier dactylographié d'une trentaine de pages qu'il va présenter à l'inspecteur un jeudi matin.

— J'ai essayé d'être le plus objectif possible, expose-t-il à M. Thibault. Cette étude reflète la réalité du terrain.

— Cher monsieur Gaubert, il ne me viendrait pas à l'esprit de vous soupçonner de vouloir leurrer les décideurs dans le seul but d'arracher un regroupement pédagogique.

— Chambray, Mélicourt, Viéville constituent le noyau dur du projet. J'ai inclus la commune de Colville, en indiquant très honnêtement que la position actuelle du maire laisse planer une incertitude sur la décision finale.

— À cause de Mme Gastégui ?

— Non. À cause du maire. Il s'entend mal avec les autres maires. Il faut discuter.

— Ah…

— Hollainville et Harvilliers se sont engagés à rejoindre le regroupement dans un an, après le départ en retraite de M. Letrou.

— Même à un an de la retraite, il pourrait faire l'effort de rentrer dans le jeu…

— J'ai aussi mentionné tous les renseignements concernant Fresnay, Heudicourt et Brétigny, trois communes où personne ne me semble s'être sérieusement posé la question de l'avenir de l'école. Elles doivent avancer dans leur réflexion.

L'inspecteur feuillette le dossier, survolant les paragraphes sans vraiment les lire. Au détour d'une phrase piquée ici ou là, il fait une moue qui ne rassure pas Jacques. Le temps paraît long.

— Je ne peux me prononcer à la légère, dit M. Thibault. Il faut que j'étudie ce dossier dans tous ses détails. Une chose est sûre : le temps presse. Je vais saisir en urgence les services de l'inspection académique pour vérifier tous ces éléments. Je téléphonerai à votre maire dès que possible.

L'inspecteur se lève. Jacques l'imite. M. Thibault contourne son bureau. L'entretien est terminé et Jacques ressent une incertitude qu'il a du mal à supporter :

— Je vous sens sceptique… ose-t-il.

— Détrompez-vous, monsieur Gaubert. Je n'ai pas d'*a priori*. S'il s'avère que votre regroupement pédagogique n'est pas pérenne et ne peut pas fonctionner dans de bonnes conditions, j'émettrai un avis défavorable. Si, au contraire, le projet est porteur d'avenir pour l'école et les enfants, je le soutiendrai. Je comprends bien votre espoir mais je ne suis pas à votre place. Contrairement à vous, aux élus, aux parents et aux enfants, je n'entretiens aucun lien affectif avec le terrain. Il m'appartient d'évaluer la situation le plus objectivement possible.

La réponse est administrative, froide, réglementaire. En observant le visage tendu de son interlocuteur, M. Thibault tente d'adoucir ses propos :

— Il ne me faudra pas plus de quelques jours pour traiter votre dossier. Je vous promets qu'il ne traînera pas. S'il est convaincant, j'adresserai à tous les maires concernés une lettre tout à fait officielle les invitant à convoquer un conseil municipal extraordinaire avec pour seul point à l'ordre du jour ce projet de regroupement pédagogique. Les conditions et les contraintes seront clairement signifiées. À chaque conseil municipal de prendre ensuite une position de principe.

Il reconduit Jacques jusqu'à la porte de son bureau, lui tend la main et glisse sur le ton de la plaisanterie :

— Les deux postes de directeur que je vous ai proposés… vous y avez pensé ?

— Non… pas vraiment… répond Jacques, évasif.

— Pensez-y, pensez-y.

La semaine qui suit est longue. Heureusement, la présence des enfants et la conduite de la classe sont des sources d'apaisement qui rendent l'attente de la réponse de l'inspecteur moins angoissante. *« Un avis défavorable apporterait de l'eau au moulin de Duval,* se dit Jacques. *Sans Colville, on pourrait définitivement jeter le projet à la poubelle. »*

La réponse arrive dès le jeudi suivant. La veille, Gilbert a accroché un faisan dans la cave de l'école. Le rituel est toujours le même : il a frappé trois coups à la vitre de la classe pendant une leçon et a crié :

— J'ai mis le courrier au frais !

Gilbert est braconnier par plaisir.

— Je peux pas me faire piquer puisque le garde champêtre, c'est moi, s'amuse-t-il à répéter. Si ça m'arrivait, je pourrais toujours dire que je surveille les braconniers et que je suis en train de démancher leurs collets.

Souvent, histoire de faire plaisir et d'entretenir l'amitié, il accroche un lièvre, un lapin ou un couple de pigeons dans la cave.

Au moment où le maire arrive, Jacques est seul dans sa cuisine en train de préparer le faisan. Comme la plupart des gens qui ont besoin du secrétaire de mairie hors des heures d'ouverture, il frappe à la fenêtre :

— Excusez-moi. Je vous dérange ?

— Mais non. Je me lave les mains et j'arrive.

Le maire entre dans la mairie. Jacques remise le plat dans le frigidaire, ôte son tablier de cuisine, se passe les mains sous le robinet et le rejoint. M. Leclerc parle avec la voix enjouée de quelqu'un qui va annoncer une bonne nouvelle :

— M. Thibault m'a téléphoné à 10 heures pour m'annoncer qu'il avait adressé aux neuf maires potentiellement concernés par le regroupement pédagogique une lettre officielle leur demandant de se prononcer sur le projet. Il m'a dit que l'inspection académique posait un certain nombre de conditions mais ne m'a pas donné davantage de détails puisque l'arrivée de sa lettre était imminente. Effectivement, le facteur vient de me l'apporter.

Il montre le courrier posé sur la table et saisit une enveloppe à en-tête de l'inspection académique qu'il a déjà ouverte. Il en extrait une lettre de deux pages et une liasse de feuilles agrafées qu'il tend à Jacques.

— J'en ai déjà pris connaissance. Tenez, lisez.

Monsieur l'Inspecteur d'Académie en résidence à Chartres

À Messieurs les Maires de Brétigny, Chambray, Fresnay, Harvilliers, Heudicourt, Hollainville, Mélicourt, Colville et Viéville.

Sous couvert de Monsieur l'Inspecteur de l'Éducation Nationale de la circonscription.

« Les 9 communes sont destinataires. Une bonne chose », pense Jacques.

Monsieur le Maire,

Vous avez été informé que l'Assemblée Nationale a décidé de porter à seize ans l'âge de la scolarité obligatoire. Dans ce cadre, la scolarisation en collège de tous les enfants à partir de onze ans est rendue obligatoire. Progressivement, les écoles primaires n'accueilleront plus les enfants de onze à quatorze ans et, à terme, le certificat d'études primaires sera supprimé.

D'autre part, si la scolarité n'est pas obligatoire avant l'âge de six ans, Monsieur le Ministre a souligné à maintes reprises l'intérêt que présente la scolarisation des jeunes enfants et a demandé à son administration de soutenir toute initiative locale visant à créer des classes maternelles. Je

> vous demande en conséquence d'inclure la scolarisation précoce dans votre réflexion.

Cette introduction plaît à Jacques. Le regroupement pédagogique apparaît d'emblée comme une proposition de l'inspection académique, ce qui lui donne la force d'une démarche officielle. La lettre insiste ensuite sur l'impérative nécessité de mettre en place une structure pérenne et émet un certain nombre de contraintes : création d'une classe maternelle réservée aux moins de six ans, construction de sanitaires adaptés aux jeunes enfants et d'une salle de repos spécifique, mise en place de classes à cours simples ou doubles, création d'une cantine, création d'un ramassage scolaire gratuit.

> Compte tenu des impératifs de temps liés à la création d'une telle structure, je vous remercie de bien vouloir convoquer sans délai une session extraordinaire de votre conseil municipal avec ce seul point à l'ordre du jour et vous propose de retenir la date commune du mercredi 9 mars 1972. Votre conseil municipal devra se prononcer sur la création d'un regroupement pédagogique sous forme d'une décision de principe qui aura valeur d'engagement irrévocable. J'attacherai du prix à ce que vous me transmettiez une copie certifiée conforme de la délibération approuvée par Monsieur le Préfet d'Eure-et-Loir au plus tard le 1er avril 1972.

Vous trouverez en annexe une étude regroupant, par tranche d'âge et par commune, le nombre d'enfants potentiellement concernés.

Monsieur l'Inspecteur de la circonscription et les services de l'Inspection académique sont à votre disposition pour vous fournir tous renseignements dont vous et votre conseil municipal pourriez avoir besoin.

Veuillez agréer, Monsieur le Maire, l'expression…

— Alors ? interroge M. Leclerc dès que Jacques relève la tête.

— On n'en demandait pas tant. Ma première impression, c'est que l'inspecteur s'est plutôt rangé de notre côté. C'est l'inspection académique qui présente la demande, pas nous. Très officiel.

— C'est un premier pas. Ne nous emballons pas. Chaque conseil est tenu de se prononcer sur le principe. Au moins, dans trois semaines, les choses seront claires. On saura à quoi s'en tenir.

Jacques rend la lettre. M. Leclerc regarde sa montre.

— Je vais porter ce courrier à Robert pour qu'il y réfléchisse. Nous en reparlerons tous les trois ce soir.

La lettre tourne dans la tête de Jacques pendant tout l'après-midi. Il a toujours autant de mal à discerner si l'inspecteur est favorable ou défavorable, mais une chose lui apparaît très nette : *« S'il était défavorable, il laisserait pourrir le dossier de façon à repousser la décision. S'il précipite les choses, c'est pour donner une chance de mettre le regroupement pédagogique en place dès la prochaine rentrée. Il ne referme pas la porte. »*

Jacques reprend l'étude et, pendant deux heures, il tortille les chiffres dans tous les sens pour envisager toutes les hypothèses. Il se prend même à rêver que Fresnay, Heudicourt et Brétigny pourraient participer, hypothèse hautement improbable mais qui rendrait inutile la participation de Colville. Une façon de contourner Duval. Malgré une petite voix intérieure qui essaie de le ramener à la raison, il élabore des calculs compliqués : *« Mélicourt, Chambray et Viéville, sans Colville mais avec Fresnay – ou bien le noyau dur sans Colville, sans Fresnay mais avec Heudicourt – avec ou sans Brétigny. »*

Vers 5 heures, quand Chantoiseau et le maire reviennent, il est plongé dans un délire : les neuf communes répondant favorablement à l'inspecteur et décidant de s'unir pour constituer un regroupement pédagogique de plus de deux cents élèves. De la pure folie !

Dès les premiers échanges, Chantoiseau le ramène à la dure réalité :

— Le hic, c'est les contraintes imposées par l'inspection. Je ne vois ni où ni comment on va pouvoir construire une salle de repos, une cantine et des sanitaires. Un car, on peut toujours l'acheter, mais une cantine, faut un bâtiment.

M. Leclerc recadre les choses :

— Tu as raison, si on s'engage à monter quelque chose, il y aura des difficultés et des obstacles, mais si on commence à examiner les détails par le petit bout de la lorgnette, on n'avancera pas. Si la volonté est là, on trouvera des solutions. Le tout c'est de voir loin et de savoir si oui ou non on veut bâtir un avenir pour l'école de nos villages. Le reste, c'est affaire d'argent et d'organisation.

Belles paroles qui réjouissent Jacques. Chantoiseau se reprend :

— Tu as raison, je suis allé un peu vite. La maternelle, c'est une bonne chose et je suis pour à cent pour cent. Mais avoue qu'il va y avoir des problèmes.

Jacques résume la situation de façon assez objective :

— La décision finale dépendra en grande partie de la façon dont les choses seront présentées aux conseils municipaux. Ou bien c'est l'avenir des enfants qui primera, ou bien c'est la charge financière qui sera la préoccupation principale.

— Plus que le maintien d'une école dans chaque village, l'intérêt majeur, c'est la création d'une maternelle, réfléchit M. Leclerc. C'est l'argument phare qu'il faut mettre en avant. La raison d'être d'un regroupement, c'est d'être en mesure d'assurer une égalité de traitement entre les enfants des villes et ceux des campagnes. La raison d'être de l'école publique, c'est de mettre en pratique la devise de la République : « Liberté, Égalité, Fraternité. » Comment pourrait-on parler d'égalité quand certains enfants bénéficient de l'école à partir de trois ans et d'autres à six ?

Une fois de plus, Jacques constate la capacité de M. Leclerc à prendre de la hauteur. À ses yeux, la valeur d'un élu se mesure à cette aptitude à décoller ses pieds de la terre et à s'élever pour voir plus loin que les autres. Un bon capitaine, en somme, un capitaine qui sait où il veut emmener son équipage. C'est pour cette raison que sa ferme fait figure d'exploitation d'avant-garde. C'est aussi pour cette compétence reconnue que ses pairs l'ont élu au conseil d'administration de la coopérative.

— Tu as raison, admet Chantoiseau. Le paragraphe le plus important de la lettre, c'est celui qui parle de l'école maternelle. Il faudrait le souligner. La maternelle, c'est l'enjeu majeur.

— C'est aussi une réponse concrète au problème des effectifs, ajoute Jacques. Les enfants de onze à quatorze ans qui vont déserter nos écoles seront remplacés par les petits de trois à six ans. Trois classes d'âge qui disparaissent... trois classes d'âge qui les remplacent.

— Conclusion, dit M. Leclerc en souriant, chaque fois qu'on aura l'occasion de rencontrer un élu d'une commune voisine, il faut insister sur la maternelle.

Tous trois se tournent vers le calendrier mural.

— Donc, mercredi 9 mars, réunion du conseil. Monsieur Gaubert, vous préparez les convocations. De mon côté, je vais faire photocopier l'étude et la lettre pour que chaque conseiller de Chambray puisse étudier la question avant la réunion. La coopérative agricole me doit bien ça. Il serait souhaitable que tous les autres maires en fassent autant.

— C'est parfait, lâche Chantoiseau. Mais j'ai quand même peur que les questions d'argent soient mises sur le tapis.

— Les financements, c'est secondaire. On peut s'en donner les moyens.

Et le maire rappelle la boutade qu'il a opposée à l'inspecteur :

— S'il le faut, on augmentera les impôts !

XVII

Faudra-t-il choisir ?

Vendredi 4 mars 1972
Morale

« La valeur d'un homme tient dans sa capacité à respecter sa parole. »

JACQUES A HÉSITÉ à inscrire cette maxime au tableau en guise de support à la leçon de morale qui ouvre la classe d'aujourd'hui. Thème trop complexe, trop philosophique. Une fois de plus, les enfants le surprennent. Même les plus jeunes comprennent que la droiture, c'est quand on tient sa parole et qu'on ne trahit ni les autres, ni soi-même.

— Quelqu'un de bien, c'est quelqu'un qui ne change pas d'avis tous les jours.

— C'est quelqu'un qui tient ses promesses, même quand c'est difficile.

— Quand on a dit quelque chose, faut le faire.

— Faut pas dire n'importe quoi. Faut réfléchir avant.

— On a confiance dans quelqu'un qui tient sa parole.

— Oui, et puis on est fier de soi.

Les enfants multiplient les exemples. Pour tous, respecter sa parole, c'est bien. Florence, dont l'esprit critique est aiguisé, essaie bien d'apporter un bémol en affirmant que ce n'est pas toujours possible, par exemple quand on a promis de faire quelque chose et qu'on se casse une jambe, mais personne ne se range à son avis.

Jacques conclut les échanges en relisant la maxime et demande aux enfants de la recopier sous la date du jour pendant qu'il donne la première leçon de lecture à son unique CP. Ce faisant, sa leçon de morale continue à lui tourner en tête. Il pense à Duval et s'interroge sur la justesse de ce qu'il vient d'enseigner aux enfants : « *Tenir sa parole et faire ce qu'on a dit, est-ce vraiment la marque d'un homme de valeur ?* » Comone clame partout que, lui à la mairie, Colville gardera son école et n'entrera pas dans un regroupement pédagogique. S'il persiste dans son opposition systématique et respecte sa parole, son entêtement en fera-t-il pour autant un homme de grande valeur ? « *Encore faut-il que l'engagement soit noble…* »

Le regroupement pédagogique ! Chaque instant de ses journées, que ce soit le départ de la 4L de Marianne, le sourire de Claire enfilant une aiguille, l'éclat de rire de Frédéric, le bonjour de Marcel passant devant l'école, les petits coups de clés frappés au carreau de la classe par Gilbert, les confidences des habitants dans l'ambiance de confessionnal de la mairie, la complicité avec son maire, Isabelle et sa marche difficile, Valentine et son coup de gueule à propos du téléphone public, le père Fontaine et sa bonhomie… tout le ramène au regroupement pédagogique. Non, il ne veut pas quitter cet univers, et plus les jours passent, plus il ressent l'impérieuse nécessité de trouver une solution pour ne pas partir. Déménager… il refuse d'envisager cette hypothèse.

Gilbert a porté aux conseillers municipaux la convocation pour la réunion extraordinaire du 9 mars. Depuis, le bouche-à-oreille fonctionne et l'école est le sujet de conversation du moment dans le village. Dès le lendemain midi de la distribution, Hélène vient parler à M. Gaubert :

— Pour la rentrée, il y aurait un projet de regroupement pédagogique avec création d'une maternelle. C'est mon frère qui me l'a dit.

Hélène est originaire de Colville. Son frère y est conseiller municipal.

— Est-ce que c'est vrai ? Est-ce que ça a une chance de se faire ?

Pour elle, l'enjeu est considérable. Qu'une maternelle soit créée et elle peut recommencer à travailler. La fin des soucis. Les Moreau sortent la tête de l'eau et c'est la vie de toute la famille qui s'en trouve améliorée. Par crainte de faire naître des illusions qui pourraient être déçues, Jacques fait donc très attention à sa réponse.

— Oui, il y a bien un projet mais il ne faut pas s'emballer. Rien n'est fait, loin de là. Il faut qu'un nombre suffisant de communes soit d'accord et ce n'est pas gagné.

— Ben enfin, une maternelle, c'est indispensable ! s'indigne Hélène. Ça amène des enfants dans les écoles. Qui pourrait être contre ?

— Le 9 mars, les conseils municipaux de toutes les communes environnantes se prononceront. On verra bien s'ils sont d'accord ou non sur le principe d'un regroupement pédagogique.

Hélène est bien la mère de Florence : même esprit vif et aiguisé.

— Les conseillers, les conseillers… C'est pas eux qui devraient voter, c'est les parents. Eux, ils ne sont guère concernés. Leurs enfants sont élevés ou alors ils commencent à être grands. Des petits de l'âge des miens, y a pas un conseiller qui en a.

— C'est la loi… ce sont les élus qui décident.

— Ah ! Alors, on aurait donc intérêt à leur expliquer !

— Les conseillers représentent la population. À la population de leur faire savoir ce qu'elle souhaite.

Hélène n'en dit pas davantage mais l'expression de son visage au moment où elle quitte la classe en dit long sur ses intentions. Jacques sourit et éprouve la réconfortante sensation de ne pas être seul dans ce combat. Battante comme il la connaît, il sera surpris qu'elle reste les bras croisés.

Il en a confirmation dès le lendemain. Gilbert lui rapporte qu'elle passe dans les maisons où il y a des jeunes enfants.

— Elle fait comme la mère Grenouillet, mais elle, c'est pas pour acheter une 2 CV au curé ! Non, elle fait de la propagande pour une école maternelle. À Chambray, des petits, il n'y en a guère que cinq ou six. Si on enlève les trois qui sont à elle, il ne reste que deux familles. Elle a eu vite fait de les chapitrer. Maintenant, elle s'attaque à Colville.

Bien qu'habitant Chambray depuis son mariage, Hélène reste une fille de Colville. Elle connaît tout le monde. La mémoire de son père, le facteur tué en 40, est encore bien vivante, de même que le courage de sa mère qui a trimé pour élever seule ses deux enfants et leur donner une bonne instruction.

— À Colville, la plupart des parents des jeunes enfants sont ses anciens camarades de classe, poursuit Gilbert. Elle les tutoie tous. Pas étonnant qu'elle soit écoutée. Et des mouflets, à Colville, il y en a au moins quinze ou vingt. Elle dit que si les conseils municipaux le décident, une école maternelle, c'est possible. Comone, ça lui plaît pas. Il dit qu'au lieu de faire du racolage, elle ferait bien mieux de s'occuper de ses marmots.

En soirée, alors qu'il vient tout juste de pousser les volets de la mairie, Jacques voit arriver Chantoiseau et M. Maillard accompagné de sa secrétaire de mairie, la femme de son collègue Pointereau. Jacques pense que leur visite est en lien avec le regroupement pédagogique et la prochaine réunion du conseil municipal, mais le maire de Mélicourt le détrompe dès son arrivée :

— Oh non ! Chez nous, sur le principe, le regroupement pédagogique rencontre un écho favorable de la part de tout le monde. Depuis le temps qu'on en parle, de cette maternelle, il y a consensus. Non, ce qui risque de faire obstacle, c'est pas le principe, c'est le financement. On n'avait pas pensé qu'une maternelle ça allait entraîner autant de frais. Après le château d'eau et le presbytère, ça tombe mal.

— Et c'est justement de dépenses dont ils viennent nous parler, ajoute Chantoiseau. Ils ont les devis pour le presbytère.

— Comme vous avez commencé à discuter avec le percepteur, continue M. Maillard en s'asseyant, on vient aux renseignements.

— Le mieux, c'est de commencer par le commencement, dit Chantoiseau. Ils s'élèvent à combien, vos travaux ?

Mme Pointereau ouvre la chemise qu'elle a posée sur la table et sort une liasse de papiers.

— Les devis sont tous là mais ce n'est pas utile de commencer par examiner les détails. Ce qui compte pour l'instant, ce sont les chiffres. Tenez, j'ai fait un récapitulatif.

Tous les quatre se penchent sur la feuille qu'elle place au milieu de la table. Elle lit à haute voix en signalant chaque rubrique avec la pointe de son crayon à papier :

Construction d'une cheminée : 4464 francs

Installation d'un chauffage central *(compris chaudière et cuve à fuel) :* 16733 francs

Menuiserie *(changement des fenêtres) :* 1455 francs

Salle d'eau, maçonnerie : 9753 francs

Sanitaires, salle d'eau et WC *(compris fosse septique) :* 4350 francs

Électricité : 2083 francs

Peinture : 2547 francs

Gouttières : 1477 francs

Emmarchement perron extérieur : 2148 francs

Total : 45010 francs

— Quarante-cinq mille francs ! s'exclame M. Maillard quand sa secrétaire relève son crayon. Vous vous rendez compte ? Et encore, là, il n'y a que les travaux les plus indispensables pour rendre le logement habitable. Aucune fioriture. Il faudrait aussi revoir la couverture et les piliers du portail, mais je n'ai même pas demandé de devis.

— Quarante-cinq mille francs, c'est les trois quarts de notre budget, précise Mme Pointereau pour bien situer le problème. Si on ajoute les annuités des emprunts que la commune a été obligée de faire l'an dernier pour le château d'eau, toutes nos ressources sont consommées.

— C'est une dépense impossible, se lamente M. Maillard. Alors, si on ajoute le regroupement pédagogique…

Il se passe la main sur le front, comme s'il voulait effacer ces chiffres qui lui donnent le tournis.

— J'ai grand-peur que le conseil soit amené à choisir entre le curé et l'école, regrette-t-il. Tout le monde est favorable à la maternelle mais personne ne souhaite le départ du curé. Alors, entre les deux, je me demande…

Jacques fronce les sourcils : il ne faut surtout pas opposer les deux projets. Les paroles d'Hélène lui reviennent en tête : « *Les conseillers ne sont guère concernés. Leurs enfants sont élevés.* » De là à penser qu'ils pourraient choisir le curé plutôt que l'école, le risque est grand. « *Une école, ils en ont une et elle n'est pas en péril. S'ils ne font rien, les enfants continueront à être scolarisés alors que si le presbytère n'est pas restauré, le curé partira. Certains conseillers ne vont-ils pas penser que l'urgence, c'est le presbytère, en se disant que dans quelques années, on pourra toujours créer un regroupement ?* »

— Attendez, attendez, dit Jacques. Les nouvelles que j'ai sont plutôt bonnes. Le percepteur a contacté les services préfectoraux et la trésorerie générale. Sur le principe, rien ne s'oppose à une coopération intercommunale. Vu le loyer symbolique, la préfecture approuverait les délibérations des conseils assimilant le presbytère à un logement de fonction comparable à celui d'un instituteur, donc logement à entretenir par les communes qui bénéficient de la présence du prêtre. Sous réserve d'un avis favorable des conseils, un fonds de concours pourrait être créé avec participation de toutes les communes desservies par le prêtre.

— Pour la répartition des frais, appuie Chantoiseau, faudrait s'entendre. Ça pourrait être au prorata du nombre d'habitants.

— Si tout le monde marche, on est sauvés ! s'emballe immédiatement M. Maillard.

Jacques tempère ce brusque enthousiasme :

— La préfecture met quelques limites...

— Ah ! Je me disais aussi...

— Première limite, que le prêtre occupe effectivement le logement. Les communes ne pourraient participer que tant que le prêtre serait logé. En clair, si un prêt de douze ou quinze ans devait être contracté pour faire ces travaux, l'évêché devrait s'engager à le maintenir en poste au moins pendant la durée d'amortissement du prêt.

— Sacrée restriction, objecte Mme Pointereau. Est-ce que l'évêché s'engagera sur une période aussi longue ? Des curés, il y en a de moins en moins.

Bien malin celui qui pourrait prévoir l'avenir à échéance de quinze ans !

— Deuxième limite, continue Jacques, tous les travaux ne pourraient pas être pris en compte au titre du fonds de concours. Il y a lieu de distinguer les travaux qui permettent une occupation décente du logement – chauffage, salle d'eau, peinture, par exemple – de ce qui relève du gros œuvre qui incombe au propriétaire – cheminée ou gouttières par exemple.

Court silence que Chantoiseau est le premier à rompre :

— C'est quand même une bonne nouvelle. La cheminée, c'est obligatoire, mais l'emmarchement ou les gouttières, vous pouvez attendre un an ou deux. Si on arrive à s'entendre, la charge ne devrait pas être si lourde que ça pour Mélicourt.

— D'autant plus que des aides sont possibles, précise Jacques. Mme Pointereau, vous pourriez obtenir des renseignements en contactant le conseil général. D'après le percepteur, une subvention de vingt-cinq à trente pour cent sur le fonds départemental de péréquation est envisageable.

— Sur la totalité des travaux ?

— Oui.

— Sans compter que, si les communes font un effort financier, le diocèse peut aussi en faire un, suggère Chantoiseau.

— On peut toujours leur poser la question.

— De mon côté, décide M. Maillard, je vais voir avec le Crédit Agricole ce qu'ils pourraient proposer au niveau de l'emprunt. Si la charge du presbytère apparaît soutenable au conseil, le regroupement pédagogique passera mieux.

Jacques refrène une forte envie de contrer cette idée. Il modère ses propos :

— Tant que le plan de financement n'est pas établi, il est préférable de ne pas mélanger les deux dossiers. En tout cas, il me semblerait très maladroit de présenter les deux projets au cours de la même réunion. Les conseillers auraient l'impression qu'on leur demande de choisir. Le regroupement n'est pas en compétition avec le presbytère.

Chantoiseau partage cet avis et approuve :

— L'école d'abord. D'ailleurs, l'inspecteur a demandé de convoquer une session extraordinaire avec ce seul point à l'ordre du jour.

— Vous avez raison, admet M. Maillard. Prenons le temps de bien ficeler le dossier du presbytère. On le présentera au conseil au cours d'une autre réunion.

Quand ils se quittent, les choses sont bien claires : dans aucun conseil, on ne doit parler du presbytère en même temps que du regroupement pédagogique.

Chantoiseau et son ami Maillard sortent les premiers. Mme Pointereau reste un peu en arrière et range ses papiers. Elle veut glisser à Jacques que Loïc a eu l'occasion d'en toucher deux mots à Daniel Bernardon, l'adjoint au maire de Colville et mari de l'institutrice, qui fait de l'escrime à Mélicourt.

— Que ce soit pour le regroupement ou le presbytère, les choses ne s'annoncent pas faciles à Colville. M. Duval est certain qu'une majorité de conseillers va le suivre, au moins huit ou neuf sur onze, d'après lui.

— J'imagine que Daniel nous soutiendra.

— Il a dit à Loïc que les parents se bougent. Certains ont l'intention d'assister à la réunion du conseil.

— À Mélicourt, des parents seront présents ?

— Oui. Ils n'ont pas le droit de prendre la parole mais ils n'auront pas besoin de faire pression. Une seule chose importe : qu'on ne parle pas des dépenses sur le presbytère avant la réunion. Et vous pensez bien que je vais veiller à ce qu'il n'y ait pas de fuites.

XVIII

Un conseil extraordinaire

Le mercredi 9 mars, à 20 h 30, le conseil municipal de Chambray se réunit, au complet, autour du tapis vert de la mairie. Les séances sont publiques mais, sauf lors de l'élection du maire où quelques habitants viennent, personne n'y assiste jamais. Aujourd'hui, Hélène, les mères des autres petits, Pierre et quelques habitants attachés à l'école ont annoncé leur intention de suivre les débats. Le garde champêtre a donc apporté deux bancs qu'il a installés à droite et à gauche de la porte d'entrée, contre le meuble qui contient les plans du cadastre et devant l'armoire du central téléphonique. Le public entre en dernier et s'installe une fois que tous les conseillers ont pris place. Le père Fontaine glisse à son voisin :

— Ben, y en a du monde ! La prochaine fois, faudra faire le conseil dans la classe.

— Je crois bien que ça va être pareil dans toutes les communes. Les parents se sont donné le mot.

— J'ai entendu dire, répond le vieux. Paraît qu'à Colville, ils ont prévu quatre bancs.

Le maire salue tout le monde, serre des mains et embrasse Pierre qui est son filleul. Noël a passé ses années en Allemagne dans les mêmes usines Messerschmitt que son père Charles, requis STO comme lui, et entretient des liens étroits avec les Fauconnier. À la naissance de son fils, c'est donc tout naturellement que Charles lui a demandé d'être le parrain.

M. le maire est le dernier à rejoindre sa place, entre son adjoint Chantoiseau à sa gauche et son secrétaire de mairie à sa droite. Petit à petit, le brouhaha cesse.

Abel Leroy, un cultivateur qui passe pour un original parce qu'il est le seul de la région à utiliser un tracteur blanc de la marque David Brown, a la cigarette au bec. À Chambray, depuis deux ans, on ne fume plus pendant les réunions. Chantoiseau pousse un cendrier vers lui.

— Oh merde ! J'avais oublié, s'exclame Abel en écrasant son mégot.

Posé sur la table devant lui, Jacques a préparé tous les éléments du dossier « regroupement pédagogique ». Selon l'habitude, au cours de la réunion, il passera les pièces au maire au fur et à mesure des besoins. M. Leclerc, lui, en homme rompu aux réunions, a rédigé un court pensum où il a consigné de sa fine écriture serrée les principaux points qu'il compte développer. Il déplie la feuille, la lisse et la pose devant lui.

— Bonjour à tous, commence-t-il. Merci à mes collègues d'être présents et bienvenue au public. Je me réjouis de constater que l'avenir de l'école mobilise. Avant de commencer, je dois cependant rappeler que l'assistance n'est pas autorisée à prendre la parole et ne doit pas intervenir dans les débats. Cette précision étant faite, j'ouvre la séance.

Il jette un rapide coup d'œil sur son papier et enchaîne :

— Un seul point à l'ordre du jour ce soir : le projet de regroupement pédagogique. Pour que chacun comprenne, je vais d'abord faire un court historique de la situation.

Il rappelle la situation que tout le monde connaît, sauf peut-être le père Fontaine qui n'a pas pris la peine de lire les photocopies qui accompagnaient la convocation et qui s'exclame :

— Fermeture de l'école ! Ah ben ça ! Alors, M. Gaubert va partir ?

— Attends, Constant, je continue jusqu'au bout, l'interrompt le maire.

Le maire poursuit, puis il passe la parole à M. Gaubert pour qu'il rappelle les chiffres contenus dans l'étude.

— Des gosses, il n'y en aura peut-être plus beaucoup, mais il en restera. Où est-ce qu'ils iront à l'école ?

— À l'école privée ! réplique Abel Leroy d'un ton assez cynique. C'est ce qu'ils ont été obligés de faire à Viéville.

M. Leclerc ne juge pas le moment opportun pour ouvrir la discussion. Il enchaîne rapidement pour couper court :

— L'inspection académique a étudié la question et fait une proposition.

Jacques ouvre son dossier et tend la lettre. M. Leclerc ajuste ses lunettes et en donne lecture, en commençant par énumérer les neuf communes mentionnées dans l'adresse :

— Ces neuf communes, commente-t-il, ont reçu la même lettre et, en ce moment même, les neuf conseils municipaux sont réunis pour examiner la proposition de l'inspection académique. Chambray n'est donc pas la seule commune concernée.

Il poursuit la lecture de la lettre et marque une pause après le passage le plus important, celui qui concerne la scolarisation précoce. Jacques examine alors le visage de chacun des conseillers. Manifestement, tous n'ont pas bien saisi la proposition. M. Leclerc pose la feuille, ôte ses lunettes et traduit en langage plus courant :

— En clair, ce que nous propose l'inspecteur d'académie, c'est que les communes qui le souhaitent s'unissent pour créer un regroupement pédagogique avec une maternelle. Vous savez que nos écoles sont en perte d'effectifs. L'idée, c'est de profiter de cette baisse pour créer une maternelle. Les petits remplaceraient les grands puisqu'il n'y aura plus de certificat d'études et on aurait dans nos écoles des enfants de trois ans à onze ans au lieu d'en avoir de six à quatorze ans comme aujourd'hui. Le grand bénéfice pour les enfants de nos campagnes, ce serait d'avoir accès à l'école maternelle comme en ville.

Hélène est comme une pie sur un tambour. Elle a beaucoup de mal à se contenir. Elle voudrait intervenir, développer tous ses arguments. Jacques lui adresse un regard pour l'en dissuader.

— Seulement, pour créer une maternelle, il faut créer un regroupement pédagogique. Toute seule, aucune commune ne peut créer une maternelle. Voilà donc l'enjeu dont nous avons à débattre ce soir. Oui ou non, voulons-nous un regroupement pédagogique ? Oui ou non, voulons-nous une maternelle pour nos petits ?

Certains conseillers se taisent parce qu'ils savent ce qu'est un regroupement pédagogique et que les explications des parents, de Hélène en particulier, les ont éclairés. D'autres en sont encore au stade de la découverte. Le père Fontaine s'adresse directement à Jacques :

— Monsieur Gaubert, j'suis pas bien à jour. Vous qui connaissez les écoles sur le bout des doigts, expliquez-nous concrètement comment ça pourrait marcher, ce fameux regroupement pédagogique.

M. Leclerc adresse un signe de tête à Jacques pour l'inciter à prendre la parole :

— Sur le principe, c'est assez simple, explique Jacques avec beaucoup de gentillesse envers le père Fontaine. On regroupe les enfants de toutes les communes et on les répartit par niveau d'âge. On fait une classe pour les petits, une autre pour les six/sept ans, une autre pour les huit/neuf, etc.

— Et elles seraient où, ces classes ?

— Les écoles existent déjà. On mettrait les petits dans une commune, les moyens dans la commune voisine, une troisième classe dans un autre village.

Chantoiseau intervient :

— En ville, toutes les classes d'une même école se trouvent au même endroit. Pour nous, ce serait pareil, sauf que les classes seraient dispersées dans les différents villages. Il n'y aurait plus qu'une école, mais avec des classes dispersées.

Jacques poursuit :

— L'inspection académique décide du nombre de postes d'instituteurs, mais l'endroit où se trouvent les classes, ce sont les maires qui le décident.

— Ah ! s'exclame Abel, saisi par une soudaine prise de conscience. C'est comme ça qu'on pourrait garder une école à Chambray et que M. Gaubert ne serait pas obligé de partir !

— Donc, enchaîne le père Fontaine, si les neuf communes décident de faire un regroupement, une école pourrait continuer à exister dans chacune des communes. La seule différence, c'est qu'on brasserait les enfants et que, selon les années, ils iraient à Chambray ou à Mélicourt, ou à Fresnay ou ailleurs.

— Exactement.

Chantoiseau reprend la parole :

— En résumé, avec un regroupement pédagogique, on garde nos écoles et les petits peuvent aller en maternelle comme en ville.

Il y a soudain un brouhaha dans la salle. Tous les conseillers se tournent vers leurs voisins et échangent leurs impressions. Jacques ne prend jamais part à ce genre de discussions. Neutralité oblige. Il se doit de respecter tous les points de vue. Cependant, il sait d'expérience que c'est à ce moment que la décision finale mûrit. Le maire laisse faire. Les conseillers ont besoin de ce moment d'échange. Il se penche vers son secrétaire :

— Ils sont piqués au vif. Qu'en campagne on n'ait pas les mêmes droits qu'en ville, ils ne vont pas supporter.

Au bout de cinq minutes, M. Leclerc frappe sur la table pour rétablir le silence.

— Dans sa lettre, l'inspecteur d'académie précise que la décision de principe que vous allez prendre aujourd'hui aura valeur d'engagement irrévocable. Compte tenu du calendrier, différer la décision rend impossible une mise en place pour la prochaine rentrée. Comme c'est une décision très importante qui engage l'avenir, avant de passer au vote, je vais faire un tour de table pour que chacun puisse donner son point de vue.

Le maire tend la main vers le conseiller municipal qui se trouve immédiatement à la droite de Jacques et l'invite à donner son point de vue.

— Ben moi, je pense qu'on est des Français comme tous les autres et je ne vois pas pourquoi les gosses des campagnes n'auraient pas droit à l'école maternelle comme ceux des villes. Je suis pour le regroupement.

— Moi, pareil, approuve Bailly qui n'est jamais du genre très loquace dans les réunions.

— Moi, je suis pour aussi, mais on peut pas faire un regroupement tout seuls. Qui c'est qui va se mettre avec nous ? Mélicourt ? J'ai entendu dire qu'ils sont pour.

M. Leclerc précise :

— De façon tout à fait informelle, j'ai réuni quelques maires pour avoir leur sentiment. *A priori*, Mélicourt serait partant. Viéville aussi.

— Ils n'ont plus d'école.

— Ils n'ont plus d'école mais ils ont encore des enfants. Hollainville et Harvilliers ne sont pas partants pour cette année mais ils nous rejoindraient l'année prochaine.

— Et Colville ? T'en parles pas, de Colville.

— Je ne sais pas, répond M. Leclerc. Tous les conseils se réunissent en ce moment même. On saura demain ce que le conseil de Colville décide.

— Tu sais bien que le maire est contre. Il veut garder son école pour lui tout seul. Pas de brassage. Les gosses de Colville doivent aller à l'école de Colville. Il n'en démord pas et il a toutes les chances d'être suivi par son conseil.

— Et Fresnay, Heudicourt et Brétigny ?

— *A priori*, Heudicourt et Brétigny s'orientent vers une autre solution. Fresnay, je ne sais pas. C'est comme Colville, on saura demain.

— Ces trois communes-là ne viendront pas. Il n'en reste que six possibles, et même que quatre pour cette année. Alors, sans Colville, on ne peut rien faire.

Les autres conseillers hochent la tête en signe d'approbation et un certain pessimisme envahit la salle. Sur les bancs, Hélène et les parents brûlent d'intervenir. Le père Fontaine comprend leur impatience et se fait leur interprète en prenant la parole avant son tour :

— Ben quoi, une maternelle, ça va de soi ! J'sais même pas pourquoi on discute. Alors, avec ou sans Comone, faut en faire une. Moi, je suis pour.

Le simple fait de prononcer le nom de Comone déclenche un brouhaha. Tout le monde connaît le bonhomme.

— Ben moi aussi, je suis pour, annonce le conseiller suivant d'une voix forte.

M. Leclerc frappe quelques petits coups sur la table et invite le conseiller suivant à s'exprimer.

— À toi. Dis comment tu vois la chose.

— Sur le principe, je suis pour, mais je trouve qu'on n'a pas les éléments pour décider en toute connaissance de cause. Des enfants qu'on regroupe et qu'on emmène dans les écoles des autres communes, c'est bien, mais faut les transporter. Faudra un car, un chauffeur. Combien que ça va coûter ?

Les finances, c'est toujours le point délicat. Le moment de donner quelques précisions sur les contraintes est venu. Jacques ouvre la chemise et passe l'étude à son maire. M. Leclerc joue la vérité.

— Oui, il faudra un car. C'est exactement comme pour le collège. Un syndicat intercommunal est en train de se mettre en place. Quand le collège ouvrira, un service de ramassage fonctionnera.

— Sauf que pour le collège, on ne nous demande pas notre avis, ajoute Chantoiseau. Le collège devient obligatoire, le ramassage aussi.

M. Leclerc ajoute :

— L'inspection académique demande aussi qu'on aménage une salle de repos et des sanitaires adaptés aux petits. Il y aura des frais mais ce sera à partager entre toutes les communes.

— Ah, il faut aussi une salle pour que les enfants fassent la sieste et des cabinets spéciaux… Ben, dans les maisons, ils n'ont pas de cabinets spéciaux.

Jacques croit opportun de préciser :

— Les subventions sont assez importantes. L'achat du car et les travaux sont subventionnables sur le fonds départemental de péréquation. Pour ce qui est du fonctionnement, le salaire du chauffeur, par exemple, le conseil général participe également.

— La dépense, c'est une chose, mais où est-ce qu'on va la construire, cette salle de repos ?

M. Leclerc sent que la discussion va s'enliser dans ce qui, à ses yeux, relève des détails. Il recadre les débats :

— Oui, il y aura de petits problèmes à résoudre, mais aujourd'hui, ce n'est pas le sujet. On nous demande de nous prononcer sur le principe. Les détails, on les verra dans un second temps.

— S'engager sans savoir où on met les pieds, c'est délicat. Une fois qu'on a mis les doigts dans l'engrenage…

— Bof ! le mouche le père Fontaine, faut pas être près de ses sous comme ça. Les enfants d'abord.

Le conseiller soucieux des finances communales ne semble pas apprécier d'être remis à sa place. Il lâche avant de passer la parole à son voisin :

— Moi, je m'abstiendrai…

M. Leclerc continue le tour de table et passe la parole aux suivants :

— Favorable. L'école est obligatoire. Y'a pas à discuter.

— Pareil. Je suis pour. Mais à condition qu'on garde une classe à Chambray. Je voudrais pas qu'on devienne un village sans école comme à Viéville. C'est trop triste, un village sans les cris des gosses.

Après un moment de tension, le visage d'Hélène s'apaise, même si le résultat d'un vote à bulletins secrets n'est pas toujours conforme au sentiment qui semble se dégager lors de la discussion. Parlant en dernier, Chantoiseau croit bon de développer un argument qui n'a pas été évoqué :

— J'espère qu'on arrivera à s'entendre et qu'on gardera un maître d'école à Chambray parce que, si on n'y arrive pas, on perdra aussi notre secrétaire de mairie et notre infirmière dont on a tant besoin. Je suis donc pour le regroupement pédagogique et je croise les doigts pour que les autres communes soient partantes.

Jacques a coupé des feuilles blanches en quatre. Il prend les bulletins vierges et se tient prêt à les faire passer dès que le maire annoncera le vote, quand Abel interpelle celui-ci :

— Et toi, Noël, t'as rien dit. C'est quoi, ton avis ?

M. Leclerc prend de la hauteur et évoque tout de suite des horizons plus lointains :

— Je crois qu'il faut voir bien au-delà de la prochaine rentrée. À échéance de dix ou vingt ans, l'avenir du monde rural appartiendra à ceux qui sauront unir leurs forces. Dans les grandes villes, ils s'en tireront toujours. Nous, en campagne, on ne survivra que si on met nos forces en commun. Regardez ce qui se passe dans l'industrie, dans l'agriculture et même dans les communes. On crée des syndicats pour l'eau, les vallées, les chemins, le ramassage des collégiens. Certaines communes sont en train de se rassembler pour construire en commun une usine de traitement des ordures ménagères. Les investissements deviennent trop lourds pour rester tout seul dans son coin. Pour l'école, c'est pareil. Nos villages ne peuvent plus fonctionner comme avant la guerre. Les temps changent. Il faut tenir compte de la diminution de la population, des aspirations des habitants, des nouvelles contraintes comme la scolarisation jusqu'à seize ans, et s'organiser en conséquence. Si on veut garder de la vie dans nos campagnes, il faut évoluer. Créer un regroupement pédagogique, c'est faire prendre à l'école le virage dont elle a besoin pour continuer à exister. Je suis donc pour… à cent pour cent pour.

— Reste plus qu'à espérer que les autres maires penseront comme toi, dit Bailly.

Silence dans la salle. Le moment du vote est arrivé et tous les conseillers ressentent l'importance du moment.

— Si personne ne veut plus prendre la parole, dit M. Leclerc, on passe au vote. La décision étant importante, nous allons voter à bulletins secrets.

Jacques étale des stylos bille sur la table et tend les bulletins vierges au premier conseiller qui en prend un et passe le reste à son voisin.

— Je rappelle la question : « *Sur le principe, êtes-vous favorable, oui ou non, à la création d'un regroupement pédagogique avec maternelle et ramassage scolaire ?* »

Chacun prend appui, qui sur une brochure, qui sur le bord de la table, qui sur son portefeuille fermé pour écrire le OUI ou le NON fatidique sur le bulletin qu'il plie ensuite en quatre. Comme à l'habitude, la casquette de Chantoiseau fait office d'urne dans laquelle chaque conseiller dépose son bulletin. Quand elle arrive devant lui, le maire dépose son bulletin et la retourne sur la table pour compter les bulletins :

— Onze bulletins, annonce-t-il.

Il déplie le premier et annonce :

— OUI.

Il passe le bulletin à Chantoiseau qui le contrôle et le pose bien en évidence devant lui. Jacques trace un bâton sur la feuille de dépouillement

— OUI, poursuit le maire en dépliant le deuxième.

Il faut attendre le septième bulletin pour trouver un bulletin blanc. Tout le monde se tourne alors vers celui qui a soulevé le problème de la dépense et s'est fait rabrouer par le père Fontaine. Il n'est pas le seul à avoir voté blanc : le huitième bulletin, probablement celui de son voisin, l'est aussi. Ensuite, jusqu'au dernier, tous sont favorables.

— Résultat du vote, résume Jacques en recomptant ses bâtons : onze votants, neuf pour, zéro contre, deux abstentions.

Chantoiseau recompte les bulletins empilés devant lui :

— Confirmé, dit-il.

Avec une certaine solennité, le maire annonce alors le résultat officiel :

— Par neuf voix pour et deux abstentions, le conseil de Chambray vote donc en faveur de la création d'un regroupement pédagogique !

Sur le banc, Hélène ne peut se retenir davantage. Elle se lève et applaudit, immédiatement suivie par les autres parents et des conseillers. Jacques s'abstient de manifester sa joie mais, pour lui aussi, cette décision lui fait chaud au cœur. Le brouhaha envahit la salle. Tout le monde parle en même temps.

— Je file, dit Hélène à voix forte. Dès que la réunion de Colville sera terminée, mon frère doit venir à la maison pour me raconter comment ça s'est passé. J'ai hâte de savoir.

Elle se lève et sort la première, un large sourire aux lèvres.

XIX

Un vote inattendu

La séance de conseil est terminée mais les conseillers s'attardent et se répandent en commentaires. Jacques et M. Leclerc sont les derniers à quitter la mairie. Jacques indique que, comme d'habitude, il préparera un brouillon du procès-verbal et les deux hommes conviennent de se retrouver le lendemain soir pour mettre au point le texte de la délibération finale qui sera expédié à la préfecture et à l'inspection académique.

Il est dix heures et demie quand Jacques rejoint Marianne dans leur appartement.

— Alors ?

— Avis favorable. Neuf pour et deux abstentions.

— Magnifique.

— Oui, c'est une décision qui fait plaisir mais ce n'est pas une surprise. Elle était acquise. Chambray et Mélicourt sont favorables depuis l'origine.

Jacques s'assied sur le canapé et entoure affectueusement les épaules de sa femme avec son bras.

— Les enfants dorment ?

— Je n'en suis pas sûre. Frédéric était au milieu de son livre. Il a peut-être rallumé la lumière une fois que j'ai eu le dos tourné. Claire t'a réclamé.

Est-ce qu'elle a réussi à s'endormir sans le bisou de son papou ?

— Il vaudrait mieux que j'aille voir…

— Mais non. Il faut qu'elle se décolle un peu de toi.

Marianne a raison et il n'ose pas dire que c'est aussi à lui que ce petit baiser du soir manque.

— Aucun vote contre ? reprend Marianne. Tu en attendais pourtant un.

Il repense au père Fontaine :

— On a l'impression qu'il est toujours à côté du sujet mais il est plein de bon sens. Un sacré soutien pour l'école. Oui, je m'attendais à ce que Leroy vote contre, à cause de la dépense. Les paroles et l'enthousiasme de Fontaine l'ont sans doute convaincu de transformer son contre en abstention.

Comme chaque jour, Marianne est intervenue chez plusieurs patients de Colville, Burray, Gondreville. Partout, on lui a parlé de la réunion du soir.

— Parfois, les gens pensent réellement à l'école mais, souvent, au travers de leurs réflexions, je sens bien que c'est l'absence de l'infirmière qui les inquiète. M. et Mme Dubois, par exemple, ils m'ont franchement demandé si j'allais partir. Eux, l'école, ils s'en moquent, c'est ma présence qui les préoccupe. Diabétiques comme ils sont, s'ils n'ont pas leur piqûre quotidienne, ils ne peuvent pas rester chez eux. Ils m'ont raconté que Duval a chapitré les conseillers et qu'il est assuré que la majorité des conseillers va le suivre.

— J'espère qu'ils se trompent…

— Sans Colville, c'est vraiment foutu ?

La question reste sans réponse. Jacques veut continuer à y croire et s'accroche à l'espoir que Colville, mais pourquoi pas aussi l'une des autres communes, votera une décision inattendue. Il prend la main de Marianne et la presse. Ils sont si bien ici. Que ce serait idiot de briser ce bonheur simple ! Ils gardent le silence et savourent ce moment avec à l'esprit que, dès demain, leur rêve pourrait s'évanouir à l'annonce des décisions des autres communes.

Vers 11 heures, alors qu'ils s'apprêtent à monter se coucher, on frappe au volet. Jacques bondit, sûr que c'est quelqu'un qui vient lui apporter des nouvelles. À peine le volet entrouvert, la voix d'une femme annonce :

— À Colville, la réunion s'éternise. Ils n'ont pas encore terminé.

C'est Hélène. Sa belle-sœur a fait un saut en voiture jusqu'à Chambray pour lui dire que Pierre n'est toujours pas rentré de la réunion.

— Ça ne se passe pas tout seul. Je ne sais pas ce que le conseil va décider mais ça discute dur. Tout le monde n'a pas l'air d'accord avec Duval.

Les yeux de la jeune femme brillent dans le noir de la nuit et Jacques devine un grand sourire. Hélène saisit l'avant-bras de Jacques et le secoue comme si elle voulait transmettre l'espoir qui l'anime :

— Allez, monsieur Gaubert, faut y croire. C'est pas foutu. Si ça s'éternise, c'est plutôt bon signe.

Le lendemain matin, un peu avant 8 heures, alors que Jacques est en train de préparer ses tableaux, Gilbert frappe à la vitre de la classe. Il plisse le nez, ce qui donne à son visage l'expression de délectation narquoise qu'il arbore quand il colporte des potins. Il crie :

— Vous avez deux minutes ? J'ai à vous causer. Juste deux minutes.

Jacques réalise que la porte du vestiaire est fermée.

— Passez par la mairie.

Gilbert fait demi-tour en sautant comme un cabri. Jacques pose la craie dans la rainure aménagée au bas du tableau, se frotte les mains l'une contre l'autre pour chasser la poussière blanche et descend les deux marches de l'estrade. Sûr, Gilbert a des nouvelles.

— Mes excuses, dit Gilbert en portant la main à la visière de son képi de garde champêtre et en le décollant de son crâne en guise de bonjour.

— C'est rapport au conseil de Colville, poursuit-il d'une voix enjouée. Ah, le cirque, hier au soir ! Le conseil a pas suivi le maire. Ils ont voté pour le regroupement.

Jacques n'en croit pas ses oreilles. Il prononce quelques mots qui traduisent tout à la fois son étonnement, sa surprise et son immense soulagement.

— Ils sont pour ?

— Oui. J'connais pas le résultat exact mais paraît que Comone a passé pour un con. Avant le vote, il était contre et après, paraît qu'il a retourné sa veste.

— Qu'est-ce qui s'est passé ?

— J'ai pas les détails mais je vais les avoir dans la matinée. À midi, je vous en dirai plus. Ce qui est certain, c'est qu'il y a eu du spectacle.

Colville favorable au principe d'un regroupement pédagogique ! C'est inespéré. Depuis des semaines,

Jacques se forçait à espérer ce miracle, mais, au plus profond de lui, il n'y croyait guère.

Marianne n'est pas encore partie. Jacques fonce dans l'appartement, monte l'escalier en faisant résonner les marches et fait irruption dans la salle d'eau alors qu'elle est en train de coiffer Claire :

— Colville a voté pour. On va pouvoir monter un regroupement !

Il embrasse sa femme, serre sa fille dans ses bras, ébouriffe les cheveux de Frédéric. Pendant une minute, dans l'intimité de son appartement, il laisse éclater sa joie.

À 9 heures, Jacques accueille les enfants avec un large sourire. En les regardant, il a beaucoup de mal à réprimer son envie de leur annoncer la nouvelle. Pour une fois, la classe ne parvient pas à mobiliser son attention et son esprit est tiraillé entre les flashs qui se succèdent sur les aspects les plus divers de l'organisation du futur regroupement pédagogique, et les quelques mots prononcés par Gilbert : *« Ah, le cirque ! Comone est passé pour un con… Il a retourné sa veste… »*

Qu'est-ce que tout cela veut dire ? Que s'est-il passé hier soir au conseil de Colville ? Il lui faut attendre dix heures et demie pour avoir les premiers détails. Au début de la récréation, Hélène déboule, la petite Émilie endormie dans la poussette, les jumeaux se tenant sagement par la main. Jacques les entraîne sous le préau pour qu'ils soient à l'abri du vent froid.

— Cinq pour, quatre contre et deux bulletins blancs, triomphe Hélène. Pas vraiment la majorité des votes, mais ça suffit. On peut dire merci à l'adjoint. Daniel Bernardon l'a jouée finement. Mon frère est venu me raconter. On peut dire que la soirée a été mouvementée.

Hélène raconte d'une voix rapide toute pétrie de satisfaction qu'au début de la séance, Duval affichait l'air sûr de lui qu'il avait depuis des semaines. La salle de la mairie de Colville est plus grande qu'à Chambray. Il avait placé les bancs réservés au public le plus loin possible de la table du conseil. Considérant les parents venus assister à la réunion comme une minuscule opposition qu'il pouvait négliger, il les avait traités avec ironie, leur recommandant, non pas de garder le silence comme la loi les y oblige, mais d'écouter avec un maximum d'attention et de ne pas hésiter à lui demander des explications pour le cas probable où ils ne comprendraient pas :

— L'administration, c'est spécial. Quand on n'a pas l'habitude, on ne saisit pas tout, forcément. N'hésitez pas à me demander des explications.

Il avait poussé la provocation jusqu'à les féliciter de s'intéresser, « pour la première fois », aux affaires de la commune :

— Faut bien un début à tout. Et pis, vaut mieux tard que jamais.

Comone avait ensuite ouvert la séance du conseil et, selon son habitude, avait fanfaronné en se lançant dans des préliminaires ronflants pour rappeler les valeurs de la République et expliquer sa vision, en tant qu'homme de gauche, de l'école et de l'instruction, tout en dissertant sur les grands principes de liberté, d'égalité, de fraternité et de laïcité :

— L'école doit s'émanciper du carcan de la religion. Faut pas oublier qu'il y a un siècle, Jules Ferry a rendu l'école obligatoire et gratuite afin que tous les enfants, surtout ceux des ouvriers ou des petits paysans, puissent être instruits dans les valeurs républicaines.

— Et patati, et patata, résume Hélène. Pendant une demi-heure, parce que le sujet s'y prêtait, Comone a asséné à ses conseillers et au public son cours de catéchisme laïc, républicain et anti-calotin que vous connaissez. Personne ne l'a interrompu et tout le monde s'est mordu la langue pour ne pas lui dire qu'il leur cassait les pieds.

Contrairement à Chambray où le SMI assiste à toutes les séances du conseil, la brave secrétaire de mairie de Colville n'est jamais présente aux réunions. Elle prépare donc à l'avance tous les documents qu'il convient de porter à la connaissance des conseillers au cours de la réunion pour les éclairer, et c'est le maire, s'il le juge utile, qui en fait la lecture. Hier, elle avait donc préparé la lettre de l'inspecteur d'académie et l'étude justifiant la proposition. Or, pendant les réunions, Duval fume. Hier, il avait posé son paquet de Gitanes maïs et un cendrier sur le tas des papiers, signe qu'il n'avait pas l'intention d'en donner lecture. À Chambray, M. Leclerc s'était arrangé avec la coopérative et chaque conseiller avait reçu, en même temps que la convocation du conseil, la photocopie de la lettre et l'étude. La mairie de Colville ne disposant pas de photocopieur, Duval avait simplement indiqué au bas de la convocation : « *Un courrier de l'inspection académique est à la disposition des conseillers qui souhaiteraient en prendre connaissance.* » Personne n'était venu. Certains, cependant, avaient pu se le procurer par l'entremise des conseillers de Chambray.

— En clair, j'ai pas l'intention de plier devant l'inspecteur d'académie, avait déclaré Duval. Il veut nous imposer un regroupement pédagogique. Moi, j'suis contre. Les gosses de Colville doivent aller à l'école à Colville. Nous, on a tout ce qu'il faut sur place et on n'a besoin de personne. L'école, elle marche comme ça depuis un siècle et elle marche bien. Y'a pas lieu de changer. Pour l'école comme pour le reste, faut qu'on reste maîtres chez nous.

— Il a aussi insisté sur les dépenses, poursuit Hélène. Il n'arrêtait pas de répéter qu'il ne voulait pas gaspiller l'argent des impôts. Bref, un vrai réquisitoire de tribunal. À la fin de son discours, il était tellement sûr de son coup qu'il a simplement demandé : « Y en a qui sont pas d'accord avec moi ? »

Les jumeaux brûlent d'aller courir au milieu de la cour de récréation. Hélène relève la capuche de son petit Gaétan, resserre le cache-nez de Marielle et leur indique d'un geste qu'elle leur donne l'autorisation. Aussitôt, deux grandes filles les prennent par la main et les entraînent.

— C'est alors que Daniel a pris la parole, poursuit-elle. Comone ne se doutait certainement pas de ce que son adjoint allait dire et il l'a encouragé à parler. À ce moment-là, il pensait certainement que Daniel irait dans le même sens que lui.

Daniel Bernardon est un homme très calme. Hélène raconte qu'il n'a pas haussé la voix, pas contredit, pas utilisé des grands mots. Il n'a pas relevé ce qu'avait dit le maire et a simplement exposé le point de vue des parents. Il a parlé de la nécessité de créer une maternelle, non seulement pour que les petits puissent être scolarisés mais aussi afin qu'ils viennent remplacer les élèves préparant le certificat d'études en voie de disparition. Il a parlé de l'avenir et de l'impérieuse nécessité de s'adapter pour que les gens puissent continuer à vivre normalement dans les campagnes. Lui aussi a parlé de République et a insisté sur l'indispensable égalité des chances que l'école doit donner à tous les enfants, ceux des campagnes comme ceux des villes :

— Pourquoi les uns iraient à l'école à partir de trois ans alors que les autres en seraient privés ?

Hélène y va de son petit commentaire :

— Duval continuait à tirer sur sa Gitane. Il a entendu les mots « République » et « égalité » et il avait l'air d'être content. Mon frère pense qu'il n'a pas compris ce qui se passait. Quand Daniel a proposé un vote à bulletins secrets, il n'a pas fait obstacle. Au contraire. Sûr du résultat, il a approuvé.

Hélène rapporte ensuite que le dépouillement a été bizarre, puisque ce sont d'abord les quatre bulletins « contre » qui ont été ouverts, ce qui réjouissait le maire. Puis il y a eu les deux bulletins blancs. Les cinq « pour » sont venus en dernier, si bien que jusqu'au dernier bulletin, le résultat a été incertain. Personne n'y croyait. Ce n'est qu'au dernier moment que Duval a réalisé que le conseil l'avait mis en minorité. Il y a eu une explosion de joie chez les parents, des applaudissements et des « bravo » qui l'ont mis en colère.

— Il a vu rouge. Il a frappé sur la table pour faire taire le public, a menacé d'évacuer la salle et a braillé que le vote était nul parce que les parents faisaient pression et que la séance était perturbée. Il a voulu faire revoter. C'est alors que des gens l'ont accusé de ne pas être un vrai défenseur de l'école, d'être contre la maternelle et de n'en avoir rien à faire de l'avenir des enfants.

— Moi, pas un défenseur de l'école !

Le temps passe. La récréation s'allonge et Jacques ne s'en rend compte que lorsque Catherine vient lui demander s'ils peuvent rentrer en classe parce que les petits ont froid. Il regarde sa montre et constate avec surprise qu'il est déjà 11 heures.

— Mon Dieu, j'ai oublié l'heure ! lui répond-il. Mais oui, mais oui, entrez.

Il frappe dans ses mains et remercie Hélène de lui avoir fait un compte rendu aussi détaillé.

— C'est une excellente nouvelle, se réjouit-il en faisant demi-tour. Merci, Hélène, de vous être dérangée. Colville, Chambray, Mélicourt et Viéville, ça suffit pour monter un beau regroupement pédagogique.

À midi, Gilbert revient. Il a la mine réjouie du polisson qui a préparé son coup. Dès les premiers mots, il comprend que Jacques est déjà au courant et, un peu dépité, il change immédiatement de tactique.

— Mais vous savez pas tout, rebondit-il. J'arrive de Colville. Depuis ce matin, Comone parle avec les uns et les autres pour rattraper la situation.

À ceux qui disent qu'il a changé son fusil d'épaule, il raconte que non, qu'on l'a mal compris, qu'il est pour le regroupement depuis le départ, et il laisse entendre que parmi les cinq bulletins pour, il y a le sien. « Les parents gueulaient et perturbaient la séance, qu'il dit. J'ai voulu les faire taire et ça leur a pas plu. C'est pour ça qu'ils font courir des faux bruits. »

Gilbert rapporte que, de maison en maison, le discours de Comone s'enrichit, et qu'il ajoute des arguments au fur et à mesure qu'il en trouve de nouveaux.

— Avec trois canons, ce soir au bistrot, il est foutu de nous dire que c'est lui qui a eu l'idée du regroupement pédagogique.

À Colville, plusieurs personnes rapportent que la lumière est restée allumée dans la mairie longtemps après que la séance du conseil municipal se fut terminée. Le maire et son adjoint Bernardon se sont expliqués entre quatre yeux mais personne n'a été témoin de ce qu'ils se sont dit. Comme Daniel Bernardon n'est pas du genre à faire des confidences et à lâcher des paroles irréfléchies pour alimenter les commérages, le secret reste bien gardé. Que se sont-ils dit ?

— Y en a qui pensent que l'adjoint l'a mis dos au mur, raconte Gilbert. Comone va y regarder à deux fois maintenant s'il veut pas être mis en minorité tous les quatre matins. Y en a qui disent qu'il joue sa place.

Pendant midi, Marianne ne fait qu'une courte apparition, le temps de manger un morceau et de prendre un café. Jacques est volubile et voudrait tout lui raconter en détail, mais elle n'en a pas le temps.

— L'essentiel, résume-t-elle, c'est que le regroupement puisse voir le jour. La forfanterie du maire n'a que peu d'importance. Gilbert a raison : dans quelques jours, il n'y aura pas meilleur promoteur du regroupement que lui.

Claire ne comprend pas tout ce que ses parents disent. Cramponnée au bras de son père, elle écoute et observe leurs visages ravis. Naïvement, elle demande :

— Alors, on ne s'en ira pas ?

À cinq heures et demie, Jacques pousse les volets de la mairie. Bailly attend. Il rejoint Jacques, une lettre à la main, le visage courroucé.

— Les vaches, peste-t-il, ils ne manquent pas d'air ! Ils m'envoient un rappel d'impôts. Sur les bois, on paie moins que sur les terres, et comme j'ai pas déclaré le déroquage et le changement de culture à temps, ils me font un rappel.

Jacques lit la lettre et ne trouve rien à redire. C'est logique. L'administration régularise et ne fait qu'appliquer les barèmes.

— La somme n'est pas énorme, minimise Jacques. Maintenant, vous allez être à jour. Vous allez payer le rappel d'impôts mais en contrepartie, vous toucherez la subvention pour calamité agricole. L'un dans l'autre, vous êtes encore gagnant.

Bailly ronchonne pour le principe mais admet qu'il n'y a rien de scandaleux. Il hausse les épaules, façon de reconnaître que c'est lui qui est en faute, et passe à un autre sujet. Il revient sur le conseil de la veille.

— Tantôt, je suis allé chez mon beau-frère de Brétigny. Il est conseiller municipal. Eux, ils ne sont pas partants pour le regroupement. Oh, le conseil n'est pas contre, mais il envisage carrément une fusion de communes avec Heudicourt. C'est dans le plan du préfet. Alors, forcément, si Brétigny et Heudicourt ne font plus qu'une seule et même commune, il n'y aura plus qu'une seule et même école. C'est comme s'ils faisaient un regroupement pédagogique entre eux.

Bailly replie sa lettre, la remise dans l'enveloppe et part. Dehors, il croise Chantoiseau. Les deux hommes se serrent la main, échangent quelques mots avant que le bas de la porte d'entrée de la mairie poussée par Chantoiseau racle le carrelage à nouveau.

— Bailly vient de me dire que Brétigny et Heudicourt n'entreront pas dans le regroupement, dit Jacques.

— Je confirme, répond Chantoiseau. Fresnay non plus ne viendra pas. Ils veulent rester autonomes. Pour Harvilliers et Hollainville, c'est comme ils ont dit. Les deux conseils sont d'accord pour rejoindre notre regroupement après le départ en retraite de M. Letrou. Ils sont même conciliants parce qu'ils viendront, qu'une classe soit maintenue chez eux ou pas. Ils mettent pas de conditions.

Chantoiseau évoque le vote favorable de Colville. Parce qu'il est seul avec Jacques, il se lâche un peu et ironise sur les dires de Duval qui, il n'y a pas une heure, déclamait au bistrot qu'il avait défendu l'idée d'un regroupement, « dans l'intérêt supérieur des enfants et de l'école publique » dont il a rappelé qu'il est « un vaillant défenseur ». Chantoiseau fait allusion au passé de Comone :

— Il a complètement retourné sa veste. Cette fois-ci, le bonhomme n'est pas résistant de midi moins cinq mais plutôt de midi et quart. Le hic, c'est qu'il commence à avoir des exigences. Il veut à tout prix garder trois classes à Colville. Quant à Mélicourt, c'est sans surprise. Favorable à condition qu'il y ait création d'une maternelle. Ils acceptent toutes les conditions imposées par l'Éducation nationale et, sur le principe, s'engagent à participer aux frais de fonctionnement du regroupement.

— C'est bien de le préciser, mais c'est sous-entendu dans l'accord de principe.

En attendant l'arrivée du maire, les deux hommes évoquent le futur travail des enfants et des enseignants dans des classes à deux niveaux seulement. Quel changement ! Ils parlent aussi des négociations qu'il va falloir conduire pour constituer le regroupement et mettre en place les nouveaux locaux, la cantine, le ramassage des enfants. Avec Duval, ces discussions seront-elles faciles ? Jacques est réservé. Chantoiseau est plus confiant.

— Au moment du pacte germano-soviétique, souligne Chantoiseau, il a fait volte-face. Hier, il a fait pareil : demi-tour dès que son conseil l'a mis en minorité. C'est une girouette, il tourne avec le vent. Et aujourd'hui, le vent souffle dans notre sens.

Et il ajoute dans un éclat de rire :

— Maintenant qu'il dit qu'il est pour le regroupement, il va bien falloir qu'il le prouve. Sinon, il va encore passer pour un con !

XX

L'appui de Viviane

POUR UNE FOIS, Marianne a terminé sa journée de bonne heure. Plusieurs de ses vieux patients sont hospitalisés. Sa tournée dans les villages s'en trouve écourtée. Elle est rentrée alors que Jacques et les enfants étaient encore en classe et a déjà garé sa 4L sous le préau. Elle a préparé le repas du soir et est repartie à pied chez son père en laissant un petit mot sur la table pour dire que Viviane la ramènera à 19 heures avec sa voiture : *« Mettez une assiette supplémentaire : ce soir, elle mangera avec nous. »*

Le repas est prêt. La table est mise. Frédéric est en train de taper un texte sur la machine à écrire de l'école. La classe tout comme la cour de récréation sont aussi des lieux de vie et de loisirs pour les enfants des instituteurs. Dans la salle à manger, Claire est assise sur les genoux de son père. Elle découpe des pétales dans du papier crépon de toutes les couleurs, sa nouvelle passion depuis qu'Isabelle lui a montré comment confectionner des fleurs. Elle manie une fine paire de ciseaux de couturière prêtée par sa nourrice, avec une dextérité qui fait l'admiration de Jacques.

— Babelle a dit que Pâques c'est le 2 avril, explique-t-elle à son père. Les fleurs, on les accrochera sur l'autel de la Sainte-Vierge. Tout doit être prêt dans deux semaines.

— J'ai vu que vous faites aussi des nappes.

— Oui, des belles, avec des broderies. Moi, je fais les contours des feuilles et des fleurs…

— Au point de bouclette ?

— Ben non, mon papou ! Tu n'y connais rien. Les contours des feuilles, c'est au point de croix double qu'il faut les faire. C'est plus fin et plus joli. Babelle, c'est au point de plumetis qu'elle brode le cœur des fleurs. Le point de plumetis, c'est joli parce que ça fait du relief.

— C'est un point qui doit être difficile, suppose Jacques. Un jour, Isabelle te l'apprendra sans doute.

— Je sais déjà le faire ! triomphe l'enfant. C'est pas difficile. Mais faut bien que Babelle travaille un peu. Je ne peux quand même pas broder les nappes toute seule. C'est trop long.

Pour l'enseignant qu'est Jacques, c'est incompréhensible. Comment ces petites mains, si gauches, si gourdes, si maladroites quand elles manipulent un crayon pour écrire des mots peuvent-elles devenir aussi agiles, légères et talentueuses quand elles manient une aiguille infiniment plus mince et qui nécessite une motricité d'une finesse bien plus grande ? À l'évidence, ce n'est pas une question de muscles ou d'agilité des doigts. Sans doute la zone du cerveau qui est activée lorsqu'elle écrit n'est-elle pas la même que celle qui est stimulée quand elle coud. Le manque d'oxygène a altéré la première lors de l'accouchement tandis que la seconde a été épargnée et s'est développée au-delà de la moyenne. Un genre de contrepartie qui prédispose la fillette à réussir en couture alors qu'elle est en échec quasi complet en écriture.

« *Une chance que Claire ait rencontré une femme comme Isabelle !* »

Que deviendrait Claire sans Isabelle ? Depuis l'annonce de la fermeture de la classe de Chambray, l'esprit de Jacques a été accaparé par un seul objectif : arracher la création d'un regroupement pédagogique. Cette pensée sur la chance d'avoir Isabelle le conduit à une prise de conscience subite : le principe du regroupement est acquis, mais son problème personnel n'est pas pour autant résolu. Pour lui, les avis favorables des conseils représentent une belle avancée pour la collectivité, absolument pas une victoire pour lui et sa famille. Une autre bataille va devoir être livrée : négocier pour qu'une classe reste ouverte à Chambray. Dans le même temps, il réalise que, même si une classe est maintenue à Chambray, son objectif personnel ne sera toujours pas atteint. « *Pour moi, rien ne sera gagné.* »

Il a l'impression soudaine que, par un curieux mécanisme psychologique, ce combat pour le regroupement a occulté son objectif numéro un : son maintien à Chambray. Un véritable déni qui explose à l'instant où il réalise que Claire ne doit pas être séparée d'Isabelle : « *Au total, Mélicourt, Colville et Chambray comptent aujourd'hui cinq classes, donc cinq instituteurs. Dans le cadre d'un regroupement, il n'en restera que quatre. Un enseignant devra partir.* »

Et cet enseignant qui n'intégrera pas le regroupement pédagogique, ce sera lui.

« C'est l'école de Chambray qui est fermée, c'est donc mon poste qui est supprimé ! C'est donc moi qui dois partir. »

Prise de conscience aussi brutale et douloureuse que lors de l'annonce de la fermeture de l'école par l'inspecteur. Son intelligence le sait depuis longtemps mais son être intime ne l'a pas intégré pour autant. Il se sent idiot. Comment a-t-il pu se laisser illusionner à ce point ? Se résigner à partir représente une douleur trop insupportable. N'est-ce pas pour la lui épargner que son esprit a effacé pour un temps la perspective d'un déménagement ?

« Partir, partir... Si une classe est maintenue à Chambray, ce serait quand même extravagant qu'un autre maître que moi y enseigne ! »

Et pourtant, la réalité est bien là : c'est son poste qui est supprimé. Les paroles de l'inspecteur lui reviennent en mémoire : *« Vous obtiendrez facilement la direction d'une grande école, d'autant plus que vous serez prioritaire. Profitez-en. »*

« Prioritaire... oui, mais sur un autre poste. »

Claire l'arrache de ses pensées :

— Hier, Isabelle a reçu le nouveau catalogue *Bergères de France.* Il y a des centaines d'échantillons de laine. On va en choisir et elle les commandera. Cet hiver, elle va m'apprendre à tricoter au crochet.

— C'est bien, répond machinalement Jacques. Si Isabelle a besoin d'un chèque, je le lui donnerai.

— Oui. Isabelle n'a pas de compte en banque. Elle ne peut pas faire de chèque. C'est pour ça que je t'en parle.

« Cet hiver... Où serons-nous l'hiver prochain ? »

Devant la mairie, le gravillon crisse sous les roues de la 4L et interrompt la glissade de Jacques vers des pensées mélancoliques. Marianne et Viviane arrivent. Claire quitte les genoux de son père et range ses fleurs en papier dans la boîte à chaussures.

— Je range parce qu'on va se mettre à table.

— Frédéric est toujours dans la classe. Va le chercher et dis-lui de bien fermer les lumières.

Viviane est la grande amie de Marianne. C'est une jeune femme réservée, plutôt jolie, à qui son air posé, ses lunettes et surtout sa fonction de clerc de notaire donnent une réputation de personne stricte et réfléchie. Dans Saint-Lubin, il ne viendrait à l'idée de personne de la tutoyer quand on la rencontre à la boulangerie. Son père était modeste employé aux écritures à la perception. Veuf prématurément, il avait voulu pour sa fille unique une instruction au-delà de ses moyens financiers. Jusqu'au bac qu'elle avait décroché avec une mention, Viviane était allée au lycée à Chartres puis avait suivi une formation juridique et avait décroché une capacité en droit. Le notaire de Saint-Lubin qui l'avait embauchée à la fin de ses études avait décelé chez elle un réel potentiel de compétences et s'était mis en tête de la former pour en faire une collaboratrice de confiance. Il l'avait encouragée et l'avait inscrite, à ses frais, à une formation par correspondance de clerc dispensée par la chambre des notaires de Paris. Une façon bienveillante d'en faire son obligée et d'assurer l'avenir.

— On vient de passer deux heures avec papa et Pierre, explique Marianne en embrassant les enfants.

— On a travaillé sur le projet de Pierre, dit Viviane. Son groupement d'artisans avance. Il y a encore beaucoup de points de détails à régler mais Pierre a les idées et l'énergie nécessaires pour convaincre les autres.

— Papa a décidé de faire installer le téléphone, annonce Marianne. Les contacts seront plus faciles. Quand est-ce qu'on l'aura à la mairie ?

— Bientôt, répond Jacques.

Les deux femmes se débarrassent de leurs manteaux et investissent la salle à manger. Viviane porte une robe classique et sobre où se détache la fantaisie d'une broderie représentant un oiseau stylisé qui n'échappe pas à Claire.

— C'est du point de croix double ?

— Je ne sais pas, répond Viviane. Tu en sais plus que moi.

Claire est fière. Elle sourit.

— On sera mieux assis pour discuter, dit Jacques. Asseyez-vous tous. La soupe est chaude.

— La soupe ! soupire Frédéric en nouant sa serviette.

— La soupe, moralise Claire en se tournant vers son frère, c'est bon pour les enfants et…

— … et ça fait grandir ! Je sais ! l'interrompt Frédéric. Tu peux aussi ajouter que c'est recommandé par les docteurs. Je sais aussi.

— Allons, allons ! tempère Marianne en posant la main sur les cheveux de son fils. Il y a du gruyère râpé dans le frigidaire. Tu peux en mettre un peu si ça fait passer la soupe.

Claire prend place à côté de son père ; Frédéric à droite de sa mère. Viviane s'assoit en bout de table, là où il n'y a pas de serviette roulée dans un rond mais une serviette bien repassée posée au milieu de l'assiette.

— La place de l'invitée, c'est toujours là, précise la fillette.

Jacques sert la soupe. Frédéric revient avec le bol rempli de gruyère râpé et en disperse deux larges poignées dans son assiette. Marianne sourit. Viviane s'adresse à Jacques et fait le point sur l'avancement du groupement d'artisans.

— Me Martineau a désormais le dossier en main. Pierre est venu le voir pour qu'il lui détaille toutes les formalités à accomplir.

Elle explique avec moult détails que ce groupement prendra la forme juridique d'une société anonyme à responsabilité limitée, qui permettra à ses membres de travailler ensemble en mutualisant des moyens. L'accord de la chambre des métiers a été sollicité. Il devrait être obtenu sans difficulté car, selon le notaire, tous les artisans concernés sont à la tête d'entreprises ayant pignon sur rue depuis longtemps. Viviane précise des obligations juridiques dont la complexité échappe un peu à Jacques et à Marianne.

— Le point important, c'est l'élaboration des statuts, poursuit-elle. Pierre a le sens de la justice et la volonté de faire les choses de façon équitable pour tout le monde. Il est évident que chaque artisan ne tirera pas un bénéfice équivalent du regroupement. Si la nouvelle société achète du matériel en commun, par exemple, certains seront amenés à l'utiliser plus que d'autres. Pareil pour le bureau. Pierre envisage d'embaucher une secrétaire pour recevoir les clients, répondre au téléphone, établir les devis, faire les factures, tenir la comptabilité et s'occuper de toute la partie administrative. Il m'a demandé de faire une petite étude pour savoir ce que cette mise en commun coûterait et comment ces charges nouvelles pourraient être réparties.

— Parce qu'il faut que tous ces points soient précisés dès le départ dans les statuts ? demande Marianne.

— Bien sûr. Pierre dit que pour que la bonne entente règne entre eux, il faut que les choses soient claires dès le départ. Pierre est intelligent, il a raison de voir loin.

— Et cette étude, tu vas la lui faire ?

— On va la faire ensemble. Je viendrai le soir après mon travail. Il m'indiquera le matériel à acheter, les tâches que les uns et les autres confieront à la secrétaire, et nous préparerons une grille de répartition des charges.

Jacques pense au regroupement pédagogique. Le même problème se posera entre les communes. Selon quel prorata seront réparties les dépenses ? Il avance :

— Pour des entreprises, le prorata le plus pertinent, n'est-ce pas le chiffre d'affaires réalisé par chacun ?

Viviane dodeline de la tête.

— On y a pensé et c'est ce que Me Martineau préconise. C'est simple, facile à appliquer, mais ce n'est pas forcément le plus juste.

— Puisque les factures seront établies par la société, ajoute Marianne, les chiffres seront incontestables et transparents.

Viviane insiste :

— Pierre est animé de hautes valeurs morales. Il ne veut surtout pas que certains artisans se sentent lésés.

En clerc de notaire compétent, elle parle encore des déclarations, du siège de la nouvelle société qui pourrait être à Chambray, parce qu'il y a des locaux disponibles dans l'entreprise Fauconnier que Pierre pourrait aménager rapidement et à peu de frais.

— Pierre est très courageux, commente Viviane. Il aura vite fait d'installer un bureau.

Marianne se lève, ramasse les assiettes à soupe vides et les emporte à la cuisine. Elle rapporte le plat de quenelles gratinées qu'elle a préparé dans l'après-midi et que Jacques a mis au four. En le posant au milieu de la table, elle aborde un autre sujet :

— Papa m'a dit que Jean-Paul n'a plus envie de partir ailleurs depuis que le groupement prend forme.

— Pierre m'a fait part de sa crainte de le voir quitter l'entreprise, enchaîne Viviane. Ce serait une catastrophe pour son projet. Pour entreprendre des chantiers plus nombreux, il lui faut un chef de chantier compétent et de toute confiance. Jean-Paul, c'est son bras droit. La meilleure façon de le retenir, c'est de l'associer au projet. Pierre et moi, on en a beaucoup discuté. Je lui ai conseillé de le tenir au courant au jour le jour.

Marianne sert les quenelles. Viviane tend son assiette tout en continuant à parler. Elle ne tarit pas d'éloges sur les qualités de Pierre et prononce son prénom à chaque coin de phrase. Jacques s'en amuse. De son côté, Marianne confirme que les

Moreau ont abandonné l'idée de vendre leur maison. La perspective de mettre leurs trois petits en maternelle à la rentrée leur a redonné l'espoir de s'en sortir.

— Papa m'a raconté que Christelle Grenouillet était revenue à la charge pour les convaincre d'inscrire leurs enfants à l'école libre. Jean-Paul et Hélène l'ont envoyée bouler.

— Maintenant que le regroupement pédagogique est sur les rails, ils n'auront plus de problème de garde pour les jumeaux et la petite.

— Sur les rails, sur les rails... modère Jacques. Vous allez un peu vite.

Chez les Gaubert, les enfants n'interviennent dans la conversation des adultes que s'ils y sont autorisés. Claire n'est pas grosse mangeuse. Sa préoccupation première, c'est de terminer son assiette. Elle est loin de ce qui se dit. Au contraire, Frédéric a fini depuis longtemps et suit la discussion. Comme s'il était en classe, il lève le doigt pour solliciter la parole. Son père l'autorise d'un hochement de tête.

— Didier m'a dit que sa mère cherche du travail. Elle a envoyé des lettres dans des entreprises. Elle en a même envoyé une à l'usine Océanic à Chartres.

— À Chartres, mais c'est loin...

— Vingt-trois kilomètres, plaisante Marianne. Des femmes qui font des kilomètres pour travailler, c'est courant, de nos jours.

L'heure passe. Petit à petit, les sujets de conversation s'épuisent et la fatigue de la journée alourdit les paupières. À 20 h 30, les enfants montent se coucher.

— Je pars, décide Viviane en les embrassant. J'imagine qu'ils ont besoin de leurs parents.

— Oui, répond Jacques. Claire, surtout. Chaque soir, il faut respecter un rituel, sinon elle ne s'endort pas.

Marianne raccompagne son amie jusque sur le seuil de la mairie. Au moment de rejoindre sa voiture, Viviane adopte un ton de confidence :

— Me Martineau estime que la nouvelle société pourrait être enregistrée sous deux mois. Ne dis rien à Pierre. Je me réserve le plaisir de lui annoncer dès que la chambre des métiers aura confirmé son avis favorable.

XXI

Le maire et son conseiller

PENDANT DEUX JOURS, Jacques rumine deux hypothèses aussi ubuesques l'une que l'autre : « *Si une classe est maintenue à Chambray, ce serait trop bête que ce ne soit pas moi qui y enseigne* », et : « *La directrice de Colville veut partir et, en raison de son petit barème, elle risque d'être contrainte de rester alors que moi qui veux rester, je risque fort d'être contraint au départ.* »

Ne pouvant faire fi de ces règles administratives rigides, il s'emploie à rechercher des solutions de contournement. Comme dit Gilbert, « quand on ne peut pas rentrer par la porte, il faut regarder si la fenêtre est ouverte ».

Le lendemain soir, il profite de ce que la mairie n'ouvre pas pour faire un saut à Saint-Lubin et porter des mandats à la perception. Le percepteur lui a promis de se renseigner sur cette histoire de fonds de concours qui pourrait résoudre le problème du presbytère de Mélicourt. Il veut récupérer ces informations. À la perception, le hasard fait qu'il rencontre son collègue Bouthier.

— Je viens valider un permis de chasse, dit ce dernier. Depuis septembre, j'en ai un dans ma commune qui chasse sans avoir payé son timbre. Il est grand temps de régulariser.

Bouthier est une force de travail. En plus de l'école et de la mairie, il anime une ou deux associations dans son village, trouve le temps d'aller à la chasse et se paie le luxe d'être conseiller syndical au SNI. Il est toujours au courant de tout. L'opportunité de lui demander des informations sur cette histoire de priorité dans les affectations des instituteurs est trop belle.

— Officiellement, commence-t-il, mon poste sera fermé à la prochaine rentrée. Je vais donc bénéficier d'une priorité. Dans le cas…

Jacques lui expose alors sa situation, le futur regroupement, le désir de la directrice de Colville de partir, sa volonté à lui de rester. En quelques mots, Bouthier comprend où Jacques veut en venir :

— Dans un regroupement déjà créé, la règle est simple : en cas de fermeture d'un poste, c'est le dernier arrivé qui doit partir, sauf s'il y a un volontaire. L'administration accepte cet arrangement amiable et accorde la priorité à ce volontaire au départ. Dans ton cas, c'est différent. Tu n'es pas encore dans un regroupement et c'est le poste dont tu es personnellement titulaire qui saute. Cet arrangement amiable ne peut donc pas être envisagé. En tout cas, je n'ai pas d'exemple.

— C'est pourtant assimilable…

— Je te l'accorde mais les règles sont les règles.

— Dans le passé, la commission paritaire n'a jamais eu à trancher des cas similaires ?

— À ma connaissance, non. Encore que…

Lors d'une réaffectation, l'administration calcule les barèmes de tous les postulants et établit une proposition d'attribution des postes qui est examinée au sein d'une commission paritaire présidée par l'inspecteur d'académie et composée de l'administration et des représentants du personnel. Dans les faits, il y a l'inspection académique d'un côté et le syndicat des instituteurs de l'autre. En général, les choses se passent dans le calme et l'immense majorité des affectations résultent de l'application stricte de ce barème. L'action du syndicat se borne à vérifier qu'il n'y a ni erreur, ni passe-droit. Chaque année, cependant, des situations imprévues surgissent. La commission débat de ces cas particuliers et l'inspecteur d'académie entérine la décision prise au mieux de l'intérêt des concernés.

— L'an dernier, se rappelle Bouthier, il y a eu une fermeture à l'école Jean-Macé. Sur proposition de l'inspecteur, la commission a accepté le transfert de priorité et ce n'est pas la dernière arrivée mais une institutrice dont le mari gendarme venait d'être muté à Anet qui en a bénéficié, ce qui lui a permis d'obtenir un poste là où était muté son mari. Pour celle qui devait sauter, c'était un problème, parce qu'elle avait un enfant handicapé, et pour celle qui n'était pas prioritaire, rester était aussi un problème, parce que, pour des raisons de nécessité de service, un gendarme est obligé d'habiter la gendarmerie.

— C'était difficile de l'obliger à faire deux cents kilomètres chaque jour.

— Exactement, approuve Bouthier. La même chose s'est produite il y a trois ou quatre ans pour la femme d'un attaché de préfecture muté en

Charente. Mais là, c'était pour obtenir un exeat et il y a eu intervention du préfet. Le syndicat n'aime pas trop ce genre de démarche. Les pressions et les passe-droits, c'est pas notre truc.

— Il y a donc une petite jurisprudence…

— Tu fais partie des cas particuliers, conclut Bouthier. Est-ce que la collègue de Colville serait volontaire pour partir ?

— Je ne lui ai pas posé la question.

— Il faudrait peut-être que tu commences par là. Si elle n'est pas d'accord, l'affaire est close.

— Elle veut partir…

— La seconde chose, c'est d'en parler à l'inspecteur. Il a son mot à dire.

Bouthier imagine sans peine l'importance que représente ce problème pour Jacques et l'inquiétude qu'il génère. Il donne une tape sur l'épaule de son ami et part d'un éclat de rire :

— L'inspecteur, l'inspecteur ! Toi, il t'a à la bonne. Tout le monde sait que tu l'as dans ta poche.

— Si seulement tu pouvais dire vrai ! répond Jacques.

Ce n'est que le lendemain soir que Jacques se retrouve en tête à tête avec M. Leclerc. Comme ils le font régulièrement, les deux hommes échangent librement et confrontent leurs réflexions sur les problèmes du moment. M. Leclerc, si mesuré et prudent quand il est dans son rôle de maire, se laisse aller, dans la confidence, à dévoiler sa pensée profonde, et ironise sur le retournement de veste de Duval :

— C'est comme avec le pacte germano-soviétique. Pour Pétain la veille, pour de Gaulle le lendemain.

Contre le regroupement à 20 heures, pour à 22 heures. C'est selon le vent.

— Daniel Bernardon a le triomphe modeste. Pour l'instant, il laisse dire et reste silencieux. Ce serait pourtant tentant de lui faire perdre la face.

— Sa femme est institutrice dans la commune. Non seulement il sait que l'école n'a rien à gagner dans un conflit avec son maire, mais il sait aussi que Colette en ferait les frais. À moins de vouloir déboulonner le maire…

— Daniel Bernardon ne vise pas la place de maire. C'est un garçon intelligent, il ne veut pas virer le maire mais simplement faire avancer les choses. Alors, à quoi bon ridiculiser Duval ?

Si les deux hommes conviennent que l'essentiel est le vote favorable du conseil municipal de Colville, tous deux savent que les véritables problèmes n'ont pas encore été posés sur la table. Il va maintenant falloir négocier, discuter les modalités, ménager les intérêts et tenir compte des difficultés des uns et des autres, entrer dans les détails, rechercher des solutions, se mettre d'accord. C'est souvent sur des détails que les gens se braquent. Deux points s'annoncent épineux : le financement et les locaux où on implantera la cantine et la maternelle.

— Duval reste le maire et ce serait une maladresse de se le mettre à dos, dit M. Leclerc. Certes, le principe est voté, mais si les quatre communes ne parviennent pas à trouver des solutions et à se mettre d'accord, l'inspecteur d'académie ne validera pas le regroupement et on se retrouvera le bec dans l'eau à la rentrée.

« Le bec dans l'eau à la rentrée » : voilà qui a une résonance particulière pour Jacques. Si le regroupement n'est pas finalisé à temps, comment l'inspecteur accepterait-il le transfert de priorité en faveur de Mme Gastégui ? Même en mettant les bouchées doubles, même en supposant que tous les problèmes se résolvent aisément, le regroupement pédagogique n'aura pas une existence officielle avant le mois de juin, c'est-à-dire après la clôture des mutations. Il y a donc urgence à montrer que le nouveau syndicat est sur les rails. M. Leclerc remarque le silence de son secrétaire et poursuit :

— Tout tordu qu'il est, le bonhomme est l'une des clés du problème. Il peut même être un atout si on le prend à son propre piège et si on sait utiliser l'image qu'il se donne aujourd'hui de père du regroupement. Vantard comme il est, il peut être très utile.

— Être utile, cela reviendra à le laisser se mettre en avant.

— Et alors ? Nous, on sera là pour le cadrer. Il sait qu'il a été mis en minorité. Il se gardera bien de prendre le risque une seconde fois. Celui qui fait le plus de travail, ce n'est pas forcément celui qui fait le plus de poussière.

L'image amuse Jacques. M. Leclerc est un homme qui, dans tous les domaines, a une vision lointaine des choses. Il anticipe, définit ses objectifs et se fixe une ligne de conduite propre à les atteindre. Il considère que l'enjeu prioritaire est de parvenir au résultat, et Jacques sait que les facéties de Duval ne sont, à ses yeux, que des péripéties sans grande importance.

— Pour avancer, il faut anticiper et envisager des solutions aussi longtemps à l'avance que possible. Monsieur Gaubert, vous qui êtes concerné au premier chef, je suis certain que vous y avez déjà réfléchi. Comment voyez-vous les choses ?

Oui, Jacques a déjà tourné et retourné les hypothèses dans tous les sens. Le regroupement fonctionnera avec quatre classes. Si, comme cela a été souhaité par les conseils municipaux, on veut maintenir une école dans chacune des communes, il faudra maintenir la classe de Mélicourt et celle de Chambray.

— Dans ces conditions, il ne restera que deux classes à Colville, pas trois.

— Premier obstacle à surmonter ! s'exclame M. Leclerc. Avec Duval, ce n'est pas gagné d'avance. Je l'entends d'ici : il va hurler en disant que, finalement, on magouille pour que ce soit une classe de son école qui ferme à la place de celle de Chambray.

— C'est pourtant le seul moyen de résoudre le problème des locaux, poursuit Jacques. Dans la troisième classe de Colville, on pourrait aménager la cantine. Je ne vois pas d'autre endroit.

— Et la salle de repos pour les petits, vous la mettez dans quelle commune ?

L'idée de Jacques repose sur son maintien à Chambray et le départ de Martine Gastégui. Officiellement, le logement de fonction de l'école de Colville lui est attribué, mais il est vide puisqu'elle ne l'occupe pas. Jacques explique son idée de transfert de priorité au mouvement et enchaîne en développant les conséquences : plus de Martine Gastégui, plus besoin de logement.

— Cela libère de la place pour aménager la salle de repos et les sanitaires des petits. La salle à manger ou les chambres pourraient faire l'affaire, et les branchements existent déjà dans la salle d'eau.

— J'ai l'impression qu'il va falloir une bonne dose de salive pour expliquer tout ça à Comone et le convaincre.

Jacques y a pensé, et il livre deux arguments susceptibles de faire fléchir le maire de Colville :

— Il ne peut pas voir Mme Gastégui. Il sera content de la voir partir.

— Pour la récupération du logement, ce sera une raison. Il dit partout que c'est une honte de laisser un si beau logement inoccupé.

— D'autre part, le vrai progrès avec le regroupement, c'est la création de la maternelle. Si la maternelle est à Colville, Duval apparaîtra comme le promoteur de cette avancée éducative et il en sortira grandi dans sa réputation de grand défenseur de l'école publique.

— Bien vu. C'est un levier pour débloquer la situation et le convaincre.

Pendant un instant, M. Leclerc reste plongé dans ses pensées. L'imperceptible froncement d'une ride sur son front ou l'esquisse d'un sourire laisse transparaître le cheminement de sa réflexion.

— Que Duval ne soit pas humilié et ne perde pas la face, c'est la condition pour faire avancer les choses. Mais quand même, ce ne sera pas facile pour mon collègue Maillard et pour moi. On devra mettre notre fierté dans notre poche. Lui donner le beau rôle alors qu'il était farouchement contre, c'est un comble.

— Vous n'êtes pas non plus obligés de vous mettre à genoux devant lui. Il se met beaucoup en avant. Si c'est vous qui avancez des idées, il se cabrera et dira non. À chaque fois que vous voudrez quelque chose, il faudra donc lui donner l'impression que l'idée vient de lui.

M. Leclerc se montre philosophe et admet la justesse des propos de son ami :

— Vous avez raison. On utilisera la force de l'adversaire, comme au judo…

On passe à la signature des quelques lettres, fiches d'état civil et autres envois qui doivent être postés dès le lendemain. Quand Jacques lui présente le devis des PTT concernant l'installation du téléphone à la mairie, dont la signature vaudra commande des travaux, le maire, par association d'idées, évoque le presbytère de Mélicourt :

— Avez-vous des précisions ?

— Quelques-unes. Hier, j'ai vu le percepteur. J'ai aussi des renseignements venant du Crédit Agricole. Il me reste à faire des calculs sur plusieurs hypothèses. Je rédige une note pour M. Maillard. Je vous en ferai une copie.

— Guy a rendez-vous avec l'évêque en fin de semaine prochaine. Mme Grenouillet s'est imposée en tant que représentante de la paroisse, ce qui ne lui plaît guère.

— En fin de semaine prochaine ? C'est bon. Entre-temps, il aura les informations.

— Ça s'arrange ?

— Selon le percepteur, c'est possible, à condition que toutes les communes jouent le jeu et acceptent de participer… même Colville.

— L'école, ça n'a pas été facile, constate M. Leclerc, mais le maintien du curé, c'est une autre paire de manches. Comone va avoir l'occasion de déchaîner son anticléricalisme.

— C'est probable. Si c'est le cas, le fonds de concours pourra se passer de Colville, mais, en contrepartie, la part de tout le monde en sera un peu augmentée. Je fais des calculs avec ou sans.

Monsieur Leclerc sourit et répond avec ironie :

— Faites plutôt sans… Comme ça, on se réserve une très petite chance d'avoir une bonne surprise !

XXII

Plans de bataille

MARTINE GASTÉGUI est une dame de la ville et son fonctionnement de femme et de directrice de l'école du village est à mille lieues de celui de rurales comme Colette Bernardon ou Marianne Gaubert. La campagne, elle n'aime pas. D'un naturel précieux et égocentrique, elle se sent dévalorisée et nourrit un fort ressentiment envers une administration qui l'a reléguée au milieu d'une plaine de Beauce qu'elle trouve sinistre. En raison de la haute idée qu'elle se fait d'elle-même et de la compétence pédagogique supérieure qu'elle s'attribue, elle considère comme une vaste injustice son affectation à Colville. Une firme internationale a fait une proposition plus qu'intéressante à son mari et lui a confié de hautes responsabilités dans son usine ultra moderne de Chartres. Dès son arrivée, sa nouvelle position lui a permis de faire intervenir un notable local pour que sa femme soit affectée sur un poste de direction similaire à celui qu'elle occupait auparavant à Chambéry. Mal lui en a pris. Cette tentative de piston a été mal ressentie, tant par l'administration que par le syndicat.

Jacques gare sa voiture devant la mairie de Colville au moment où Mme Gastégui traverse la cour de récréation et s'apprête à quitter sa classe. Elle est grande, porte une robe fuseau et ne ressemble en rien à une maîtresse d'école de campagne. On la sent distante et son aspect seul suffit à imaginer ses relations difficiles avec le maire, les parents et ses collègues. Elle ne reste jamais au-delà des horaires scolaires et rentre chez elle dès que les élèves ont le dos tourné. Il n'est que cinq heures et quart, mais, à quelques minutes près, Jacques trouvait porte close. *« Je l'ai pourtant fait prévenir de ma venue. »*

Quand elle le voit, Mme Gastégui accompagne le haussement de ses sourcils d'un mouvement de tête qui marque sa contrariété. Sa façon de l'accueillir exprime d'emblée le peu de temps qu'elle entend lui accorder :

— Je pensais que vous aviez oublié, dit-elle.

— Excusez-moi, se croit obligé de se justifier Jacques. J'ai déposé ma fille au passage.

— Vous vouliez me parler ?

— Oui.

N'importe quel autre collègue du coin tendrait la main vers la classe pour l'inviter à venir s'asseoir. Mais Mme Gastégui reste plantée au milieu de la cour, croise les bras et prend une pose de cigogne qui traduit son impatience de s'en aller.

— J'imagine que vous êtes au courant du projet de regroupement pédagogique, commence Jacques. Colette a dû vous mettre au courant de la décision du conseil municipal.

— Vaguement... Ce n'est pas un sujet qui me passionne.

— L'inspecteur a décidé la fermeture de l'école de Chambray. Dans les quatre communes regroupées, il ne restera que quatre postes et non plus cinq comme cela est le cas aujourd'hui.

— Si je comprends bien, vous devrez partir puisque votre école est fermée...

— Oui.

— Vous avez de la chance ! Ce n'est pas à moi que cela arriverait. Je vais participer au mouvement mais j'ai peu de chance d'obtenir un poste comme celui que j'avais à Chambéry. Il paraît qu'il faut un barème de plus de cinquante points pour en décrocher un. Je suis donc condamnée à rester ici.

— Justement, c'est pour vous parler de cette histoire de mutations que je voulais vous voir.

— Je ne comprends pas.

Mme Gastégui est soudain intriguée. D'instinct, elle comprend qu'on va parler d'elle. Elle décroise les bras et se montre plus attentive. Jacques remarque le changement dans son regard et n'y va pas par quatre chemins :

— Vous, vous voulez partir et vous serez obligée de rester. Moi, c'est le contraire, je veux rester et je vais être obligé de partir. On peut peut-être trouver un arrangement.

— Un arrangement ? Je ne vois pas lequel.

Ce faisant, elle fait demi-tour et invite Jacques à la suivre. Une fois dans la classe, elle reste debout, appuie une épaule contre l'angle d'une armoire et lui désigne la chaise du bureau qui se trouve à plusieurs mètres. Jacques fait un signe de tête pour la remercier et lui signifier que le bord d'une table d'écolier lui suffira.

— J'ignore les règles qui étaient appliquées dans le département dont vous venez, poursuit Jacques. Connaissez-vous celles qui sont en vigueur en Eure-et-Loir ?

— Pas vraiment…

— Ici, quand un instituteur perd son poste pour cause de fermeture, il bénéficie d'une priorité absolue. Sa nomination se fait hors barème. Il passe devant tout le monde.

— Non, ce n'est pas comme cela en Savoie. Ici, vous pouvez donc choisir parmi les meilleurs postes ?

— Oui. Actuellement, mon barème est de trente-sept points, mais au mouvement, je passerai avant les collègues au bord de la retraite qui ont cinquante ou soixante points.

— Quelle chance !

Jacques observe l'envie qui s'allume dans le regard de sa collègue. Il marque un temps d'arrêt et annonce :

— Eh bien, cette chance, c'est vous qui pouvez en bénéficier.

— Moi ?

Il lui explique que sa situation représente un cas particulier et qu'un transfert de cette priorité au bénéfice d'un collègue volontaire du futur regroupement n'est pas inenvisageable. Il lui cite les exemples donnés par Bouthier. À la fin, c'est sans détours qu'il lui pose la question :

— Seriez-vous intéressée pour bénéficier de cette priorité ?

La réponse est un véritable cri du cœur :

— Oh oui !

— Moi, je suis prêt à l'abandonner en votre faveur. Bien entendu, il faudra en faire la demande à l'inspecteur et obtenir son accord. Il faudra aussi obtenir l'aval de la commission paritaire. Je suis persuadé que le syndicat nous défendra.

— Je ne suis pas syndiquée...

— Moi, si.

Le tempérament aigri de Mme Gastégui la pousse à envisager des obstacles :

— L'inspecteur ne peut pas me voir. Il est venu en début d'année. On s'est accrochés au bout de dix minutes. C'est un rustre. Il mettra son veto, ne serait-ce que pour m'obliger à rester dans ce bled perdu.

— Il faut tenter le coup. Pour l'instant, c'est moi qui suis concerné. Ce n'est pas votre situation que l'inspecteur aura à examiner mais la mienne, et moi, j'ai plutôt de bonnes relations avec M. Thibault. Acceptez-vous que je lui écrive ?

— Si vous voulez... Je ne risque pas grand-chose. De mon côté, je vais en parler à mon mari. Il a le bras long...

Au risque de la vexer, Jacques l'en dissuade sans détours :

— En Eure-et-Loir, le piston est très mal ressenti et fait effet contraire. Je ne vous conseille pas une telle démarche.

Sur la route qui le ramène à Chambray, Jacques se prend à rêver et fait des plans sur la comète : *« On regroupe les petits à Colville, les cours élémentaires à Mélicourt et moi, je prends les grands. Ainsi Claire pourra rester dans ma classe. Ce serait bien qu'elle finisse sa scolarité dans ces conditions. »*

L'organisation pédagogique de l'école ne relève pas de la compétence de l'inspecteur mais de celle des enseignants sur place. Dans ce domaine, Jacques sait qu'il aura son mot à dire. Il se concentre sur la lettre à l'inspecteur. Quand il est de retour dans sa classe, le texte est prêt dans sa tête. Dans la foulée, il la tape en quatre exemplaires sur l'Olivetti toute neuve. En peu de mots, de façon directe, il lui expose qu'il veut rester, que sa collègue est volontaire pour partir et, bien que ce ne soit pas encore officiel, il lui demande d'assimiler la situation à une fermeture dans un regroupement déjà constitué. Dix lignes concises qui viennent toutes seules et qu'il termine par le respectueux « Je vous assure, monsieur l'inspecteur, de ma considération distinguée », formule rituelle qui ne veut rien dire mais qui sonne bien. Il tourne en continu la molette de la machine de façon à éjecter la liasse de feuilles, ôte les carbones, relit une dernière fois et signe.

« Deux exemplaires pour l'inspecteur, un pour moi, un pour Martine Gastégui. »

Un court instant, il hésite. Ne vaudrait-il pas mieux qu'elle aussi signe cette lettre pour montrer qu'elle est bien volontaire ?

« Non. Pour l'instant, il faut concentrer toute l'attention de l'inspecteur sur ma situation personnelle et sur la mienne seulement. Après ce qu'elle m'a dit, il n'a sans doute aucun désir de faciliter son retour en ville. S'il est favorable, il sera toujours temps qu'elle fasse sa propre lettre pour confirmer qu'elle est bien volontaire. »

Tout comme pour le courrier de la mairie, celui de l'école à destination des administrations bénéficie de la franchise postale, sous réserve de respecter certaines règles. Jacques tamponne, indique les mentions obligatoires, signe. Il glisse la lettre dans l'enveloppe, la porte à ses lèvres pour humecter la colle et la ferme. Quand il a fini, il se tourne vers l'horloge : « *6 heures. J'ai encore une heure devant moi.* »

Il pense d'abord corriger ses cahiers mais il a promis d'établir la note concernant le presbytère de Mélicourt. Il a préparé les chiffres et fait des calculs sur des bouts de papier. Il n'y a plus qu'à tout remettre au propre. Il va dans la mairie et revient avec la chemise où il a regroupé les informations. Il s'assied à nouveau devant la machine à écrire, prend cinq feuilles de 21 x 29,7 et intercale quatre pages de papier carbone quasiment neuf. « *Cinq exemplaires, ce ne sera pas de trop...* »

Il introduit la liasse sur le tambour de la machine et ouvre la chemise. À force de les triturer, il connaît les chiffres par cœur et le canevas de ce qu'il veut mettre noir sur blanc est très clair dans son esprit :

Plan de financement
des travaux à effectuer
dans le presbytère de Mélicourt

Dépenses

Montant global des travaux :
45 000 francs

Recettes

1 - Subvention du fonds départemental de péréquation : 8 000 francs

2 - Emprunt au Crédit Agricole : 33 500 francs

Total recettes : 41 500 francs

Montant de l'annuité d'emprunt : 3 841 francs

Il fouille parmi les papiers qui se trouvent dans la chemise et sort les calculs qu'il a griffonnés.

« Jusque-là, c'était simple. À partir de maintenant les choses se compliquent. Tout dépend de ce que les uns et les autres décideront. »

Fonds de concours
Simulations des participations

Les 7 communes desservies participent

Nombre total d'habitants : 1 838

Participation par habitant
3 841 F divisé par 1 838 = 2,09 F

6 communes desservies participent et Colville ne participe pas

Nombre total d'habitants : 1 410

Participation par habitant
3 841 F divisé par 1 410 = 2,73 F

En ce qui concerne Chambray, la participation globale s'élèverait entre trois cent quatre-vingts et cinq cents francs « *Par rapport à un budget de soixante-huit mille francs, c'est supportable.* »

Une grande inconnue persiste : l'évêché s'engagera-t-il à maintenir le curé pendant les quinze ans du prêt ?

On frappe à la porte du vestiaire. Jacques tourne la tête. Le visage rond et rougeaud de Chantoiseau s'encadre derrière l'un des quatre carreaux, la main posée en visière au-dessus des yeux pour contrer les reflets qui l'empêchent de voir à l'intérieur de la classe. Jacques pense immédiatement qu'il vient chercher la fameuse note sur le presbytère pour la remettre à son ami Maillard. Il fait un signe de la tête. Chantoiseau entrouvre la porte mais reste sur le seuil.

— Il est peut-être l'heure d'aller chercher votre fille ?

— J'y vais à 7 heures. Entrez.

— Je veux pas vous déranger longtemps. Juste deux ou trois petits trucs à vous dire.

Il entre et s'assied difficilement sur le banc d'une table d'écoliers.

— Pour le presbytère, je viens juste de terminer, annonce Jacques en tendant l'une des feuilles.

Chantoiseau la prend mais s'empresse de préciser :

— Ah non, c'est pas pour ça que je viens. Le presbytère, j'étais bien tranquille que ce serait prêt en temps voulu.

Il cale son gros ventre dans l'espace réduit prévu pour un enfant et y va de son petit couplet :

— Vous êtes au courant que Marcel et moi, on va faire une manille à Colville une fois de temps en temps, histoire de retrouver des vieux copains. On y a été tantôt. Ce qu'on a entendu nous a bien fait rigoler. Les copains nous ont raconté que Comone a pris la tête du combat pour le regroupement. Il répète que, grâce à lui et au regroupement, il y aura une maternelle à la rentrée. Il ne perd pas le nord. Il sait récupérer la situation. Et ça marche.

Chantoiseau fait allusion à la libération et glisse des « Sacré Comone, il change pas ! » au milieu de ses sarcasmes.

— En revanche, poursuit-il en redevenant plus grave, il a l'intention de défendre son école bec et ongles et dit qu'il ne lâchera sa troisième classe pour rien au monde. Il dit que c'est à Chambray qu'une classe est fermée et qu'il n'y a pas lieu de revenir sur la décision de l'inspection académique.

De l'avis de Chantoiseau, en tenant ces propos bravaches, Comone est en train de s'enfermer dans une position dure dont il aura du mal à sortir sans, une nouvelle fois, donner l'impression d'être une girouette. Le problème, c'est qu'il parle sans réfléchir ni consulter personne, et que ces propos vont rendre les discussions difficiles avec les autres maires.

— Y'a pourtant pas à tortiller, commente Chantoiseau : si on veut garder une école dans chaque commune comme on l'a dit, c'est forcément à Colville qu'il faut fermer une classe. J'en ai déjà parlé avec Noël : pour faire une cantine, faut de la place, et à part dans une classe de Colville, on ne voit pas où on pourrait la mettre.

Et c'est à partir de ce constat que Chantoiseau a gambergé. Son visage s'allume et il livre son idée avec des éclats de roublardise plein les yeux :

— Alors, j'ai pensé à un truc : si on fait une cantine, faudra forcément embaucher une ou deux cantinières. Dans ce cas, ce serait quand même plus pratique et plus logique d'embaucher des bonnes femmes de Colville puisqu'elles seraient sur place. Et c'est par ce bout-là qu'on peut attraper Comone : si on le charge d'embaucher des femmes de Colville, il pourra se vanter de créer du travail. Pour un maire qui se dit de gauche, donner du travail, c'est un beau drapeau. Sur ce point-là, on peut lui faire confiance, il saura choisir des femmes qui savent faire la cuisine et s'occuper des enfants. Des petites magouilles dans son coin, il sait faire.

Finement calculé. En lui confiant le recrutement des cantinières, le reste s'enchaîne : Comone voudra des femmes de sa commune, donc il sera amené à vouloir la cantine chez lui, donc il admettra la perte de l'une de ses classes. Jacques n'y avait pas pensé. Il reconnaît bien Chantoiseau. Une fois de plus, le bonhomme fait preuve de psychologie, de logique, et montre un bon sens qu'aucune école n'enseignera jamais.

— Même problème avec la salle de repos pour la maternelle, enchaîne Jacques. Le seul endroit pour aménager quelque chose, c'est le logement de l'école. Donc, maternelle obligatoire à Colville. Or qui dit maternelle dit femme de service. C'est obligatoire. Encore une femme à recruter.

— Et de trois ! S'il est pas réélu avec ça !

Chantoiseau se frotte les mains.

— On va l'avoir, m'sieur Gaubert, on va l'avoir…

— Le regroupement ?

— Oui… Mais là, je pensais à Comone. On va l'avoir.

Chantoiseau est heureux comme un gamin roublard qui vient de réussir un coup plutôt finaud. Son visage affiche un large sourire.

— Il est presque 7 heures, dit-il en regardant la pendule. Faut pas que je vous amuse. Votre fille va vous attendre.

Les deux hommes se lèvent. Jacques le raccompagne jusqu'à la porte du vestiaire. Au moment de quitter la classe, Chantoiseau part d'un grand éclat de rire :

— Comone responsable de l'embauche des bonnes femmes… Ah, on n'attrape pas les mouches avec du vinaigre !

XXIII

Une logique payante

Le « 1 à Chambray », c'est le numéro de téléphone de M. Leclerc. Dans le village, il a été le premier à le faire installer.

— À la ferme, on a reçu deux appels, dit-il à Jacques. L'un pour la mairie, l'autre pour l'école. Enfin, quand je dis pour l'école, c'est plutôt pour vous.

Il tend un papier sur lequel Mme Leclerc a noté le message reçu :

> De l'inspection académique pour monsieur Gaubert.
>
> « Monsieur Thibault a reçu votre lettre. Il souhaite vous voir d'urgence, vendredi soir après la classe si possible – confirmer. »

— Vendredi soir, ce n'est pas possible. Il faut que j'ouvre la mairie.

— C'est M. Thibault en personne qui a appelé. Il a précisé que c'est urgent et qu'il n'a pas d'autre possibilité que vendredi. Ma femme a dit qu'il avait beaucoup insisté. Allez-y. Je viendrai tenir la permanence ou je demanderai à Robert de venir.

M. Leclerc est au courant de la démarche de Jacques. Il sait que du oui ou du non de l'inspecteur dépend le départ ou le maintien des Gaubert. L'enjeu est important pour Jacques mais il l'est tout autant pour lui, la mairie et le village.

— Dans ce cas…

— Voulez-vous que ma femme rappelle sa secrétaire demain matin pour lui dire que vous êtes d'accord ?

— Si ça ne la dérange pas…

M. Leclerc fait signe que non et cette réponse à propos du téléphone lui facilite la transition vers le second sujet :

— Dans peu de temps, vous n'aurez plus besoin du téléphone de la ferme. Le second appel, c'était le responsable du service des lignes PTT. Il a bien reçu le devis et notre accord. Comme c'est pour une mairie et une école, c'est une installation prioritaire. Il voulait m'informer qu'ils l'installeront dans le courant de la semaine prochaine.

— C'est rapide.

— Oui. Il a des consignes, ajoute M. Leclerc. Le téléphone, on le mettra sur l'étagère, mais je lui ai demandé de mettre un fil assez long pour qu'on puisse le poser sur la table quand on en aura besoin. L'histoire de la cabine publique, faut en tirer les leçons.

Jacques entrevoit les gains de temps et d'efficacité que cette installation va procurer.

— Les échanges avec les autres communes vont être plus rapides. Et puis, l'an prochain, on en aura besoin quasiment tous les jours pour le regroupement.

— Pour le regroupement et pour tout le reste. Vous verrez, quand on l'a, c'est fou ce qu'on gagne comme temps.

Le vendredi soir, Marianne s'arrange pour être disponible et rester avec les enfants. Jacques prend la route de Chartres dès que les élèves ont quitté la classe. L'inspecteur a fait allusion à sa lettre. Jacques pense donc qu'il veut lui parler de cette histoire de priorité dans les affectations mais il ne comprend pas pourquoi il a dit que c'était urgent. *« Moi, c'est évident que j'ai hâte de savoir, mais pour lui, qu'est-ce qui peut bien être si urgent ? »*

L'association de sa lettre et du caractère urgent l'amène à échafauder quantité d'hypothèses dont aucune ne parvient à expliquer l'insistance de M. Thibault. Au mieux, Jacques espérait une réponse sous un mois.

— Monsieur Gaubert, l'accueille l'inspecteur quand Jacques pénètre dans le bureau, mon emploi du temps est bien rempli en ce moment. Merci de vous être dégagé pour venir à ce rendez-vous.

Il lui serre la main et l'invite à s'installer sur la chaise qui se trouve devant son bureau. Il s'assied à son tour et se montre direct :

— J'imagine sans peine que vous attendez avec impatience la réponse à votre demande. Je vais vous la donner, mais auparavant, il faut que je vous parle.

Il confirme que l'inspection académique a bien reçu les délibérations officielles de chacun des conseils municipaux et que les services étudient la possibilité de mettre en place un regroupement pédagogique entre les quatre communes désireuses de créer un syndicat. Il fixe Jacques dans les yeux et lui annonce :

— S'il y a urgence, c'est parce que je suis muté dans la Mayenne à compter de la prochaine rentrée.

— Ah ! s'étonne Jacques qui n'avait pas pensé une minute à cette éventualité.

— Pour l'instant, mon remplaçant n'est pas choisi, poursuit M. Thibault. Mon départ et sa nomination ne sont pas encore officiels et je vous demande de ne pas ébruiter la nouvelle. Si je vous l'annonce, c'est parce que votre regroupement, c'est moi qui dois le valider ou non. Or, le temps va être compté. Vous savez aussi bien que moi que les formalités légales ne seront conclues qu'au cours de l'été. Or, je ne peux pas attendre. Ma capacité à décider cessera à la fin de l'année scolaire.

En juillet et août, il y aura vacance du poste d'inspecteur. Toute décision sera repoussée à la rentrée, quand le nouvel inspecteur aura pris ses fonctions. En un instant, Jacques comprend que M. Thibault veut apporter une solution avant son départ, ce qu'il interprète comme un soutien. L'inspecteur poursuit son raisonnement :

— La situation se résume donc à deux hypothèses bien nettes : ou bien les communes réussissent à mettre en place les installations qui vont avec une maternelle, une cantine, un ramassage scolaire, ou bien il est prévisible qu'il n'y aura pas de maternelle. Si vous m'assurez que la réponse est oui à cent pour cent, je fais le pari de la réussite, j'anticipe et je règle tout avant mon départ. Si vous êtes persuadé du contraire, je laisse filer.

L'inspecteur ne peut pas valider le projet sur les seules bonnes intentions de principe. Encore faut-il avoir l'assurance que les conditions matérielles seront réunies. Pour l'instant, elles ne le sont pas. Il ouvre une chemise et tire une feuille sur laquelle ne figurent que quelques mots.

— Je ne suis pas sur le terrain et je n'ai pas votre connaissance des gens et des situations. Vous savez que je vous apprécie et que je vous accorde ma confiance. Je vous demande donc de me répondre en toute honnêteté en faisant abstraction de votre situation personnelle.

Et il répète la question essentielle :

— Oui ou non, ce regroupement va-t-il se faire ?

Répondre oui contribuerait à résoudre son problème personnel. La confiance que lui accorde l'inspecteur devient lourde et il retient sa réponse. Ce regroupement va-t-il se faire ? Il reste bien des incertitudes, bien des compromis à trouver, bien des concessions à faire, bien des solutions à imaginer. Comment en être absolument certain ? M. Thibault ajoute, presque sur le ton de la confidence :

— Je suis inspecteur de l'enseignement laïc. Je me dois d'être tolérant et respectueux de l'enseignement privé, mais je n'oublie pas que je suis d'abord responsable de l'enseignement laïc et, tout comme vous, j'ai à cœur de défendre l'école publique. Sachez que l'école privée de Saint-Lubin vient d'être autorisée à organiser une cantine et un accueil des enfants le matin et le soir. C'est un atout qui favorisera son expansion. Entre nous, je trouve que ce serait bien que ce regroupement voie le jour…

— Oui, ce serait bien… répète Jacques.

La situation est inconfortable. Comment être objectif ? Finalement, Jacques argumente sous un angle inattendu et donne l'impression de retourner la situation :

— Oui ou non, ce regroupement va-t-il se faire ? dit-il. Cela dépend de la réponse que vous allez faire à ma demande.

— Comment cela ? Votre demande ? Vous voulez parler du transfert de la priorité qui vous est accordée à vous, à titre personnel, en faveur de Mme Gastégui ? Quel rapport ?

Jacques pose ses deux mains sur le bureau et expose son raisonnement :

— Si je pars, Mme Gastégui reste. Dans ce cas, ni la classe nécessaire pour aménager la cantine, ni les pièces du logement de fonction indispensables pour la salle de repos et les sanitaires des petits ne se libèrent, et le regroupement devient impossible à mettre sur pied. Au contraire, si je reste, Mme Gastégui part. Dans ce cas, je continue à enseigner dans ma classe de Chambray et les locaux dont nous avons besoin se libèrent. On crée la maternelle à Colville et tous les problèmes sont résolus. En résumé, si Mme Gastégui part, le regroupement se fait, si elle reste, il ne se fera pas.

M. Thibault sourit et se montre amusé.

— Bien vu ! Je n'avais pas envisagé les choses sous cet angle, avoue-t-il.

Il hoche la tête d'un air admiratif et résume :

— Si j'ai bien compris votre logique, la solution passe par la résolution de votre situation personnelle : vous restez, c'est oui ; vous partez, c'est non. Bravo, c'est malin... Vous plaidez bien votre cause.

— Je suis évidemment concerné, mais je vous assure que je ne mets pas ma situation personnelle au premier plan. À Chambray, le maire, l'adjoint et moi, nous avons passé des heures et des heures à nous creuser la tête. Nous avons retourné le problème dans tous les sens. Il n'y a pas d'autre alternative. Des locaux, on ne peut en libérer qu'à Colville. Vous savez combien je souhaite rester en poste à Chambray. Vous savez que mon maintien dépend de la création d'un regroupement pédagogique mais la réciproque est vraie : l'existence de ce regroupement dépend de mon maintien. La situation est insoluble… sauf si vous donnez une réponse favorable à ma demande.

— Si je ne connaissais pas votre droiture, je dirais que vous me forcez la main…

— Ne…

— Oh, ne croyez pas que je vous en fais le reproche, bien au contraire ! Ce que vous dites est juste. Je n'ai pas votre connaissance du terrain et, en toute franchise, j'avoue que je n'avais pas compris le problème. Bien sûr, vous en avez parlé avec votre collègue Gastégui et elle est volontaire pour partir.

— Oui. À Chambéry, elle était directrice d'une grosse école. Elle n'aspire qu'à retrouver un poste similaire.

— L'une des directions que je vous ai proposées, en quelque sorte…

— Elle en rêve…

M. Thibault saisit la feuille sur laquelle il a noté quelques points à aborder, la bouchonne et la jette dans la corbeille.

— Cantine, maternelle, salle, sanitaires… j'ai les réponses. Vous avez pensé à tout. Les maires sont-ils tous d'accord avec cette organisation ?

Aïe ! L'image de Duval s'impose dans l'esprit de Jacques.

— C'est en cours de discussion… Il faut un peu de temps pour que les choses mûrissent.

Il fait un gros effort et affirme avec aplomb :

— Mais c'est la solution qui sera retenue parce qu'il n'y en a pas d'autres.

Dans le même temps, ses paroles le mettent mal à l'aise. Lancer une telle affirmation, n'est-ce pas tromper son inspecteur ?

— Je vous fais confiance. Faisons donc le pari du regroupement.

Du plat de la main, à la manière d'un commissaire-priseur donnant un coup de marteau pour adjuger une vente, il frappe la chemise où il a rangé la demande de Jacques.

— Dès demain, je convoque Mme Gastégui. Quel genre de relations entretenez-vous avec votre collègue ?

— On ne se voit pas souvent. Elle n'habite pas dans le village.

Il émet un « ouais » plein de sous-entendus pour avouer que ses relations avec elle ne sont pas de meilleure qualité.

— Avant cette convocation, allez la voir. Une visite entre collègues passera mieux. Mettez-la au courant de notre entretien et de mon accord de principe. Parce qu'en faisant le pari du regroupement, il est évident que je réponds favorablement à votre demande. Dites-lui qu'elle bénéficiera de la priorité au mouvement à votre place. Indiquez-lui que j'ai besoin d'une lettre de sa part. Là aussi je vous fais confiance : vous trouverez les mots qu'il faut.

L'inspecteur ne cache pas qu'il manque de candidats pour quelques directions d'écoles dans les nouveaux quartiers. À mots couverts, il fait comprendre à Jacques que suggérer à Mme Gastégui de postuler pour l'une de ces grosses directions lui rendrait service.

— Bien entendu, reprend M. Thibault, mon accord ne suffit pas. Il faudra aussi obtenir l'aval de la commission paritaire. Je ne vois pas pourquoi les représentants du personnel s'y opposeraient mais, puisque certains de vos amis syndicalistes siègent à la CAPD, mettez-les au courant.

La discussion s'épuise. Les deux hommes se détendent. M. Thibault confie qu'il regretterait de partir en abandonnant un chantier en cours. Il se félicite de voir les classes uniques de Mélicourt et Chambray disparaître, même s'il regrette que tous les enfants ne soient pas regroupés sur un même site à l'avenir. Les classes isolées ne facilitent pas les échanges entre les enseignants et dissuadent les jeunes enseignants de postuler pour ces classes.

— Surtout, insiste M. Thibault avant que Jacques ne prenne congé, veillez à ce que les nouveaux services soient accessibles à tous. La cantine sera payante, cela semble normal, d'autant plus que, avec l'embauche de personnel, le service sera déficitaire. Mais les tarifs ne doivent pas devenir prohibitifs. En revanche, le ramassage scolaire doit être gratuit. Des collègues m'ont rapporté que, par endroits, il est payant. Tous les enfants vont désormais aller en collège, ce qui impose des déplacements que les collectivités ne peuvent pas toujours financer. On comprend bien qu'il n'y a parfois pas d'autre solution, mais l'abandon de la gratuité est un recul. L'école est gratuite. Payer pour y aller n'est pas normal.

L'inspecteur ajoute une recommandation :

— Prochaine étape pour vous, créer le syndicat intercommunal. Pour cela, il faudra établir et voter des statuts. Vous êtes secrétaire de mairie. Vous ne les voterez pas mais vous participerez sans doute à leur rédaction. Ne vous enfermez pas dans des dispositions trop restrictives. Au bout d'un an ou deux de fonctionnement, il sera toujours temps de les adapter. Les statuts doivent passer du premier coup dans tous les conseils.

— Mon maire et moi sommes sur la même longueur d'onde. On ébauchera un brouillon ensemble de telle façon que tous les conseils puissent l'adopter.

L'inspecteur se lève et fait le tour de son bureau. Jacques se sent soulagé et c'est avec empressement qu'il serre la main que l'inspecteur lui tend au moment de quitter la pièce.

— Merci, merci beaucoup. C'est une page de l'école rurale que nous allons tourner mais je crois que la suivante est porteuse d'avenir.

— J'en suis persuadé. Tenez-moi au courant.

XXIV

Une voiture qu'on voit bien souvent

Chaque jour, Marianne visite quelques patients dans le bourg de Colville, dont un vieux monsieur qui habite à proximité de l'école. C'est par ce voisin et Marianne que Mme Gastégui a fait passer un petit mot à Jacques l'informant qu'elle a adressé la lettre confirmant son accord : « À Chartres, je n'habite pas très loin de l'inspection. Je l'ai déposée moi-même dans la boîte aux lettres. » Elle précisait également qu'en réponse, M. Thibault lui avait adressé une convocation que le facteur lui avait apportée le matin même à l'école.

Dès le lendemain de son entrevue avec M. Thibault, Jacques est allé la voir pour lui annoncer que l'inspecteur était d'accord.

— En clair, il accepte de vous accorder une priorité absolue au mouvement si vous êtes volontaire au départ, sous réserve que vous lui confirmiez par écrit que vous acceptez de façon irrévocable l'abandon de votre poste actuel. De mon côté, je dois confirmer que je renonce à cette même priorité.

Mme Gastégui n'en croyait pas ses oreilles. La perspective de quitter « ce trou perdu » et de devenir directrice dans une grosse école l'avait amenée à être beaucoup plus aimable avec Jacques. Elle avait reconnu que si elle obtenait une direction, c'est à lui qu'elle le devrait.

« Pour un peu, elle m'aurait fait la bise », ironise Jacques en repensant à l'éclat qui s'était allumé dans son regard quand elle avait entrevu la possibilité d'obtenir une direction si importante qu'elle bénéficierait d'une décharge et serait dispensée de cours.

Le jeudi matin, Claire ne va pas chez Isabelle. Jacques consacre cette matinée à sa fille et c'est, chaque semaine, une joie pour lui de bricoler avec elle.

— Tu as fini de planter les clous ? lui demande-t-elle.

— Presque. Encore une quinzaine.

Isabelle a mis de l'ordre dans ses boîtes à couture. Claire a récupéré du coton à broder de toutes les couleurs, de beaux fils solides et brillants qu'elle veut maintenant utiliser pour faire un tableau en fils. Le principe est simple : entre les clous plantés sur une planche peinte, on tend des fils de coton pour dessiner un motif. Dans un premier temps, Claire a recherché des images et des dessins dans les livres de la classe. Son choix s'est arrêté sur une sorte d'oiseau-lyre stylisé qu'elle a demandé à son frère de reproduire en l'agrandissant. Puis Marcel, le vieux voisin jardinier, lui a donné une planche de contreplaqué sur laquelle elle a soigneusement décalqué l'oiseau-lyre. Une fois le transfert effectué, elle a essayé de planter des petits clous sur le contour de l'oiseau, mais tenir un marteau n'est pas son fort et son père est venu à son secours.

— Le bleu, tu trouves que c'est une belle couleur ? demande-t-elle en montrant le pot de peinture que sa mère lui a acheté à Saint-Lubin.

— Pour un oiseau, le bleu c'est bien adapté. C'est la couleur du ciel. Ton oiseau sera mis en valeur.

— Maman en a acheté un petit. Tu crois qu'il y en aura assez ?

— Mais oui.

Claire suit le mouvement du marteau qui enfonce les derniers clous. Sous le préau, les journaux recouvrent la table sortie du bûcher tout exprès pour l'opération peinture. Le pot de peinture est ouvert. Le pinceau est prêt. Claire se prépare et enfile un vieux tablier.

— Voilà, dit Jacques. Tous les clous sont plantés. Regarde comme ils sont bien alignés.

Claire vérifie et se montre satisfaite.

— Allez, maintenant, je peins.

Jacques pose la planche sur la table et aide sa fille à passer les premiers coups de pinceau. La peinture s'accumule au pied des clous et forme des épaisseurs que Claire s'emploie à faire disparaître à petits coups méticuleux.

— Faut pas de boules sinon le fil ne passera pas.

L'attention de Jacques est à ce point accaparée par les gestes de Claire qu'il n'entend pas le garde champêtre arriver dans son dos.

— L'artiste est en plein travail ! lance Gilbert en direction de la fillette. Quand t'auras fini, j't'embauche : ma cuisine a besoin d'un coup de jeune.

Il n'est pas encore midi mais, manifestement, Gilbert en a déjà un petit coup dans le nez. Il a l'œil qui brille et les petits ricanements goguenards qui entrecoupent son filet de voix haut perché ne trompent pas. À coup sûr, quelque bonne âme lui a manifesté sa sympathie. D'ailleurs, dès qu'il s'approche, sa bouche laisse échapper des exhalaisons d'eau-de-vie si fortes que Jacques identifie sans peine l'odeur de la gnôle de prune.

— J'suis allé jusqu'à la maisonnette, dit Gilbert.

« *La goutte de la maisonnette,* pense Jacques. *Le matin, une petite rincette avec le café, c'est incontournable.* »

— La mère Rousselet m'a donné une lettre pour vous, continue Gilbert. Ça vient de la DASS. Ça doit être pour ses handicapés. Elle l'a pas ouverte, comme ça vous pouvez être sûr qu'elle a pas perdu la moitié des papiers.

— Donnez-la-moi. Je la regarderai pendant midi.

— Je l'ai mise sur votre bureau, dans la classe.

Gilbert tourne autour de la table et suit d'un œil faussement expert les coups de pinceau que donne Claire. À son peu d'empressement à partir, Jacques devine qu'il en a quelques bonnes à lui raconter.

— Quand je suis arrivé à la maisonnette, la Mireille était pas encore levée. Ça faisait bien une demi-heure que j'étais là quand elle est descendue. Ben elle est grosse ! Oh nom de Dieu qu'elle est *bédonnée* ! Elle aurait des jumeaux que ça m'étonnerait pas. Elle m'a dit qu'elle et son Jules, ils veulent se marier. Vous allez les voir rappliquer un jour ou l'autre.

— Au moins, le petit aura un père.

— C'est pas un mauvais gars. Il était là aussi. Il a voulu me payer un canon mais quand j'ai vu le verre, j'ai refusé. La vaisselle d'hier soir trempait dans une bassine. Il a pris un verre et il l'a rincé dans un seau d'eau. Dame, ils n'ont pas l'eau au robinet ! Quand il l'a mis sur la table, j'ai tout de suite vu qu'il y avait des traces d'œuf sur le bord. À mon avis, ils ont mangé de l'omelette hier au soir. Un coup de rouge avec des restes d'omelette de la veille, j'suis pas bégueule mais non merci.

Il raconte aussi que les PTT ont rallongé le fil du téléphone de la cabine publique et que Thérèse est contente parce qu'elle peut s'isoler dans la cuisine quand elle appelle sa fille.

— Celle qu'est moins contente, c'est la Valentine. Thérèse regarde pas à la dépense et elle reste accrochée au téléphone pendant dix ou vingt minutes. Pendant ce temps-là, le frichti de la bistrote colle au cul de la casserole.

Il enchaîne en racontant, au milieu de ricanements d'écolier, que depuis qu'il est chez les fous, le boucher n'a plus guère le temps de critiquer le maire. Jacques écoute d'une oreille distraite : les propos de Gilbert sont sans grand intérêt. Il suit la main de sa fille et se réjouit de l'application qu'elle met à lisser la couche de peinture à larges coups de pinceau réguliers. Gilbert remarque la baisse d'attention. Il repart sur un sujet qu'il sait ranimer l'intérêt de Jacques :

— Va y avoir un conseil à Colville. Comone l'a convoqué à la demande du maire de Mélicourt. Paraît que le curé est sur le départ. M. Maillard a vu l'évêque et il veut venir en personne pour expliquer ce que le grand patron lui a dit. Hier soir, on n'a pas pu finir la partie tellement Comone nous a fait rigoler en racontant quantité de conneries sur le curé, les bigotes et Christelle Grenouillet. Celle-là, il arrête pas de se foutre de sa gueule.

Gilbert s'apprête à en rapporter une bonne sur Christelle Grenouillet mais il hésite, à cause des oreilles chastes de Claire. Il se rapproche de Jacques, baisse la voix et glisse avec gourmandise :

— L'autre jour, y a eu l'enterrement de ce vieux cochon de père Maupu. À la fin de la messe, Comone a raconté que le gars Lucas s'est trouvé juste derrière la femme Grenouillet dans la file qui allait bénir le cercueil. Paraît qu'elle avait mis un de ces pantalons blancs modernes qui lui moulait le popotin et qu'elle avait les fesses comme deux melons. Le Comone, il nous a fait rigoler parce qu'il disait que le pauvre gars Lucas en avait les yeux tout écarquillés. « Une fois devant le cercueil, il avait plus besoin du goupillon du curé ! » qu'il répétait Comone. Oh, qu'on s'est marrés !

Jacques imagine la rigolade autour du comptoir : Comone entouré de Lucien, d'Abel et d'autres vieux friands de blagues grasses en rajoutant pour prolonger l'amusement général, la quinte de toux qui s'empare de Gilbert dans ces moments-là et l'oblige à se retourner et à mettre la main devant sa bouche pour juguler l'étouffement qui le gagne. Mais cette convocation du conseil de Colville le contrarie. C'est moins du départ du curé que du financement des travaux au presbytère dont il va être question. Aborder ce sujet avant de parler de l'école, n'est-ce pas une manœuvre de Duval en réponse à l'humiliation qu'il a subie à propos de l'école ? Le bonhomme est roué. Jacques observe cependant qu'aucune des paroles de Gilbert ne fait allusion à la participation financière. Duval n'en a donc pas parlé au bistrot. Ce silence cache-t-il une ruse ?

— Bon, ben je m'amuse pas plus longtemps, dit Gilbert en regardant sa montre. Faut que je porte du plant de tomates à Maurice. Je vais lui mettre dans le cageot de son vélo. Comme ça, il pourra le repiquer pendant midi.

Maurice Fallou est un ancien ouvrier agricole reconverti en manœuvre maçon, que Charles Fauconnier a embauché parce qu'ils sont du même âge et qu'ils sont allés à l'école ensemble. Une façon de lui permettre d'atteindre l'âge de la retraite sans avoir à aller travailler en ville.

Gilbert glisse avec malice :

— D'habitude, il laisse son vélo sous le hangar, mais depuis quelques jours, y'a pas la place, à cause de la voiture de Mme Voyet qui est souvent là. Alors il le gare le long du tas de planches de coffrage.

Il fait deux pas et lâche, des sous-entendus plein la voix :

— Mme Voyet, la clerc de notaire, on dit qu'elle est souvent avec Pierre en ce moment…

Jacques s'abstient de lui répondre qu'il n'y a rien d'étonnant à cela puisqu'elle l'aide à mettre sur pied le groupement d'artisans. Gilbert est un bavard et moins il en sait, moins il risque de colporter des nouvelles qui ne regardent personne. L'insistance dans la voix et le petit sourire au coin des lèvres du champêtre éveillent d'autant plus son attention qu'il lève ses mains devant son nez et entrelace ses deux index comme deux maillons d'une chaîne. Il est clair qu'il sous-entend que Pierre et Viviane fricotent ensemble. *« Viviane et Pierre… ? »*

— Voilà, j'ai fini, dit Claire. Regarde si je n'ai pas fait de coulures.

— Elle est parfaitement peinte. Il n'y a plus qu'à la laisser sécher.

— Faudra combien de temps ?

— C'est de l'acrylique. Dans l'après-midi, tu pourras commencer à tendre les fils.

Ils rentrent dans l'appartement. Midi approche. Claire met la table. Jacques épluche les radis que le brave Marcel a déposés le matin même dans le volet en revenant de son jardin. La réflexion de Gilbert continue à lui tourner en tête : « *Viviane... Pierre...* » Dès que Marianne arrive, il lui rapporte les paroles de Gilbert. À sa grande surprise, Marianne n'est pas étonnée.

— Viviane, je la vois tous les jours. Elle ne m'a pas fait de confidences mais, ces derniers temps, je la trouve changée. Elle me parle sans cesse du groupement d'artisans, de l'entreprise, de l'avancée du projet. Jusque-là, rien d'extraordinaire, puisque Pierre l'a chargée du dossier. En revanche, je trouve qu'elle parle beaucoup de Pierre. Pierre par-ci, Pierre par-là...

Jacques y va sans détours :

— Tu crois qu'elle est amoureuse de lui ?

— Comme tu y vas ! Je n'en sais rien. Avant-hier, on prenait un café ensemble. J'ai fait une allusion. Elle n'a pas relevé mais elle a baissé les yeux et j'ai eu l'impression qu'elle rougissait. Hier, elle s'est déplacée à la chambre des métiers. Quand elle est revenue, elle rayonnait. La création du groupement est validée et elle était aussi heureuse de l'annoncer que si ce projet était le sien. Un temps, j'ai eu le sentiment qu'elle allait me faire des confidences mais papa est arrivé et elle a parlé d'autre chose.

— Et du côté de Pierre ?

— Pierre, tu le connais. Discret, pas du genre à livrer ses sentiments. J'ai beau l'observer, rien ne transparaît. Papa non plus ne dit rien.

Jacques reste rêveur. Il observe le sourire qui s'affiche sur le visage de sa femme.

— Tu crois qu'il se passe quelque chose entre eux ?

Sans la moindre hésitation, Marianne répond :

— Je l'espère. Ce serait une bonne nouvelle. Viviane ferait une compagne idéale pour mon frère.

Jacques n'a rien vu venir. Pour lui, c'est inattendu, mais ce serait effectivement une heureuse nouvelle. Il aime bien ce beau-frère solide, travailleur, entreprenant, réservé mais fidèle dans les choix qu'il fait. Sa volonté de faire prendre à l'entreprise Fauconnier le virage nécessaire de la construction des pavillons est une marque de clairvoyance.

— Je ne pose plus de questions, poursuit Marianne. Tous les deux ont l'âge de mener leur barque. Si les choses se précisent, ils nous le diront le moment venu…

— … mais tu meurs d'envie de savoir, la taquine Jacques.

— Je meurs surtout d'envie que ça se fasse, avoue-t-elle dans un élan d'espoir. Je les connais bien tous les deux. Il me semble qu'ils iraient bien ensemble.

Dans l'après-midi, la peinture est sèche. Claire s'installe sur la grande table du fond de la classe et commence à tendre des fils de toutes les couleurs entre les clous. L'oiseau-lyre prend forme. Jacques réfléchit aux statuts du futur regroupement. Par la préfecture, il a récupéré ceux de trois regroupements pédagogiques existants et compte s'en inspirer. Il les lit, les annote au crayon à papier, entoure des phrases, raye certaines dispositions, encadre quelques mots qui lui semblent importants. « *On mettra tout ça au point entre nous. Aux conseils, il faut proposer un brouillon bien ficelé* ».

Chantoiseau fait une courte apparition. Il vient dire à Jacques que son ami Maillard ira devant le conseil municipal de Colville pour plaider la cause de son presbytère. Il n'est guère surpris quand Jacques lui répond qu'il est déjà au courant.

— Le champêtre est passé.

— Je m'en doute. En allant proposer à Comone d'aller lui-même défendre le maintien du curé, Guy n'était pas trop vaillant. Il avait peur que l'autre lui réponde qu'il était bien assez grand pour expliquer la chose à son conseil. S'il veut y aller, c'est justement pour éviter que tout soit déformé. Finalement, ça s'est plutôt bien passé. À croire que l'histoire de l'école a servi de leçon. Maintenant, Comone fait moins le fanfaron quand le conseil est amené à voter. Il se méfie.

— Espérons que M. Maillard sera entendu. Espérons surtout que cette discussion n'aura pas de conséquence fâcheuse pour l'école.

— Guy s'est posé la question mais il n'y a pas le choix. L'évêque ne peut pas attendre. Il a besoin d'une réponse tout de suite, faute de quoi le curé partira. Sa future affectation est déjà prévue.

— Colville en premier, je ne sais pas si c'est le bon choix. Si Colville refuse, cela risque de donner des idées à d'autres conseils.

— Colville, c'est la clé. Si Colville marche, il sait qu'il peut compter sur les autres communes. Mais c'est vrai aussi que si Colville refuse, alors, c'est pas gagné pour les autres. En tout cas, Guy vous remercie pour la petite étude que vous lui avez faite. C'est clair et précis. Avec ça, il a des cartouches.

Ils bavardent. Tous deux s'accordent pour dire que, vu le peu d'importance des sommes, il s'agit beaucoup plus d'une histoire de principe que d'une affaire d'argent. Quand Chantoiseau part, il confie :

— J'irai pas à leur réunion de conseil mais Guy me racontera. On aura tous les détails et ce ne sera peut-être pas inutile pour savoir comment s'y prendre avec Comone dans les prochaines semaines.

XXV

Curé ou pas curé ?

Aux dernières élections, Guy Maillard a succédé à un maire très bonhomme qui n'avait entrepris aucuns travaux depuis la libération. Certes, la commune ignorait la dette et avait des impôts bien moins élevés que ses voisines, mais tout était à remettre à jour. En héritant de l'écharpe tricolore en 1965, un peu contre son gré parce que personne ne voulait de la place, Guy Maillard avait établi un programme des travaux urgents et indispensables : creusement dans la plaine d'un long et profond fossé propre à absorber les eaux pluviales qui régulièrement inondaient le centre du bourg, installation du chauffage central dans l'école, construction de bordures de caniveaux dans la rue de l'Église, reconstruction des murs écroulés dans le cimetière, installation d'un éclairage public minimum aux abords de l'arrêt de car. À raison d'un chantier par an, qu'il finançait en contractant un emprunt spécifique à chaque fois, il avait décidé d'augmenter progressivement les impôts pour faire face aux remboursements des annuités. C'était bien vu et cette gestion aurait pu se révéler propre à remettre la commune à flot en un ou deux mandats. C'était sans compter sur les imprévus : l'année dernière, le réservoir du château d'eau avait pété, privant brutalement toute la population d'eau potable. Plus une goutte au robinet. En urgence, il avait fallu entreprendre des travaux importants et contracter un gros emprunt qui n'était pas prévu. Et puis cette année, alors qu'on ne s'y attendait pas, il y a eu cette histoire de presbytère. Une catastrophe.

— Viens t'asseoir à côté de moi, lui dit Duval. Puisque c'est toi qui vas causer, faut que tu sois devant.

Quand il est arrivé maire, Aimé Duval, lui, a eu la chance de trouver une commune plutôt bien gérée auparavant. Bien plus qu'aux travaux, il s'est attaché aux symboles. Entre autres, il a remis en vigueur une vieille tradition : réunir le conseil municipal le dimanche matin chaque fois que la chose est possible.

— Maintenant qu'il y a des ouvriers au conseil, clamait-il, on peut plus faire des réunions en semaine. Ils travaillent, eux !

En vérité, tout le monde avait compris qu'il se faisait un malin plaisir à « emmerder » les cultivateurs qui devaient choisir entre la messe et le conseil. Mais d'une certaine façon, cet horaire arrange Guy Maillard. Le dimanche matin, il est libre.

— Asseyez-vous, asseyez-vous, dit Duval à ses conseillers en frappant sur la table à grands coups de phalanges comme s'il coinchait à la manille. On va commencer.

La mairie de Colville est assez vaste. En plus de la table du conseil autour de laquelle une quinzaine de personnes peuvent prendre place, un espace est consacré au secrétariat, avec table, armoires vitrées et meuble pour le cadastre. Sur tout un pan du mur, il y a aussi le central du téléphone, une masse métallique qui émet des cliquetis à chaque fois qu'un usager décroche l'appareil. Le portrait officiel du président de la République est relégué sur la cheminée, derrière un grand vase, ce qui traduit le peu de sympathie que Comone nourrit pour Pompidou. Les conseillers s'installent. Comone attire à lui le cendrier et y pose le mégot de sa Gitane maïs, éteint depuis un bon moment. Étant donné le sujet, chacun s'attend à ce qu'il ouvre la séance par quelques phrases ronflantes dont il est coutumier, mais, contrairement à son habitude, il ne s'épanche pas. On a même l'impression qu'il fait profil bas. Il passe, sans préambule, la parole à son collègue de Mélicourt.

— Guy m'a demandé à venir pour vous présenter un truc au sujet de son curé. Alors, le mieux, c'est d'écouter ce qu'il veut nous dire.

Il se tourne vers son collègue et lui dit simplement :

— Vas-y, t'as la parole.

Guy Maillard a préparé cette intervention. Il sait pouvoir compter sur deux ou trois conseillers chapitrés par Christelle Grenouillet, mais il n'est vraiment pas sûr du vote des autres. Il est d'autant plus sur le qui-vive qu'il connaît l'opposition de principe de Duval et redoute un déchaînement d'arguments hostiles balancés dans des envolées aussi lyriques que communistes. En particulier, il s'attend à ce que Duval lui oppose la loi sur la séparation des Églises et de l'État qui ne permet pas aux communes de financer le culte avec les deniers publics. Seule l'église est un bâtiment dont la commune-propriétaire a la charge. Le presbytère, non. Si Duval joue la carte de la loi républicaine, c'est foutu. C'est précisément pour éviter une présentation résolument hostile et tendancieuse qu'il a souhaité venir exposer son problème. Il est mal à l'aise et c'est d'une voix peu assurée qu'il commence :

— Merci à toi, Aimé, de m'autoriser à expliquer la situation.

Il regarde les conseillers et se lance :

— Il y a de moins en moins de curés dans la région et celui de Mélicourt va maintenant desservir sept paroisses, dont Colville. Vous savez que l'abbé Devilles habite le presbytère de Mélicourt et vous savez tous pourquoi il tient tant à y rester. Très peu de travaux ont été faits dans cette maison depuis sa construction dans les années 1870. Le curé a le confort qu'on avait il y a cent ans. Je ne vous fais pas un dessin, vous êtes au courant.

Christelle Grenouillet les a contactés les uns après les autres et tous savent dans quelles conditions médiocres vivent ce malheureux curé et son vieux père.

— L'abbé Devilles ne demande rien mais l'évêque, lui, juge que le presbytère est insalubre et inhabitable. Si rien n'est entrepris, l'évêque envisage le départ du curé.

La sentence provoque un frémissement parmi les conseillers mais personne ne prend la parole.

— Au final, résume Maillard, le problème est simple : ou bien on ne fait rien dans le presbytère et le curé s'en va. Ou bien on veut qu'il reste et il faut faire quelques améliorations pour rendre le presbytère habitable.

Silence. Guy Maillard a l'habileté de ne pas rappeler que, des sept communes desservies, seul Mélicourt a la charge d'un presbytère. Les petites communes de Brétigny et Viéville n'en ont jamais eu. Fresnay et Chambray le louent depuis longtemps et en tirent un revenu. Quant à Heudicourt et Colville, il y a belle lurette qu'ils ont vendu le leur pour financer d'autres travaux. Certains conseillers baissent le nez. D'autres, les deux mains croisées posées sur le tapis vert, se contiennent, partagés qu'ils sont entre une envie d'exprimer une position de principe et un souci de justice qui les empêche de répondre que c'est Mélicourt qui est propriétaire et que « c'est pas à nous de payer des travaux dans la maison du voisin ». Maillard sent que cette idée traverse les esprits. Il jette un regard en direction de Duval qui, à sa grande surprise, émiette son mégot de Gitane sans manifester la moindre velléité de balancer ses tirades républicaines. Cette attitude curieuse ne lui dit rien qui vaille et il reste sur ses gardes, redoutant un coup de pied en vache vicelard à un moment où il ne s'y attend pas. Il s'emploie donc à déminer le terrain afin de lui couper un peu d'herbe sous le pied :

— Je sais bien que c'est nous qui sommes propriétaires du presbytère, reconnaît-il. C'est pourquoi, après en avoir discuté entre nous, Mélicourt est prêt à garder à sa charge des travaux tels que la réparation d'une cheminée, l'emmarchement extérieur ou le remplacement des gouttières. En revanche, pour les sanitaires, les WC, le chauffage central, les peintures et les menuiseries, enfin tout ce qui relève de l'habitabilité de la maison et qui conditionne le maintien ou le départ du curé, on souhaite que vous nous aidiez. Vous savez les problèmes de budget qu'on a à Mélicourt. Très franchement, après notre histoire de château d'eau, on ne peut pas faire face. Admettez aussi que si on était les seuls à payer pour un service qui bénéficie à tout le monde, ce ne serait pas très juste.

Christelle Grenouillet et quelques ardents défenseurs du curé avaient eu l'intention d'assister au conseil. M. Maillard les en avait dissuadés, argumentant que leur présence serait ressentie comme une volonté de faire pression et mettrait de l'huile sur le feu. L'ambiance calme qui règne dans la mairie de Colville en ce moment lui donne raison. Son exposé ne provoque aucune réaction hostile et même Comone garde le silence. Non seulement il n'y a pas de diatribe républicaine dithyrambique contre l'endoctrinement des populations par les calotins, mais Maillard observe que la présence même du curé n'est pas mise sur le tapis. Le frère d'Hélène Moreau prend la parole :

— Tout ce que vous venez de dire, c'est bien gentil, mais on le sait déjà et on n'a pas grand-chose à ajouter. Maintenant, il faut passer aux chiffres. Concrètement, vous nous demandez combien ?

— J'suis d'accord, enchaîne son voisin. Vous avez des devis ?

— Et puis, pour les payer, va pas y avoir d'autre moyen que de faire un emprunt. Vous vous êtes renseigné ?

Guy Maillard ne s'attendait pas à ce que le débat prenne cette tournure. Aucune passe d'armes sur le bien-fondé de garder un curé ou pas. Rien sur la loi de 1905. Il jette à nouveau un regard vers Comone et reste surpris par son absence de réaction. *« Que mijote ce vieux renard ? »*

Maillard pousse les devis plus en avant sur la table, pour signifier qu'ils sont à la disposition de tous, et pose l'étude réalisée par Jacques devant lui.

— Pour les travaux qui entreraient dans le fonds de concours, il y en a pour environ trente-deux mille cinq cents francs. Compte tenu de la subvention de huit mille francs qu'on peut obtenir et de ce que je peux gratter sur mon budget communal, il faudrait contracter un emprunt de vingt-cinq mille francs que le Crédit Agricole peut nous accorder à quatre pour cent sur une période comprise entre six et quinze ans. Notre intérêt serait de l'amortir sur quinze ans mais une règle imposée par la préfecture nous en empêche : la participation des communes au fonds de concours est liée à la présence effective du prêtre. Or l'évêque ne peut pas s'engager à le maintenir au-delà de huit ans. On l'aura peut-être pendant encore dix, quinze ou vingt ans, mais l'évêque ne peut pas s'engager sur une période aussi lointaine.

— Alors, pour un prêt sur huit ans, ça fait une annuité de combien ? demande l'adjoint.

— Trois mille six cent cinquante-six francs.

Et, suivant en cela le conseil de M. Gaubert, M. Maillard s'empresse de préciser :

— Ce qui fait deux virgule zéro neuf francs par an et par habitant si toutes les communes participent.

— Deux virgule zéro neuf francs ! s'exclame un conseiller. C'est même pas le prix d'un paquet de Gitanes !

— Au total, pour Colville, ça s'élèverait à combien ?

— Vous pensez bien que j'ai fait un petit calcul, répond Guy Maillard. Avec quatre cent sept habitants, la participation de Colville serait à huit cent cinquante et un francs par an.

La somme n'apparaît pas élevée. Du coup, chacun y va de son petit commentaire et un brouhaha envahit la salle. Seul, occupé à poursuivre l'émiettement des derniers brins de tabac de son mégot, Comone persiste à garder le silence.

— Huit cent cinquante francs par an, c'est ce que gagne la balayeuse des classes, et pourtant elle travaille à mi-temps.

Du coup, l'ambiance apparaît très favorable. C'est à peine si on entend quelques conseillers proches de Comone bredouiller que ce n'est pas une dépense obligatoire ou que ce calcul n'est valable que si toutes les communes sont d'accord, ce qui n'est pas acquis pour l'instant. Jusqu'à ce moment, Daniel Bernardon n'a rien dit. Il juge superflu de répéter ce que les autres expriment si bien. Depuis le début, il se contente de surveiller Duval, s'apprêtant à le modérer à la première incartade. Comme son maire ne dit rien, il se tourne vers lui et l'interpelle sur le ton de celui qui a besoin d'un conseil :

— Et toi, Aimé, on ne t'a pas entendu. Ton avis est important pour nous. Qu'est-ce que tu penses de tout ça ?

Dans un premier temps, Duval ne bouge pas puis, quand le silence est revenu et qu'il sent que tous les regards sont tournés vers lui, il se fait grand seigneur et déclare d'une voix basse, sourde et calme :

— Personnellement, je n'ai jamais eu besoin du curé et même pour mon enterrement, je m'en passerai. Alors, si l'évêque enlevait le curé, il me manquerait pas. Mais je suis républicain et laïc. Et être un vrai laïc, c'est respecter les opinions. Il y a des gens qui vont à la messe tous les dimanches. C'est leur affaire. Tant qu'ils m'obligent pas à y aller, ça me gêne pas. Je sais aussi que beaucoup de ceux qui n'y vont jamais ont recours au curé pour les mariages et les enterrements. C'est la tradition dans nos campagnes. On ne croit pas au bon Dieu mais on ne sait jamais. Alors, pour son enterrement, on prend pas de risque. Si des fois l'enfer ça existait, vaut mieux assurer ses arrières. C'est idiot mais c'est comme ça. Je comprends que, pour certains, plus de curé, ça les turlupinerait. Alors, puisque c'est avec l'argent de leurs impôts...

Quel contraste avec les envolées auxquelles Maillard s'attendait ! C'est très surprenant. Il est évident que Duval a tiré la leçon du dernier vote et il ne veut pas prendre le risque d'un second désaveu. Il conclut :

— C'est pour ça que je voterai blanc. Tout le monde sait que j'suis pas pour le curé à titre personnel mais, en tant que maire, et par respect pour les gens, j'peux pas être contre. Oui, je reste neutre. Je vais m'abstenir.

Il se redresse, se cale le dos contre le dossier de sa chaise et, redevenant le maire qui préside la séance, il annonce :

— Je propose qu'on vote à mains levées. Qui demande un vote à bulletins secrets ?

Personne ne le réclame.

— Alors, c'est pas la peine de discuter jusqu'à midi. D'abord, ceux qui sont contre.

Surprise de Maillard : aucun bras ne se lève.

— Ceux qui s'abstiennent ?

Le premier, Comone s'empresse de lever le bras, entraînant à sa suite la petite cohorte de ses inconditionnels. Au total, quatre mains se lèvent.

— Pour vérifier, levez la main ceux qui sont pour.

Sans surprise, sept conseillers sont favorables. Duval conclut, au grand soulagement de Guy Maillard :

— Sept voix pour, quatre abstentions et zéro contre. La commune de Colville mettra donc des sous dans la rénovation du presbytère de Mélicourt, étant bien entendu que c'est sous réserve que toutes les communes participent et que c'est tant que le curé est là.

La pression tombe d'un coup. L'atmosphère se détend et des rires se font entendre. Bien qu'il ait baissé pavillon, Duval garde l'air malicieux de celui qui a réussi son coup. Il a l'impression d'avoir redoré son blason et retrouvé son autorité de maire. Maintenant que le vote est acquis, il change d'attitude, se lève et son naturel reprend le dessus. Il réitère son mouvement de coincheur de manille, frappe la table et lance d'une voix bien plus affirmée :

— On vient de régler un problème. C'est bien. Mais à la prochaine réunion, je vous annonce qu'il y en aura un autre beaucoup plus important sur le tapis du conseil : l'école. Vous venez de mettre des sous pour maintenir un curé qui, de mon point de vue, ne sert pas à grand-chose. Demain, Colville mais aussi les autres conseils ne pourront pas faire moins pour les enfants. On a voté le regroupement. Maintenant, va falloir le mettre en place et pour ça, va falloir des sous.

Guy Maillard s'attendait à recevoir une pique au cours du débat sur le presbytère. Maintenant que ce sujet est clos, il n'est plus sur ses gardes et la flèche que lui décoche Duval l'atteint sans qu'il l'ait vue venir.

— Moi, je dis que les enfants des campagnes doivent être scolarisés dans les meilleures conditions possible dès la prochaine rentrée, en particulier les petits. J'veux une belle maternelle. Ça va coûter de l'argent et j'espère que Mélicourt aura à cœur de faire pour l'école publique l'effort que nous faisons aujourd'hui pour son curé.

Maillard encaisse. Daniel Bernardon dodeline imperceptiblement de la tête et sourit : « *Sacré vieux renard ! Bien joué. Il a compris que c'est à cause de la maternelle qu'il a été mis en minorité. Alors, il va maintenant se faire le chantre de la maternelle et en revendiquer la paternité. On n'a pas fini de l'entendre dire que c'est grâce à lui.* »

Il est tentant d'intervenir mais Daniel pense qu'il serait particulièrement maladroit de sous-entendre qu'il s'agit d'un bel exercice de retournement de veste et de braquer le maire en essayant de le mettre en difficulté. À quoi bon puisque les gens savent ? Et puis, l'essentiel, n'est-ce pas que la maternelle et le regroupement se fassent ? « *Comone se piège tout seul. Avec de telles paroles, comment pourra-t-il ne pas accepter les dépenses et les arrangements qu'il va falloir consentir ?* »

— Très prochainement, poursuit Duval, les maires et les adjoints des quatre communes vont se réunir avec les secrétaires pour préparer les statuts du futur syndicat. Quand ça passera devant les conseils, j'espère que personne mettra des bâtons dans les roues. La maternelle, faut qu'elle soit en place dès le mois de septembre. Et pour ça, y a du boulot.

Et il conclut dans un accès de fanfaronnade :

— Moi, le boulot, ça me fait pas peur. Je m'en occupe.

XXVI

Des statuts sur mesure

Le lundi matin, les PTT installent le téléphone dans la mairie. Dès que c'est terminé, le chef de l'équipe appelle la ferme pour en rendre compte au maire. M. Leclerc s'empresse de l'essayer. Il est ainsi le premier à appeler la mairie.

— Voilà une bonne chose de faite, dit-il à Jacques. Le téléphone va nous faciliter la vie.

— Oui. En cas d'urgence, le champêtre n'aura plus besoin de courir à la ferme. Je vous appellerai.

— Et puis la perception, la préfecture, les mairies et tous les services…

— Sans compter les écoles. À la rentrée, il servira.

— Est-ce que Robert vous a confirmé qu'il venait bien à 5 heures ? demande M. Leclerc.

— Oui. J'ai potassé les statuts de plusieurs syndicats. J'ai noté un tas de renseignements qui pourront nous servir de base. Il faudra adapter. On verra ça ensemble.

En fin d'après-midi, Frédéric part avec son copain Didier et sa mère dès la sortie de classe. Marianne emmène Claire chez Isabelle. Peu après leur départ, Chantoiseau arrive à la mairie en même temps que M. Leclerc.

— Quand même, ironise Chantoiseau, si Comone n'était pas là, qui c'est qui aurait eu l'idée d'une maternelle ?

— Bof, s'amuse M. Leclerc, hier le presbytère, demain le regroupement. L'essentiel, c'est le fond. Le reste, c'est du folklore.

Jacques s'abstient de tout commentaire. Bien sûr, il y a ces esbroufes de hâbleur, mais au-delà, le naturel indulgent de Jacques le pousse à croire que Duval est sincèrement attaché à l'école. Les trois hommes passent à des choses plus sérieuses. M. Leclerc fixe l'objectif :

— Il faut que les quatre conseils municipaux se réunissent le plus vite possible. Pour que le préfet signe l'arrêté de création du syndicat scolaire, les statuts et les délibérations des conseils doivent être sur son bureau au plus tard le 15 mai.

— Sur le bureau de l'inspecteur d'académie aussi, ajoute Jacques.

— Le meilleur moyen de ne pas perdre de temps et d'éviter les tergiversations, c'est de proposer des statuts clés en mains. Les conseillers font confiance quand les choses ont été pensées auparavant.

— L'expérience montre qu'ils ne bavardent souvent que sur les petits détails, commente Chantoiseau. Faut donc être précis sur l'important et ne leur laisser qu'un point ou deux à discutailler pour qu'ils aient un peu de grain à moudre.

Jacques montre les statuts des trois syndicats qu'il a examinés. Chantoiseau remarque les nombreuses annotations.

— On voit que vous y avez déjà passé du temps. Dites-nous ce qu'il faudrait mettre dans les nôtres, comme ça on va avancer vite.

Aussi bien le maire que l'adjoint accordent une grande confiance à leur secrétaire de mairie. C'est toujours ainsi qu'ils procèdent quand il faut préparer un dossier : Jacques l'étudie en premier puis ils en parlent tous les trois.

— Une contrainte de taille, précise Jacques avant de commencer : les statuts doivent être adoptés dans la même forme par tous les conseils. S'il y a modification du texte, le nouveau texte doit repasser devant chaque conseil.

— Il faut donc proposer une mouture qui a toutes les chances de passer du premier coup, en déduit M. Leclerc.

— Il y a des articles obligatoires et d'autres très spécifiques à notre regroupement, expose Jacques. Le mieux, c'est de les prendre en rang.

— Allons-y, décide le maire.

C'est à ce moment que le rôle de conseiller exercé par le secrétaire de mairie-instituteur prend tout son sens. Comme il le fait à chaque fois, Jacques ne décide rien et présente les différentes options en précisant les avantages et les inconvénients avec la plus grande loyauté possible.

— Article 1 : Nom du syndicat.

Le maire et l'adjoint lisent ce qui se trouve dans les statuts qui servent d'exemples : « En application des articles 141 à 151 du code de l'administration communale, il est formé entre les communes de [...] un syndicat qui prend la dénomination de Syndicat intercommunal de regroupement pédagogique et de ramassage scolaire de… »

— La formule est bonne. Il suffit de changer les noms des communes.

Chantoiseau acquiesce.

— Les communes, on les met dans l'ordre alphabétique ou selon leur importance ? demande Jacques.

— Mettez Colville en premier. Ça ne coûte rien et ça fera plaisir à Duval. En plus, c'est logique puisque c'est la plus grosse commune.

Jacques note : « Syndicat intercommunal de regroupement pédagogique et de ramassage scolaire de Colville, Mélicourt, Chambray et Viéville. »

— Article 2 : Objet du syndicat.

Le point est important. Jacques a déjà rédigé une mouture adaptée : « Le syndicat a pour objet de prendre en charge, au fur et à mesure que les communes les lui confieront, les différents services d'intérêt commun. D'ores et déjà, les communes de Colville, Mélicourt, Chambray et Viéville décident de confier au syndicat l'organisation et la gestion d'un service de ramassage des élèves et d'une cantine scolaire. »

— Parfait. C'est clair et la porte reste ouverte si on veut ajouter d'autres services plus tard. L'étude du soir ou une garderie, par exemple.

L'article 3 concerne le siège du syndicat. Là encore, M. Leclerc propose que ce soit la mairie de Colville. Dans l'article suivant, ils prévoient la création du syndicat pour une durée illimitée.

— L'article 5 concerne la gouvernance, annonce Jacques. Ce point mérite réflexion si on veut prévenir de futures difficultés.

— Les quatre maires doivent être membres de droit du comité syndical, dit Chantoiseau. C'est évident.

— Plus deux délégués par commune ? Qu'est-ce que vous en pensez ?

— Le même nombre à Viéville que pour Colville qui est deux fois plus gros ?

— Oui, tranche M. Leclerc. Si ça fait des vagues, je défendrai l'idée que chacun doit avoir le même pouvoir. Et des délégués élus par leur conseil respectif, pas désignés par les maires...

— C'est la règle. Cela ferait un comité de douze membres. C'est l'équivalent d'un conseil municipal.

— Je crois que c'est raisonnable.

— Le comité devra élire un bureau composé d'un président, d'un vice-président et de membres. Combien ? Pour combien de temps ?

Les articles succèdent aux articles. On prévoit les prérogatives et les compétences du syndicat, la périodicité de ses réunions et le mode de convocation, les dépenses et les recettes qui seront autorisées dans le budget.

— Point très délicat, annonce Jacques : le calcul de la participation financière de chaque commune. Est-ce qu'il est souhaitable qu'elle soit calculée au prorata du nombre d'habitants, comme cela a été décidé pour le fonds de concours du presbytère ? Est-ce qu'il faut tenir compte du nombre d'élèves ? Est-ce que le potentiel fiscal, c'est-à-dire la richesse de la commune, doit entrer en ligne de compte ?

Les trois hommes discutent longuement. Le nombre d'habitants favorise Mélicourt qui a une population réduite et un nombre d'enfants élevé. Colville est la commune la plus riche et la prise en compte du potentiel fiscal ferait grimper le montant de sa contribution. M. Leclerc essaie d'être à la fois stratège et juste.

— Je crois qu'il ne faut pas faire les calculs sur un seul prorata. Le nombre d'habitants et le nombre d'enfants sont les deux paramètres qui me semblent les plus pertinents et les plus faciles à expliquer.

— Cinquante/cinquante ? suggère Jacques.

— Oui… La moitié au prorata des habitants, la moitié au nombre d'enfants.

Les deux derniers articles concernent davantage l'avenir. Ils prévoient l'adhésion de Harvilliers et Hollainville ainsi que la révision automatique des statuts au bout d'un an de fonctionnement, pour tenir compte de l'expérience et les adapter à une éventuelle situation nouvelle.

— Voilà, dit M. Leclerc. Le seul point qui pourrait prêter à discussion, c'est le calcul de la participation. Mais, à part nous, je ne suis pas certain qu'il viendra à l'idée de quelqu'un d'évoquer le potentiel fiscal.

— Si M. Gaubert n'en avait pas parlé, souligne Chantoiseau, moi, ça ne me serait pas venu à l'esprit.

— Je rédige le projet, je mets tout au propre, je tape en trois exemplaires et je vous en fais porter un exemplaire par le champêtre pour vérification et correction.

— Les statuts sont à voter par les conseils ou par le comité du syndicat ?

— Par les conseils, répond Jacques sans la moindre hésitation.

— Dans ce cas, il faut les réunir au plus vite, en déduit M. Leclerc.

— Trois points à l'ordre du jour, résume Jacques : confirmation de la création du syndicat, approbation des statuts et désignation des délégués. Dès que ce sera fait, on pourra réunir le comité du syndicat et travailler sur l'organisation.

M. Leclerc se penche sur le grand calendrier offert par le garage Renault de Saint-Lubin et qui sert de sous-main posé sur la table.

— La semaine prochaine ?

— C'est court.

— Si on veut l'arrêté préfectoral rapidement, il ne faut pas traîner.

En une heure, tout a été mis au point. Ensuite, entre le départ du maire et de l'adjoint et le moment d'aller chercher ses enfants, Jacques a le temps de mettre au propre les statuts qui viennent d'être élaborés. « *Je les taperai après dîner. Dès demain matin, je les donnerai au champêtre pour qu'il les porte. Demain soir, la version définitive sera prête.* »

À 7 heures, Jacques va chez Isabelle. Sa petite Claire lui montre une broderie très fine qui représente un œil d'un bleu intense destiné à l'oiseau-lyre de son tableau en fils.

— Avec un œil aussi vif, dit Isabelle, on aura l'impression que ton oiseau est vivant.

— C'est au point d'arête, précise Claire. Isabelle vient de me l'apprendre.

— Oh, il ne lui a pas fallu longtemps pour comprendre. Je lui ai montré deux fois et elle a continué.

Chez les Moreau, Jean-Paul est en train de jouer avec les trois petits. C'est assez inhabituel. D'ordinaire, il est toujours en train de travailler.

— Hélène est partie à Chartres, explique-t-il, alors je suis resté avec les enfants. Elle a un poste en vue. Exactement dans ses cordes, et bien payé avec ça. Le hic, c'est que c'est à prendre tout de suite. Les vingt-cinq kilomètres matin et soir, avec une mobylette, ça pourrait encore s'arranger, mais c'est les enfants. Avant la rentrée, on n'a pas de solution. Elle est partie voir s'il n'y a pas moyen de trouver un arrangement.

Il y a quelques jours, Jacques a reçu de l'inspection académique les notifications d'admissions, sans examen, de Frédéric et de Didier en classe de sixième au lycée Marceau. Depuis, Jean-Paul ne manque pas une occasion de répéter qu'un fils de maçon vaut bien un fils d'avocat, ce qui en dit long sur la fierté qu'il ressent. Dans l'attente de la réponse au dossier de bourse constitué par Jacques, cette réussite scolaire est toutefois contrebalancée par la perspective de devoir payer la pension pour l'internat. En voyant son fils descendre avec Frédéric, un large sourire éclaire le visage de Jean-Paul. Il fonce dans la salle à manger et revient, une lettre à la main.

— C'est pour la bourse. On y a droit. Vu notre situation familiale, on a même le maximum. Il ne restera pratiquement rien à notre charge. Merci. Encore une fois, merci de vous en être occupé.

Les deux garçons sont heureux. Frédéric a compris depuis longtemps qu'il est promis à des études longues. Il en a le goût et il connaît l'attente de ses parents. Même s'il n'y croyait pas trop, il espérait que son meilleur copain pourrait l'accompagner. C'est maintenant chose faite, et la perspective de partager les mêmes classes, les mêmes professeurs, le même dortoir décuple leur motivation.

— Mais ce n'est que le début ! dit Jean-Paul en ébouriffant les cheveux de son fils. Être admis, ce n'est pas l'arrivée, c'est le départ. Il va falloir en mettre un coup.

— On peut leur faire confiance, dit Jacques. Des futurs profs de math…

— Et si moi je veux devenir docteur ? le provoque Frédéric.

— Prof de math, ou docteur si tu le préfères… approuve Jacques. Et toi, Didier ?

— Moi ? Ben, comme Frédéric. Docteur aussi.

— Docteur ! répète Jean-Paul. Docteur… mais faut aller à l'école jusqu'à au moins vingt-cinq ou vingt-six ans !

Et dans les yeux de l'ouvrier maçon obligé de travailler au noir le dimanche matin pour boucler les fins de mois, s'allume à la fois l'inquiétude de ne pas pouvoir financer de si longues études et la flamme d'une immense fierté.

Quand Jacques et Frédéric rentrent chez eux, à la mairie-école, Marianne est arrivée. Chez le charcutier de Saint-Lubin elle a acheté des bouchées à la reine, une spécialité dont toute la famille raffole.

— Elles sont toutes fraîches. Il les a faites cet après-midi.

— Hum, se délecte Claire en voyant sa mère les aligner dans le plat.

— Et avec des bouchées à la reine, s'amuse Marianne, qu'est-ce qu'on mange ?

— Du riz ? avance Frédéric.

— Non…

Elle tourne la tête vers un plat recouvert d'un torchon. Frédéric ne résiste pas. Il tend la main et soulève le tissu.

— Des frites ! se réjouit Claire. Des frites, des frites !

— Je suis rentrée un peu plus tôt, explique Claire. J'ai eu le temps d'éplucher des pommes de terre.

Le téléphone sonne dans la mairie. Tous les quatre s'immobilisent. C'est la première fois qu'ils entendent cette sonnerie. Jacques traverse précipitamment le couloir.

— Allô ?

— C'est monsieur Leclerc. Je ne vous dérange pas à table ?

— Non. Les statuts sont prêts. Je n'ai plus qu'à les taper. Je vous les ferai passer demain pour vérification.

— Justement, il m'est venu une idée : le président du regroupement, ce sera probablement un maire.

— Il y a une grande chance…

— Dans ce cas, ce serait bien que les autres maires soient tous vice-présidents.

— C'est leur place. On prévoit donc un président et trois vice-présidents.

— Oui. J'ai pensé à cette disposition parce qu'en sortant de la mairie, une autre idée m'a traversé l'esprit. Puisqu'il faut un président, si je proposais que le premier ce soit Duval ? Ne pensez-vous pas que ça l'obligerait à faire le maximum ?

« *Malin ! Très malin !* » pense Jacques.

— Avec le titre de président, il bombera le torse, poursuit Noël Leclerc. Comment le futur président pourrait-il mettre des bâtons dans les roues ? Mon amour-propre en prendra bien un petit coup, et alors ? Par-derrière, je veillerai au grain, parce qu'avec un lascar comme Comone, on n'est jamais à l'abri d'une surprise. C'est bien pour cette raison qu'il faut que Maillard, Chabaud et moi on reste en embuscade pour le contrôler…

XXVII

Une nouvelle réjouissante

À PARTIR DU 1er MAI, le soleil inonde la plaine. En quelques jours, le vert des blés et des escourgeons s'intensifie et les jeunes épis émergent des bourgeons gonflés qui se développent dans l'embranchement des feuilles. Le matin, la rosée disperse dans l'herbe des poignées de perles que le soleil rasant métamorphose en gouttes de lumière. En milieu de journée, quand le vent caresse l'infini des champs, les orges ondulent en vagues très larges qui évoquent « la profonde houle et l'océan des blés, et la mouvante écume » des vers de Péguy.

Dans les jours et les semaines qui suivent, les choses suivent leur cours. Les maires se rencontrent et discutent. M. Leclerc se montre diplomate. Il a sans cesse présent à l'esprit que l'objectif premier est la création à tout prix du regroupement pédagogique, non un affrontement avec son collègue de Colville. Aimé Duval, d'ailleurs, la joue assez modeste, dans les réunions du moins. Sa mise en minorité par son propre conseil « a remis l'église au milieu du village », comme se plaît à le souligner M. Maillard.

À l'issue des réunions préparatoires, les quatre conseils municipaux se réunissent. Sans surprise, ils confirment leur décision de créer le regroupement pédagogique et votent les statuts. La répartition des charges du futur syndicat, pour moitié au prorata du nombre d'habitants, et pour l'autre moitié au prorata du nombre d'élèves, est adoptée. À Colville, le maire et quelques conseillers chipotent pour savoir s'il ne serait pas opportun de calculer cette seconde moitié non pas au prorata du nombre d'enfants *scolarisés*, mais au nombre d'enfants *scolarisables*, façon pour le maire de manifester sa volonté de pénaliser les communes qui envoient des enfants à l'école privée. À Mélicourt, on suggère d'élire, en plus des délégués titulaires, des délégués suppléants. À Chambray, on évoque une présidence tournante. Quant au conseil de Viéville, l'examen des statuts dérive tout de suite sur un problème propre à la commune : en attendant le car, les enfants auront besoin d'un abri. Où installer cet abri de bus ?

Conformément à ce qu'avaient décidé les maires dans les réunions préparatoires, les statuts sont votés par les quatre conseils sans aucune modification, afin de ne pas retarder le processus de création du syndicat. Changer une ligne revient à faire revenir la nouvelle mouture devant les conseils, d'où de nouvelles réunions et une perte de temps considérable. Il est convenu que les suggestions et remarques seront examinées à l'issue de la première année de fonctionnement. Jacques collecte toutes les délibérations et le dossier complet est déposé en préfecture. M. Leclerc est aux anges :

— Il n'y a plus qu'à attendre l'arrêté préfectoral pour organiser la première réunion du syndicat, élire le bureau et travailler à l'organisation de la rentrée.

De son côté, Jacques a un autre motif de satisfaction : le même jour, la notification officielle de fermeture de la classe de Chambray arrive en mairie, tandis qu'il reçoit l'accord de l'inspecteur d'académie et de la commission paritaire autorisant le transfert, en faveur de Mme Gastégui, de son ancienne priorité pour le poste de directeur d'école à Chartres.

— Cette fois, je ne vois pas ce qui pourrait me faire quitter Chambray !

Mme Gastégui reçoit la même lettre. Dès qu'elle apprend la décision de l'inspection académique, par provocation, elle s'empresse de balancer la nouvelle au visage de Duval. Le maire ne s'en vexe pas, bien au contraire. Il lui réplique par un « Bon débarras ! » qui traduit sa satisfaction.

Pour Jacques, la classe tourne bien. L'approche du certificat d'études provoque des inquiétudes chez ses grands élèves, surtout chez les faiblards en orthographe qui ne sont pas absolument certains de franchir la barre éliminatoire des cinq fautes dans la dictée. Jacques s'emploie à bien les préparer et à les rassurer à grands coups de « Tu es capable, aie confiance en toi ».

Le ventre de Mireille continue à s'arrondir. La garde-barrière et son mari font l'effort d'accompagner leur fille à la mairie pour préparer le dossier. Le mariage est fixé au samedi 17 juin. Les parents signent l'autorisation parentale puisque la future mariée est mineure.

— Si elle accouche avant, rigole la garde-barrière, ben on fera le baptême et le mariage en même temps.

Hélène Moreau est déçue : l'emploi qu'elle convoitait lui est passé sous le nez. Le patron était pressé. Il ne pouvait pas attendre la rentrée.

— De toute façon, j'avais bien senti qu'il n'avait pas envie d'embaucher une mère de cinq enfants.

Jean-Paul l'incite à chercher du travail plus près de Chambray. Faire plus de vingt kilomètres en mobylette matin et soir par tous les temps, ce n'est pas une sinécure.

Un dimanche de la mi-mai, Pierre invite sa sœur, son beau-frère et ses deux neveux au restaurant.

— Son groupement d'artisans est sur les rails, dit Marianne. Ils signeront l'acte de constitution de la société avant la fin du mois. Pierre est content. Il veut certainement fêter l'événement.

— Chouette, se réjouit Frédéric, on va se régaler !

— Je vais m'asseoir entre papa et papy, décide Claire.

Le dimanche midi, quand ils arrivent au « Bon Laboureur », Pierre les attend devant le restaurant.

— Papa n'est pas venu avec toi ? s'étonne Marianne en embrassant son frère.

— Si. Viviane aussi est là. Ils nous attendent à l'intérieur.

— Tu as bien fait de l'inviter, dit Jacques. Avec tout le mal qu'elle se donne pour toi !

« Le Bon Laboureur » est le restaurant cossu de Saint-Lubin. Outre une carte gourmande, il offre un décor rustique et feutré qui plaît beaucoup. Le dimanche, dès midi, les deux salles aux poutres apparentes et aux fenêtres à petits carreaux habillées de rideaux vichy sont occupées par des agriculteurs et des artisans des alentours. En campagne, aller au restaurant, c'est la sortie dominicale par excellence. Pierre a réservé une table dans le fond de la salle. Charles et Viviane sont assis et discutent. Quand ils aperçoivent les arrivants, ils se lèvent. Claire se jette au cou de son papy.

— C'est une bonne surprise de se retrouver, dit Marianne à son amie Viviane en l'embrassant. Pierre ne nous l'avait pas dit.

— Mon cher Jacques, dit Charles, la petite m'a déjà soufflé à l'oreille qu'elle veut s'asseoir entre nous deux. Tu n'as pas le choix, faut que tu passes de ce côté.

— Toi aussi, tu cèdes à tous ses caprices, sourit Jacques.

— Caprices, caprices… Elle est affectueuse. Ce n'est pas toi qui vas t'en plaindre !

Frédéric est pendu au cou de son oncle. La dernière fois que Pierre est venu manger, ils se sont entrepris l'un l'autre sur des calculs de volumes de terre remuée.

— Le fouissement, j'ai tout compris, rayonne Frédéric. Cette fois-ci, tu ne m'auras pas.

— Et le remblaiement ? Tu sais faire les calculs ?

— Le remblaiement ? C'est quoi ?

Charles s'assied en bout de table. Viviane, Pierre et Frédéric prennent place d'un côté. Claire, son père et Marianne s'assoient en face d'eux. Le serveur apporte les menus.

— D'abord, on va prendre l'apéritif, propose Pierre.

Le serveur prend les commandes et repart en les invitant à faire leur choix en attendant.

— Alors, ce regroupement pédagogique ? dit Charles, histoire de lancer la conversation.

— C'est en très bonne voie, répond Jacques. On n'attend plus que l'arrêté préfectoral.

— La bonne nouvelle, renchérit Marianne, c'est que Jacques ne partira pas.

— Probablement… modère Jacques. Je ne vois pas ce qui pourrait bloquer, mais on ne sait jamais. Il ne faut pas vendre la peau de l'ours avant de l'avoir tué…

— Je pourrai donc continuer à te faire tes piqûres, plaisante Marianne en regardant son père.

— Pas sûr, répond Charles. Le médecin m'a prescrit des analyses. Si les plaquettes remontent, il remplacera les piqûres par des cachets.

Charles se penche vers sa petite-fille et dit à mi-voix :

— Comme ça, elle verra plus mes fesses.

— Parce que maman voit tes fesses ? s'indigne Claire en écarquillant de grands yeux.

— Évidemment, s'amuse Frédéric. Les piqûres, maman ne les fait pas dans les oreilles.

Claire ne le croit pas.

— C'est vrai, maman, que tu vois les fesses à papy ?

— Mais non, ma chérie. Je le pique dans le bas du dos.

— Je n'en reviens pas que tu aies fini par mettre Comone de ton côté, poursuit Charles, admiratif.

L'école maternelle, c'est une bonne chose, même pour ceux, comme nous, qui n'ont pas d'enfants.

— Du coup, Jean-Paul va rester chez nous.

Le serveur apporte les apéritifs et des jus de fruits pour les enfants. Jacques commence à lever son verre pour trinquer, mais Pierre l'interrompt :

— Attends, on a quelque chose à vous annoncer.

Son visage prend une expression embarrassée. Il regarde Viviane qui ne semble pas davantage à l'aise. En un éclair, Marianne comprend et étouffe à voix basse un « C'était donc vrai ! » en se penchant vers Jacques.

— Voilà, poursuit Pierre d'un ton solennel, Viviane et moi, on a décidé de se marier.

— Bravo ! dit Jacques.

— Eh bien, commente Charles, moi qui pensais que les papiers ne pouvaient tout de même pas être compliqués à ce point, pour que vous passiez autant de temps ensemble ! C'était donc ça…

Claire n'est pas sûre d'avoir bien compris. Elle se tourne vers son père :

— Tonton et Viviane vont se marier ?

— Oui, ma chérie. On va aller à la noce.

Il y a un vrai moment de joie. Les enfants applaudissent. Charles écrase une larme. Jacques serre chaleureusement la main de son beau-frère. Marianne se lève et embrasse son amie :

— Petite cachottière ! lui reproche-t-elle affectueusement. Et moi qui pensais que tu n'avais pas de secrets pour moi !

— Tu n'avais rien deviné ?

— Je l'espérais…

Jacques a entendu. Il ajoute :

— Il y en a bien un qui avait remarqué que la voiture de Mme Voyet restait tard dans la cour de l'entreprise…

— Qui ça ? plaisante Charles.

— J'ai toujours un œil et une oreille dans le village, répond Jacques. Quoi qu'il se passe, je suis au courant dans l'heure qui suit.

On se rassoit. La nouvelle réjouit tout le monde et les visages sont éclairés de larges sourires. Le serveur prend les commandes. Frédéric, qui est d'un naturel assez gourmet, se penche vers sa mère et lui demande à voix basse s'il peut essayer « les Côtelettes d'agneau en croûte de pain d'épice, haricots cocos et petits légumes ».

— Tu as vu le prix ? lui répond-elle tout aussi discrètement.

— C'est tonton qui paie.

— Justement…

— C'est pour fêter l'annonce de son mariage…

Au bout de la table, le grand-père surprend l'échange. Il adresse un coup d'œil complice à son petit-fils pour lui signifier qu'il peut oser.

— Et ce mariage, demande Charles, la mine réjouie, c'est pour quand ?

— Papa, que tu es pressé ! Laisse-les d'abord organiser leurs fiançailles.

Viviane est originaire de Courville-sur-Eure. Ses parents habitent toujours rue de l'Épée-Royale et son frère a acheté une maison à Landelles. Ils ne sont pas au courant. Viviane explique :

— Dimanche prochain, nous irons à Courville. Je présenterai Pierre à mes parents. S'ils sont d'accord, c'est chez eux qu'on fera nos fiançailles, probablement en juillet.

— Vous serez invités, précise Pierre. À ce moment-là, on parlera de la date du mariage.

— Ce pourrait être en octobre… avance Viviane.

— À Courville aussi ? demande Charles.

— Papa… le modère Marianne.

Les deux amoureux se regardent. Manifestement, ils en ont déjà parlé entre eux.

— Pourquoi pas à Chambray ? répond Pierre. Jacques, tu sais rédiger un acte de mariage, n'est-ce pas ?

Le repas est excellent. Un bel optimisme anime tout le monde. À cause de son veuvage et de son infarctus, Charles n'entrevoyait pas l'avenir avec confiance. Depuis quelques mois, il parlait peu et avait tendance à se recroqueviller sur lui-même. L'annonce de ce mariage lui redonne de l'énergie. Il pétille, bavarde, brûle les étapes et, pêle-mêle, pose des questions sur le fonctionnement du groupement d'artisans, le mariage, le développement de l'entreprise Fauconnier, le lieu où les jeunes mariés s'installeront. L'euphorie qui s'empare de lui en fin de repas l'amène à envisager de quitter sa maison, désormais bien trop grande pour lui, afin de céder la place aux jeunes.

— Tu t'emballes, tu t'emballes, le taquine Jacques. Qui te dit qu'ils voudront habiter Chambray ?

— Ben, avec l'entreprise, où veux-tu qu'ils s'installent ? s'étonne-t-il tant la chose lui semble évidente.

Viviane ne dit rien. Sa timidité naturelle, l'importance du moment qu'elle vit, le regard de son futur beau-père qu'elle ne connaît pas encore suffisamment, tout l'empêche de dévoiler ses pensées secrètes, mais cette projection dans le futur ne la choque pas. Pour la jeune femme réfléchie et méthodique qu'elle est, les paroles de Charles correspondent à sa façon de voir la vie. Étape par étape, en prenant les choses en rang, elle s'est d'abord concentrée sur son bac, puis sur ses études de droit, puis sur son emploi, puis sur l'obtention de son diplôme de clerc de notaire. Maintenant, elle entend se concentrer sur ses fiançailles, son mariage et l'installation dans sa nouvelle vie. Que Charles évoque leur future maison lui semble normal.

— Pour la maison, reprend Pierre, on n'y a pas encore vraiment pensé. On s'installera forcément dans le coin, puisque je travaille à Chambray et que Viviane travaille à Saint-Lubin.

— Pour l'instant, souligne Charles. Pour l'instant, c'est vrai, elle travaille chez le notaire, mais après ?

Il y a un moment de silence. Chacun comprend que, en un instant, dans la tête du grand-père, les choses se sont déjà organisées : les jeunes mariés s'installent dans sa belle maison ; Viviane abandonne son métier de clerc de notaire pour prendre les rênes du groupement d'artisans ; Pierre développe son activité ; l'entreprise Fauconnier prospère et lui, Charles, vieillit sereinement avec le sentiment d'une vie bien remplie.

— Papa, tu ne crois pas que tu vas un peu vite ? lui reproche Marianne.

Charles hoche la tête pour admettre qu'elle a raison, mais son sourire en dit long sur son espoir de voir les choses se réaliser ainsi. Il regarde Viviane avec une insistance si grande qu'elle finit par dire :

— J'ai fait des études de droit. La gestion, je n'y connais rien.

— Bof, la comptabilité, ça s'apprend vite.

Claire n'a guère mangé. Il lui faut du temps pour réaliser que son oncle va se marier avec la meilleure amie de sa mère. Elle essaie de suivre la conversation et une chose l'inquiète. Elle se colle contre son grand-père et, avec un temps de retard, lui demande :

— Si tu laisses ta maison à Pierre et Viviane, toi, t'auras plus de maison ? Alors, tu iras où ?

— Tu achèterais une autre maison ? demande Jacques.

— C'est vrai, ça, renchérit Marianne. Tu déménagerais pour aller où ?

Charles reste muet. Il la regarde et répond simplement :

— Il y a pas cinq minutes, c'est pas toi qui disais qu'il fallait pas aller trop vite ?

Puis il se penche vers sa petite Claire et lui murmure à l'oreille d'une façon énigmatique :

— Ne t'inquiète pas, ma chérie, je ne dormirai pas dehors. Pour ma future maison, j'ai ma petite idée…

XXVIII

Comme une lettre à la poste

L'ARRÊTÉ PRÉFECTORAL officialisant la création du regroupement pédagogique arrive dans les derniers jours de mai. Jacques conseille à M. Leclerc de contacter ses collègues sur-le-champ afin de convoquer la première réunion du nouveau syndicat scolaire sans perdre de temps. De tous les élus, Chantoiseau est le plus âgé.

— Pas de beaucoup, se défend-il. J'ai seulement une année de plus que Comone.

— Peut-être, admet M. Leclerc, mais tant que le président n'est pas élu, c'est à toi, en ta qualité de doyen d'âge, que revient la responsabilité d'organiser les choses.

Jacques prépare les convocations. Au moment de les signer, Robert s'étonne du petit nombre de points inscrits à l'ordre du jour :

— « Élection du président », « Constitution du bureau », « Première approche de la rentrée ». C'est tout ?

— C'est au président de décider des sujets à mettre en délibération. Tant que le président n'est pas élu, les statuts ne permettent pas d'en inscrire davantage.

Comme un comédien qui répète son rôle, le doyen d'âge se fait préciser ce qu'il doit faire et ce qu'il doit dire :

— Donc, j'ouvre la séance, je lis l'arrêté préfectoral, je donne les noms de tous les délégués, je les installe et on procède à l'élection du président.

— Voilà, le rassure M. Leclerc. À partir du moment où le président est élu, tu lui demandes s'il accepte et tu le déclares installé dans sa fonction. Après, c'est à lui de prendre les choses en mains.

Chantoiseau se sait piètre lecteur. Il demande :

— Pour la lecture de l'arrêté du préfet, je peux demander à M. Gaubert de le faire à ma place ?

— Mais oui.

Pour l'instant, aucun secrétaire n'est officiellement nommé mais il ne fait aucun doute que Jacques devra assurer cette fonction. Les trois autres secrétaires de mairie ne sont pas volontaires. Jacques possède une parfaite connaissance du dossier, ce qui fait de lui un candidat tout désigné. Encore un supplément de travail.

— Dans quel état d'esprit se trouve notre ami Comone ? demande le maire.

— Il continue à pavoiser et à revendiquer la paternité de la maternelle, répond Chantoiseau. Il croit que tu vas te présenter président pour lui barrer la route et ça le fait bougonner.

— Ne le démentons pas. La surprise le rendra plus coopératif.

La première réunion du syndicat a lieu le vendredi 2 juin à 18 heures à la mairie de Colville, la plus centrale des quatre. Tous les délégués sont présents et les choses se déroulent comme prévu.

Chantoiseau joue son rôle de président éphémère à merveille. Dès le début de la séance, Duval se montre nerveux. Il ne dit rien mais on sent qu'il ronge son frein. Pendant le petit quart d'heure que durent les formalités d'installation, il reste avachi sur sa chaise, la bouche en coin, épiant les réactions des maires et des délégués des autres communes qu'il connaît beaucoup moins bien. Ce sont pourtant ces délégués qui vont voter pour élire le président, et il ignore pour qui ils vont se prononcer. Dans l'incertitude, il se prépare à ferrailler pour s'imposer.

Arrive le moment où Chantoiseau annonce que l'ordre du jour appelle l'élection du président.

— Y a-t-il des candidats ?

Sans attendre la première réponse, M. Leclerc se lève. Dans un premier temps, Comone pense qu'il va se porter candidat. Son front se plisse et on dirait que son corps se tasse sur sa chaise, comme un chat qui se ramasse juste avant de bondir. Au milieu d'un grand silence, M. Leclerc fait une courte déclaration :

— Je propose de confier cet honneur et cette responsabilité à Aimé Duval. Aimé est le maire de la commune qui possède le plus d'élèves et je ne doute ni de sa compétence, ni de sa volonté de tout faire pour que ce nouveau syndicat scolaire soit mis en place de la meilleure façon possible, afin que les enfants soient scolarisés dans les meilleures conditions à la prochaine rentrée. Aimé, acceptes-tu d'être candidat ?

La proposition a, sur Comone, l'effet d'une douche froide. On le sent décontenancé. Lui qui voulait couper l'herbe sous le pied des autres se retrouve pris de court. Il avait envisagé de nombreux cas de figure, mais pas celui-là. Il bredouille :

— Oui… Ben oui… Faut bien qu'il y en ait un qui se dévoue…

Assis derrière la table, un cahier devant lui pour prendre des notes, Jacques réprime un petit sourire : *« Il ne s'attendait pas à ça. »*

Debout, M. Leclerc constate le trouble de Comone et poursuit :

— Je propose aussi que les trois autres maires soient vice-présidents. Ainsi, toutes les communes seront associées. Aimé, es-tu d'accord ?

Duval ne réalise pas bien. Comment pourrait-il dire non ?

— Ben oui… Évidemment…

« Et voilà, pense Jacques. *Le tour est joué. Il va être président mais il est ficelé. Bravo, monsieur Leclerc ! C'est bien joué ! »*

L'élection du président se déroule à mains levées. La proposition de M. Leclerc est adoptée. Les choses se déroulent sereinement et Aimé Duval est surpris quand il entend Chantoiseau lui demander :

— Aimé, tu es élu à l'unanimité. Acceptes-tu la fonction ?

— Ben oui, répond-il sans hésitation.

— Dans ce cas, je te déclare installé dans tes nouvelles fonctions et je te cède la place. À toi de jouer, maintenant.

Le doyen d'âge se lève, soulagé d'en avoir terminé, et rejoint les autres, laissant vacante la chaise de président qui se trouve au centre. Rapidement, Duval se reprend et retrouve sa superbe. Il abandonne sa place, s'avance mais reste derrière la chaise. Tout le monde comprend qu'il va se livrer à son exercice favori : faire un petit discours républicain. Debout, droit, les deux mains posées sur le dossier de la chaise, il déclare :

— D'abord, je veux remercier tout le monde. Je vous cache pas que je suis bien content d'être le premier président du regroupement. J'ai toujours dit que notre belle école laïque doit s'adapter à son époque, et je suis fier d'avoir défendu l'idée que les enfants de nos campagnes ont droit à la maternelle. C'est un progrès qui va permettre de les éduquer et de les instruire dans les mêmes conditions que les enfants des villes. La République, c'est l'égalité. La maternelle, c'est mon cheval de bataille. Alors, oui, je suis fier d'être à l'origine de la première école maternelle de notre petit coin de Beauce.

Dans l'assemblée, quelques sourires ne lui échappent pas. Le souvenir de sa mise en minorité par son propre conseil lui revient sans doute en mémoire, parce qu'il abrège ses envolées lyriques, se tait, tire la chaise et s'assied.

Jacques, en tant que secrétaire, est placé à côté de lui et lui facilite la direction de la réunion. Il lui tend la convocation et indique avec la pointe de son stylo le troisième point à l'ordre du jour : « Première approche de la rentrée. » Comone hoche la tête et enchaîne :

— Maintenant, va falloir se mettre au boulot, parce qu'avant d'arriver à la rentrée, on a du pain sur la planche. C'est pas aujourd'hui qu'on va voir tous les détails, mais faut quand même dégager les grandes lignes. Moi, j'ai déjà pensé à un tas de trucs.

Dans un premier temps, il rappelle que, sur le principe, il avait été convenu qu'une école resterait ouverte là où il y en a une en ce moment. Il l'annonce avec une générosité que ni M. Leclerc, ni Chantoiseau, ni même Jacques n'espérait :

— Officiellement, l'inspection académique a fermé la classe de Chambray, mais maintenant, l'inspection n'a plus rien à voir dans tout ça. C'est désormais à nous de décider la répartition des classes dans les villages. J'ai appris que Mme Gastégui s'en va...

Il s'arrête, résiste à la tentation de faire un commentaire, sourit mais s'abstient.

— M. Gaubert reste donc avec nous et je m'en réjouis. Il faut donc que l'école de Chambray reste ouverte.

Il insiste sur les longs moments de réflexion qu'il a eus « parce que l'école est sa priorité », et il dévoile ses plans.

— Du coup, une classe sera vide à Colville. On récupérera aussi le logement puisque Mme Gastégui s'en va. Elle ne l'occupait pas, mais il fallait le lui réserver parce qu'elle était directrice. Alors, voilà comment je vois les choses...

Chantoiseau donne un coup de coude à son ami Noël. Il sent que tout ce qu'ils ont goupillé marche au-delà de leurs espérances, et ont subitement l'impression que Duval est devenu leur marionnette.

— Y a qu'à Colville qu'on a la place de faire un dortoir et des sanitaires pour les petits, et une cantine pour tout le monde, poursuit Duval. Moi, je dis qu'il faudrait que la maternelle soit chez nous.

Les plus grands iraient à Mélicourt et à Chambray. Qu'est-ce que vous en dites ?

Il rayonne. Les trois autres maires approuvent par des hochements de tête. Chantoiseau intervient :

— T'as une bonne idée, mon gars Aimé. Seulement, si on met la cantine et la maternelle ici, ce serait quand même plus logique que la cantinière et la femme de service soient des femmes de Colville. Est-ce que t'en as sous la main ?

Manifestement, Comone n'y a pas pensé, mais, toujours prompt à récupérer les situations, il comprend sur-le-champ le bénéfice qu'il peut tirer de cette proposition.

— Tu m'as coupé l'herbe sous le pied. J'étais prêt à en parler. Embaucher deux ou trois bonnes femmes, j'en fais mon affaire. Y a ce qu'il faut sur Colville.

M. Leclerc acquiesce et va plus loin :

— On n'a guère que trois mois pour faire les travaux. Faut rapidement demander des devis aux artisans.

— Tu peux déjà en parler à Fauconnier, répond Duval. Nous, on n'a pas de maçon.

— Pour aménager les locaux, dit un délégué de Viéville, faudra qui ? Un maçon, un plombier, un électricien, un menuisier et un peintre. Le mieux, ce serait de les réunir sur place tous en même temps pour qu'ils s'entendent.

— Oui. C'est un moyen de gagner du temps.

— Avant, faudrait savoir ce qui est nécessaire.

Pour qu'on ne s'engage pas trop dans les détails, le maire de Viéville propose une réunion du bureau dans les prochains jours. Duval approuve et précise :

— Tous ces travaux, c'est dans le cadre du regroupement pédagogique. Ce sera pas à Colville toute seule de payer mais au syndicat. C'est le même principe que pour le presbytère de Mélicourt. J'espère que tout le monde sera d'accord. Ce qui a été fait pour le curé, j'espère que personne ne rechignera à le faire pour l'école publique.

Manifestement, c'est une petite pique destinée à son collègue Maillard. Avec intelligence, le maire de Mélicourt encaisse et s'abstient de répondre.

— Autre chose ? interroge Duval.

Il est prêt à lever la séance mais Jacques lui souffle :

— Le ramassage. Faut parler du car.

— Ah merde ! s'exclame-t-il à haute voix. J'oubliais. Heureusement que vous êtes là. Le car ! Ben oui, faut aussi qu'on en parle.

Le problème du ramassage scolaire est un gros morceau. Jacques explique que le département versera une subvention forfaitaire de dix mille francs pour l'investissement. Il précise aussi que le code des marchés publics oblige à demander trois devis.

— On pourrait consulter le garage Peugeot de Saint-Lubin, Renault et Mercedes, propose Jacques.

— Renault et Mercedes... pour quoi faire ? s'insurge Duval avec bon sens. On prendra forcément un minibus Peugeot, pour la bonne et simple raison qu'il y a un garage Peugeot à côté de chez nous. Pour l'entretien ou le dépannage, c'est quand même plus simple.

— C'est la loi, dit Jacques. Il faut trois devis.

Jacques est chargé de contacter les trois garages et de demander des propositions pour la fourniture d'un minibus aménagé selon les normes imposées pour le transport d'enfants. Un délégué indique qu'il existe des bus de différentes capacités et qu'il faudrait d'abord déterminer les besoins. Régis Chabaud, le jeune maire de Viéville, évoque un autre problème à résoudre :

— Un car, c'est bien, mais il faut aussi un chauffeur.

— Un chauffeur et aussi un garage, fait remarquer Daniel Bernardon qui intervient pour la première fois.

— Pour ce qui est du garage, nous, à Colville, on n'a rien, avoue Duval.

Puis, se tournant vers M. Leclerc, il fait remarquer :

— À l'école de Chambray, vous avez deux préaux. Maintenant que les gosses sont mélangés, le préau des filles ne sert plus à rien. Il pourrait pas faire l'affaire ?

— Certainement, répond M. Leclerc. À Chambray, on peut garer le car.

— Dans ce cas, fait remarquer Régis Chabaud, si on suit la même logique que pour la cantine et la cantinière, faudrait que le chauffeur soit quelqu'un de Chambray.

— Pour conduire un car, faut le permis transport en commun, réfléchit Duval à haute voix.

Se tournant vers les deux élus de Chambray, il demande :

— Vous avez quelqu'un ?

Court silence. Chantoiseau a pensé à ce problème :

— On a bien l'aubergiste, mais comme il aide sa femme tous les midis pour les repas des ouvriers, je ne pense pas qu'il acceptera de prendre la place. Pour dépanner, je ne dis pas, mais conduire tous les jours…

— On lui posera la question, tranche M. Leclerc. On s'en charge. On trouvera bien une solution.

Un délégué évoque l'organisation des circuits de ramassage, mais Duval l'arrête et lui dit que ce n'est pas le moment d'en discuter.

— Tant que la répartition des enfants dans les différentes classes n'est pas connue, on ne peut pas en discuter. Faudra étudier la question. On en parlera le moment venu.

Avant de lever la séance, on convient d'une date de réunion pour le bureau. Pour régler un certain nombre de détails qui relèvent de la compétence du président, Jacques demande à Duval quand ils pourront se voir.

— Puisque c'est vous qui ferez les paperasses, répond-il, tous les dossiers seront à Chambray. Alors, vous cassez pas la tête, c'est moi qui viendrai dans votre mairie. Comme ça, vous perdrez pas de temps.

Sur la route qui les ramène à Chambray, M. Leclerc, Chantoiseau et Jacques s'étonnent de la facilité avec laquelle s'est déroulée cette première réunion.

— C'est fou comme le fait d'être président ou non peut changer les choses, constate M. Leclerc. S'il n'avait pas eu la place, je suis sûr qu'on aurait vécu une galère pas possible. Il aurait sans cesse mis des bâtons dans les roues.

— Il voulait être président, dit Chantoiseau. Il l'est. Maintenant qu'il est aux manettes, il va falloir qu'il se montre à la hauteur. Il va faire ce qu'il faut mais on n'est pas à l'abri de surprises.

— Avec M. Gaubert au secrétariat et les trois maires vice-présidents, il va être sous surveillance.

— Sans oublier Gilbert qui me rapportera tout ce qu'il dit au bistrot, ajoute Jacques.

— Bof, conclut M. Leclerc, si je m'étais présenté, j'aurais peut-être été élu mais aurais-je eu raison ? Je suis persuadé qu'il va bien s'occuper du regroupement pédagogique. C'est ce qui compte. Est-ce que ce n'est pas notre objectif prioritaire ?

La campagne défile. Au loin, le clocher effilé de Chambray se dresse à l'assaut des gros nuages aux formes de géants qui surplombent la plaine. Au volant, M. Leclerc jette un coup d'œil dans le rétroviseur afin de voir Chantoiseau assis à l'arrière.

— Il y a du travail à la ferme en ce moment. Je ne vais pas avoir le temps de me pencher sur cette histoire de chauffeur. Tu as une idée ?

— J'en ai parlé avec le mari de Valentine. D'après lui, personne d'autre n'a le permis transport en commun dans le village.

— Marie-Claude, la femme du menuisier, elle conduit le camion.

— Elle a son permis poids lourd. Pour conduire un car, je ne sais pas si elle a ce qu'il faut.

— Et tu crois qu'elle serait intéressée ?

— C'est possible. Le ramassage scolaire, ce sera une heure le matin, une heure le midi et une heure le soir. Entre deux, il reste du temps pour faire autre chose. J'irai la voir dès demain matin.

Et, laconique, M. Leclerc ajoute :

— Comone va se débrouiller pour trouver des femmes de service. Faut qu'on trouve une solution sinon il dira partout qu'à Chambray on n'est bons à rien.

XXIX

Une raison de vivre retrouvée

Le dimanche matin, Marcel apporte un plein panier de bigarreaux.

— J'ai toujours les premières cerises. Cette année, il y en a, il y en a !

— Comme vous êtes gentil ! le remercie Marianne. Entre les salades, les radis et les petits pois qu'on trouve presque tous les jours dans le volet, vous nous gâtez.

— Oh, c'est peu de chose. Vous, vous passez bien tous les soirs pour faire la piqûre à ma femme.

— C'est mon métier…

— Sept jours sur sept, même le dimanche, c'est un peu plus que votre métier. Comment qu'on ferait si vous n'étiez pas là ?

Marianne vide les fruits dans un grand saladier pour rendre le panier. Au passage, Claire saisit deux grappes de bigarreaux et se les accroche sur les oreilles.

— Oh, que tu es belle ! la complimente Marcel.

— Maman, si on faisait un gâteau ? propose la fillette. Papy, il adore les clafoutis.

Marianne lève les yeux vers la pendule :

— Bonne idée, à condition que tu m'aides à les dénoyauter. Tu sais bien que papy n'est jamais en retard. À midi pile il sera là.

En semaine, Marianne a peu de temps à consacrer à sa fille. Frédéric est parti chez son copain Didier. Claire adore faire de la pâtisserie avec sa mère. Avoir sa mère pour elle toute seule pendant une matinée entière est un moment privilégié pour l'enfant.

— D'accord, se réjouit Marianne. On va faire un clafoutis.

— Un gros, ajoute Claire, parce que papy, c'est un gourmand.

Tout en suivant des yeux l'enfant qui fouille dans le tiroir à la recherche du dénoyauteur, Marcel dit :

— Robert et moi, on est très copains. Il m'a tenu au courant de cette histoire de fermeture de l'école. Avec Marthe, on a eu bien peur que vous partiez. Robert m'a dit que maintenant, tout était arrangé.

— Oui. On ne déménagera pas. Confidence pour confidence, on est soulagés. Nous aussi on s'est fait du souci.

Marcel récupère son panier vide et demande :

— Il est pas là, M. Gaubert ?

— Si. Il est dans la classe.

— J'ai une commission de la part de Robert. Je peux aller le voir ?

— Bien sûr. Passez par la chaufferie. C'est plus court.

Comme chaque dimanche matin, Jacques consacre quelques heures à la mairie et, maintenant, au secrétariat du syndicat scolaire. Il est assis au bureau, près de la fenêtre grande ouverte sur la campagne. Sur la première page du registre tout neuf, il est en train de rédiger le compte rendu de la réunion du syndicat scolaire.

— Monsieur Gaubert... Excusez-moi de vous déranger... J'ai apporté des cerises à votre dame. Je suis rentré parce que j'ai une commission à vous faire.

— Vous ne me dérangez pas. Je suis même content de vous voir, parce que moi aussi j'ai quelque chose à vous demander.

— Allez-y en premier...

— C'est à propos des fiches de recensement.

Tous les six ans, l'INSEE organise un recensement de la population Pour la plupart des habitants, c'est Jacques qui remplit les fiches à la place des gens. Marcel met un point d'honneur à remplir lui-même la sienne et celle de sa femme. Mais au moment de transcrire les renseignements sur le bordereau destiné à l'INSEE, Jacques a constaté une anomalie :

— Sur votre fiche, à la date du mariage, vous avez indiqué « 12 octobre 1934 ». Pour votre femme, la date du mariage est le 3 avril 1929. Laquelle des deux dates est la bonne ?

Marcel part d'un grand éclat de rire.

— Ah, mon pauvre monsieur Gaubert, ben non, y a pas d'erreur. Les deux sont bonnes.

Et il explique avec une pointe de malice dans la voix :

— C'est de l'histoire ancienne. Marthe et moi, on s'est connus pendant la guerre. On s'est mis en ménage en 1943. On est bel et bien mariés tous les deux, mais pas ensemble. On n'est ni veufs, ni divorcés. De mon côté, ma femme d'avant vit en

Alsace, et du côté de ma femme, son homme est bien vivant. Pendant la guerre, c'était pas commode de divorcer, alors on n'a rien fait. Le temps a passé et les choses sont restées en l'état. Pour moi comme pour ma femme, si on nous demande aujourd'hui si on est mariés, on est bien obligés de répondre que oui, seulement les dates de mariage ne sont pas les mêmes parce qu'on n'est pas mariés ensemble.

Jacques ignorait cette situation. Il a l'impression d'avoir fait un impair et il s'excuse.

— Pardonnez-moi, je ne savais pas.

Mais Marcel est d'un naturel plutôt bonhomme, et le récit de sa petite aventure le met en joie :

— Oh, il n'y a pas de mal. C'est même plutôt rigolo. Quand je vais raconter ça à Marthe, ça va bien l'amuser. Entre nous, après tant d'années, on va pas faire des frais pour divorcer et se marier. À notre âge…

— Faudra quand même qu'on en reparle. S'il vous arrivait quelque chose…

— Vous croyez ?

— Oui.

Marcel appuie son derrière contre le bord d'une table d'écolier, geste qui n'échappe pas à Jacques et lui fait comprendre qu'il vaut mieux repousser le registre, parce qu'il va y en avoir pour un moment.

— Mais c'est pas pour ça que vous vouliez me voir, dit Jacques. Vous vouliez me dire quelque chose.

— Oui. Robert et sa femme sont partis hier après-midi en Sologne, dit le brave homme. C'était prévu parce que leur fils organise une réunion de famille. Ce qui n'était pas prévu, c'est qu'il vienne les chercher à 2 heures. Du coup, Robert a pas eu le temps de venir vous voir et il m'a chargé de vous dire qu'il a parlé au mari à Valentine pour le car scolaire. Bernard veut bien rendre service de temps en temps mais il veut pas prendre la place.

— Je m'en doutais. Entre vingt et vingt-cinq ouvriers mangent chez eux tous les midis. Sa femme ne peut pas faire la cuisine et le service en même temps. Elle a besoin de lui.

— Oui, c'est la raison. Le matin, ça passerait encore, mais le midi et le soir, c'est pas possible. Alors Robert en a parlé à Marie-Jeanne. Elle, elle est intéressée et elle veut bien prendre la place.

— Lors de la réunion, personne n'a pu dire si elle a le permis ou pas. Elle l'a ?

— Non. Il faut qu'elle le passe. Elle est de bonne volonté. Elle veut bien s'inscrire et commencer les leçons tout de suite de façon à être prête pour la rentrée.

Pour Jacques, c'est une bonne nouvelle. L'épineux problème du recrutement du chauffeur du car se trouve solutionné. En grande partie, du moins, parce qu'il reste à obtenir le permis…

— Seulement, elle demande qu'on lui paie les leçons…

Que la femme du menuisier mette cette condition ne paraît pas déraisonnable à Jacques. Après tout, la bonne volonté dont elle fait preuve vaut bien cette prise en charge financière. Le marché est d'autant plus acceptable qu'elle est déjà titulaire du permis voiture et du permis camion, et qu'elle est la seule dans le village à avoir une chance d'obtenir le précieux sésame dans un délai aussi court.

— Robert rentre mardi tantôt. Il vous en dira davantage. Il m'a l'air assez d'accord, mais plutôt que de lui payer les leçons tout de suite, je crois qu'il préférerait qu'on la rembourse une fois le permis obtenu. Il dit que ça la motiverait.

« Futé Chantoiseau ! » pense Jacques.

Une fois Marcel parti, Jacques termine la rédaction du compte rendu de la réunion. En ce qui concerne l'élection du président, il la relate dans la forme administrative habituelle et ne retranscrit pas l'intervention de M. Leclerc. Seule une phrase très neutre indique qu'Aimé Duval a été le seul à se porter candidat et que le vote à mains levées l'a élu à l'unanimité.

« Dommage qu'on ne conserve pas trace de la façon dont les choses se sont passées. Dans quelques années, personne ne se souviendra du contexte. »

Il tape les délibérations à envoyer à la préfecture pour approbation et rédige trois lettres pour demander des devis de fourniture d'un minibus.

À midi moins le quart, quand il rejoint Marianne et Claire dans la cuisine, un exquis parfum de cerises tièdes s'exhale du clafoutis tout juste sorti du four, que Marianne a posé au milieu de la table pour qu'il refroidisse lentement. Jacques aspire les senteurs à pleines narines en fermant les yeux :

— Hum… Qui est-ce qui va se régaler ?

— Papy ! répond immédiatement Claire.

— Papy et nous tous. Moi aussi, j'adore le clafoutis.

— Je l'ai fait avec maman, mais c'est moi qui ai eu l'idée. Je dirai à Papy que je l'ai fait exprès pour lui.

Elle regarde son père et se corrige :

— Pour toi aussi…

— Merci, ma chérie. On lui dira, à papy, que c'est toi qui l'as fait, et on va tous se régaler grâce à toi.

Peu de temps après, Frédéric revient. Il est accompagné par Didier, Hélène et les jumeaux. À peine les bonjours et autres banalités d'usage sont-ils dits qu'Hélène aborde la question pour laquelle elle s'est tout spécialement déplacée :

— Il y a une chose qui m'embarrasse, explique-t-elle. Alors, comme je suis assez libre avec vous deux, je me suis dit que c'était mieux de vous en parler à vous plutôt qu'à Pierre ou à M. Fauconnier.

— C'est donc à propos de l'entreprise.

— Oui. Pierre a dit à Jean-Paul que le groupement d'artisans serait opérationnel le mois prochain. Des clients l'ont déjà contacté et il y a plusieurs pavillons en projet. Il va y avoir du travail. Jean-Paul va devenir chef de chantier et Pierre lui a promis une augmentation conséquente. C'est bien. Il est rudement content.

Hélène semble tourner autour du pot. Elle poursuit sans que Jacques et Hélène ne comprennent où elle veut en venir :

— D'autre part, Pierre et Mlle Voyet vont se marier en octobre.

— Ils ne nous ont pas encore annoncé la date exacte, répond Marianne, mais ce sera effectivement à l'automne…

Hélène marque un court temps d'arrêt et se lance :

— C'est délicat comme question… Quand elle sera mariée, est-ce que vous savez si elle quittera son emploi chez le notaire pour s'occuper du groupement ?

Viviane n'a fait aucune confidence à ce sujet mais elle s'est tant investie dans la création et prend une telle part dans la mise en route de ce groupement que Marianne a le sentiment que c'est la décision qu'elle prendra. Le mari sur les chantiers, l'épouse dans le bureau, c'est la règle pour les couples d'artisans. Pour Jacques, le lien entre la recherche d'emploi d'Hélène et sa question devient évident. Il va droit au but :

— En clair, si la future femme de Pierre n'est pas intéressée et s'ils embauchent quelqu'un pour gérer le groupement, vous seriez partante ?

Du rose apparaît sur les joues de Hélène. Elle a conscience de l'incongruité de sa question et ressent ce qu'il y a d'indélicat dans sa démarche. Néanmoins, parce que c'est vital pour elle et qu'elle sait la bienveillance du couple Gaubert à son égard, elle se justifie :

— Recevoir les clients, répondre au téléphone, établir les devis et les factures, faire les paies et être en relation avec les fournisseurs, c'est exactement ce que je faisais à la coopérative. C'est tout à fait dans mes compétences.

Jacques admet qu'elle a tout à fait le profil du poste. Avec elle au bureau, il ne fait pas de doute que le dynamisme du groupement serait assuré. Seulement, pour l'instant, personne ne peut préjuger de la décision que prendra Viviane. Hélène ne sait comment interpréter le silence qui suit :

— C'est une place qui lui revient. C'est normal. Seulement, s'ils embauchent une personne étrangère, pourquoi pas moi ? Je ne voudrais pas que le poste me passe sous le nez.

— Je comprends… répond Marianne. Mais on ne sait pas. Elle ne m'a rien dit. Pierre non plus.

— Jean-Paul est très libre avec Pierre, avance Jacques. Le plus simple, ce serait qu'il lui en parle directement.

— Jean-Paul est un timide. Il n'ose pas. Moi non plus. Oh, je ne vous demande surtout pas de lui en causer à ma place, mais si vous veniez à apprendre quelque chose, je me suis dit que vous accepteriez peut-être de me donner la nouvelle…

— Oui… oui, promet Marianne.

À midi pile, Charles arrive. Le raclement de la porte d'entrée sur le carrelage est pour Hélène le signal du départ. Ils se croisent dans le couloir et échangent quelques mots. Hélène se demande si le moment n'est pas opportun de lui en parler, mais, finalement, elle prétexte l'heure du repas et ne s'attarde pas.

— Pierre s'est fait beau, dit Charles en embrassant tout le monde. Il a rejoint Viviane dès 10 heures. Il ne m'a pas dit où ils allaient, mais à mon avis, ils vont se balader un peu loin.

Marianne feint de s'offusquer :

— Mais enfin, papa ! Ça ne te regarde pas !

Charles sourit.

— Rassure-toi, je ne les surveille pas. Il fait ce qu'il veut…

L'annonce de ce mariage a eu sur Charles un effet très bénéfique. On le dirait libéré d'un poids énorme. Il revit, et sa santé s'améliore à ce point que, au vu des bons résultats de ses dernières analyses, le médecin a remplacé les piqûres par un petit cachet quotidien. Aujourd'hui, Marianne a l'impression que les yeux de son père ont retrouvé l'éclat qu'ils avaient avant l'infarctus.

— Mais qu'est-ce que je sens ? demande soudain le grand-père en se penchant vers le torchon qui recouvre le clafoutis. C'est quoi, ce petit parfum qui me chatouille les narines ?

Tout sourire, Claire s'interpose et arrête la main qui se tend vers le torchon :

— Interdit ! Tu ne touches pas. C'est une surprise que j'ai fait exprès pour toi.

— Je crois bien que je devine…

— Non. Tu ne devines rien du tout. C'est une surprise pour le dessert.

Elle prend la main de son grand-père, l'entraîne dans la salle à manger et l'oblige à s'asseoir.

— Tu bouges plus, sinon tu seras privé de clafoutis.

Claire se rend compte de sa bévue. Elle met la main devant sa bouche. Charles fait semblant de n'avoir rien entendu :

— Quoi ? Je serai privé de raviolis ?

Tout le monde rit. Jacques est heureux de voir son beau-père en si belle forme.

— Tu donnes l'impression de retrouver tes vingt ans, le taquine-t-il.

— Vingt ans, peut-être pas, répond Charles, mais c'est vrai que je me sens de mieux en mieux. Les forces reviennent. Le moral est bon. Je vais même reprendre du service.

— Oh… soupire Marianne. Tu ne t'es pas mis en tête de ressortir la truelle, au moins ? Ta santé…

Charles lui coupe la parole sur un ton très ironique :

— Même le dimanche, faut que tu gardes ta casquette d'infirmière ! Qui te parle d'étaler du ciment ? Y'a pas que la maçonnerie dans la vie...

— Qu'est-ce que tu vas faire ? enchaîne Marianne, soudain intriguée.

Charles prend son temps et s'amuse au spectacle du froncement de sourcils interrogateur de sa fille. Il fait durer son petit plaisir :

— À partir de maintenant, changement de costume. Finis les bleus de maçon. Je vais travailler en cravate.

Au fur et à mesure des indices qu'il distille avec malice, les traits de Marianne et de Jacques se détendent.

— Plus de truelle ni de bétonnière. Plus de commis et de sacs de cinquante kilos. Un bureau avec téléphone, secrétaire, machine à écrire et fauteuil de ministre.

— Tu vas faire de la politique ? glisse malicieusement Frédéric.

— Mieux que ça ! Je viens d'être nommé gérant de la nouvelle société.

En quelques phrases, il explique que Pierre et ses amis artisans se sont réunis dernièrement. Autant chacun d'eux est bon professionnel et trouve son bonheur sur les chantiers, autant la gestion les rebute. Aucun ne se sent emballé à l'idée de faire le lien entre les clients et les artisans.

— Tous ! Ils sont tous comme Pierre ! Les paperasses, c'est pas leur fort.

Plus sérieusement, tous les artisans ont jugé que la très bonne réputation de Charles et le sérieux qui lui est reconnu dans toute la région représentaient un atout pour la réussite du groupement. Pour séduire les clients, la confiance est l'élément primordial, et c'est bien parce que les clients se méfient de toutes ces nouvelles boîtes qui se lancent dans la construction de pavillons qu'ils lui ont demandé d'être leur image.

— Des entreprises qui se créent en deux jours et qui font faillite six mois après en laissant des maisons à moitié faites, c'est le cauchemar des jeunes ménages qui se lancent dans la construction. L'entreprise Fauconnier a pignon sur rue depuis trois générations. L'expérience, ça inspire confiance, et la confiance, c'est notre force.

Avec un enthousiasme que Marianne ne lui a pas vu depuis des années, il expose comment il recevra les clients, les guidera, les conseillera. Manifestement, la perspective de reprendre une part dans la réussite de ce nouveau défi lui redonne une raison de vivre.

— En plus, *madame l'infirmière* (il insiste sur ces mots), c'est un boulot qui n'est ni fatigant, ni dangereux. On cause, on explique, on conseille. C'est tout. Pas d'échafaudages, pas de béton à brasser. Alors, tu n'as pas de souci à te faire pour ma santé.

Les plats passent, mais Charles est à ce point passionné que c'est à peine s'il prend le temps de manger. Quand arrive le fromage, il en est à expliquer que Pierre et ses associés ont décidé de construire le bureau du groupement dans la belle et vaste grange à colombages qui se trouve au beau milieu de la cour de l'entreprise Fauconnier.

— Pour les clients, ce sera pratique. La cour est grande. Ils pourront se garer facilement. Pour les fournisseurs, ce sera pratique aussi.

Le moment du dessert tant attendu par Claire arrive. Elle va chercher le clafoutis et en coupe une belle part pour son grand-père qu'elle sert en premier.

— Hum… un régal !

C'est le seul moment du repas pendant lequel Charles met son enthousiasme professionnel en sourdine.

— Hum… qu'il est bon, ton gâteau ! Merci, ma petite Claire. Je n'ai jamais mangé un clafoutis aussi bon. C'est simple, tu es la meilleure… la meilleure…

Charles cherche un mot spécial pour désigner une pâtissière qui confectionne des clafoutis, mais il ne trouve pas. Frédéric devine le souci de son grand-père et, dans un éclat de rire, il lui souffle :

— … la meilleure clafoutisseuse !

— C'est ça, acquiesce Charles. Claire, tu es la meilleure clafoutisseuse du monde.

Claire ne se rend pas bien compte qu'il y a de l'ironie dans ce mot et, venant de son grand-père, elle le prend comme le plus beau des compliments.

Un peu plus tard, alors que les enfants ont quitté la table et que les adultes prennent le café tous les trois, Charles leur confie qu'il a l'intention de laisser sa grande maison aux jeunes mariés.

— La grange fait trois cents mètres carrés. Je me suis arrangé avec Pierre. En même temps que le bureau, il va aménager un beau petit logement indépendant. Trois pièces de plain-pied avec une belle salle d'eau pratique et un bon chauffage électrique. De quoi être *bénaise* pour mes vieux jours.

— Tu n'as pas peur de regretter ta maison ?

— Non. Maintenant que je suis tout seul, elle est bien trop grande pour moi.

— En plus, tu seras à côté de ton travail, plaisante Jacques. Tu n'auras qu'une porte à ouvrir pour aller au boulot.

— Très juste. Pas de risque de m'enrhumer l'hiver.

Une chose cependant semble chagriner Charles, et il s'en ouvre en leur demandant de n'en parler à personne :

— Moi, je serai là pour recevoir les clients, mais les devis, les factures et toutes les paperasses, il faudra que quelqu'un s'en charge. Une fois mariée, j'imagine que c'est Viviane qui prendra tout ça en mains. C'est dans la logique.

— Et ça te pose problème ?

— Oui et non. Bien sûr, que je serai content de travailler avec ma belle-fille ! Je l'aime beaucoup et je crois qu'on s'entendrait bien. Seulement, elle a des diplômes, elle a fait des études et elle m'en impose un peu. Moi, je fais des fautes et ça m'arrive de dire des gros mots. J'suis un ouvrier, pas un notaire. J'me vois mal la commander, lui dire que c'est pas la bonne façon de faire un devis ou que c'est pas des parpaings de vingt mais des parpaings de quinze qu'il faut prévoir.

Jacques repense à la conversation qu'ils viennent d'avoir avec Hélène. Il est certain qu'avec Hélène, Charles serait plus à l'aise, plus dans son rôle de patron.

— Tu t'y feras vite, essaie de le rassurer Marianne. Viviane, je la connais bien. C'est une fille adorable.

— C'est délicat de commander quelqu'un de sa famille, surtout quand c'est sa belle-fille et qu'elle est la femme du patron. Je suis même pas sûr de pouvoir la tutoyer un jour…

— Parles-en à Pierre.

— C'est pas commode. J'ai peur qu'il se vexe.

Il repousse sa tasse vide et soupire :

— Oui, travailler en famille, c'est pas facile…

XXX

Consentez-vous à prendre pour épouse…

SAMEDI 17 JUIN. La célébration du mariage de Mireille est prévue à 15 h 30. Chantoiseau retrouve Jacques à la mairie bien avant 3 heures. La journée est très chaude et, pour la première fois de l'année, la plaine vibre en ondes de chaleur au-dessus des champs d'orge. Le thermomètre atteint les trente degrés. La fenêtre est grande ouverte et les senteurs de tilleul envahissent la place, l'école et l'intérieur de la mairie. Les deux hommes, cravate serrée autour du cou et veste de costume sur les épaules, se préparent à la célébration.

Chantoiseau n'a porté l'écharpe tricolore qu'une seule fois, et il ne se souvient plus du tout comment il convient de la placer.

— L'autre fois, c'était pour le mariage du garçon à Maurice. C'est loin.

Jacques joue le rôle de l'enfant de chœur et, à défaut d'ajuster la chasuble du curé, il aide Chantoiseau à positionner son écharpe correctement.

— De l'épaule droite au côté gauche et la couleur bleue près du cou.

— Je savais bien qu'il y avait une règle, commente Chantoiseau.

— Pour les députés, c'est le contraire. C'est le rouge qui doit être près du cou. C'est à ce détail qu'on distingue les maires et les députés dans les cérémonies.

La chaleur, les contorsions et la peur de mal faire font naître de minuscules gouttes de sueur sur le front de l'adjoint. Bien que la famille Rousselet ne fasse pas du tout partie des gens guindés, Robert Chantoiseau est tendu et a peur de ne pas être à la hauteur. Jacques s'emploie à le rassurer.

— De toute façon, c'est pas eux qui vous feront remarquer que l'écharpe n'est pas dans le bon sens.

— Non, mais quand même. Un mariage, c'est un mariage, et ça doit être fait dans les règles.

Le maire est absent. Il a donc délégué ses pouvoirs d'officier de l'état civil à son adjoint. L'expression « officier de l'état civil » plaît à Chantoiseau qui est fier d'être, pour une heure, le monsieur bleu-blanc-rouge représentant la République.

Jacques a rédigé, à la plume, les actes de mariage sur les deux registres posés sur le tapis vert. À l'intention de Chantoiseau, il a aussi préparé le formulaire qui contient tout ce que l'officier d'état civil doit dire et lire pour célébrer le mariage. Se sachant piètre lecteur, Chantoiseau préférerait que ce soit Jacques qui lise les articles du Code civil, mais, contrairement à ce qui s'est passé au cours de la première réunion du syndicat scolaire, le secrétaire n'a pas la possibilité de se substituer au maire.

— Faut que je répète, dit Chantoiseau. J'ai bien fait de venir en avance.

Consentez-vous à prendre pour épouse…

Il se passe la main sur le front et saisit le formulaire qu'il parcourt des yeux :

— Ah, pis y en a long ! J'me rappelais pas qu'il y en avait autant à lire.

Jacques explique, avec la même patience que celle qu'il a face à ses élèves, comment les choses vont se dérouler.

— Vous laissez tout le monde rentrer. Quand ils sont tous là, vous attendez le silence. S'ils ne se taisent pas, j'interviendrai. Ensuite, vous demandez aux mariés de se lever.

— La Mireille, elle est bien grosse, elle préférera peut-être rester assise.

— Elle est enceinte, elle n'est pas malade, dit Jacques. Avant-hier, je l'ai encore vue traverser le pays en vélo. Si ça lui est pénible de se tenir debout, elle restera assise. Ce n'est pas grave.

Chantoiseau met le doigt sur la première ligne de son texte :

— Bon. Alors, je commence là. Faut que je dise : « Veuillez vous lever. »

— Oui… enfin, s'ils sont assis. S'ils sont debout, vous sautez la ligne.

— Ensuite, je dis : « Nous allons procéder au mariage de monsieur Christian Courqueux… »

Chantoiseau marque une pause, s'étonne, baisse le formulaire et commente :

— Parce qu'en plus, il s'appelle Courqueux ! Y en a qui ont vraiment pas de chance dans la vie ! Déjà qu'avec Chantoiseau j'arrête pas de me faire chambrer, alors lui avec Courqueux, qu'est-ce qu'il doit prendre !

— On ne choisit pas son nom…

— J'espère que le bébé qui va naître ce sera une fille. Pour peu qu'elle se marie à l'âge de sa mère, elle n'aura pas trop d'années à supporter qu'on se foute d'elle.

À l'école, les enfants ne sont pas toujours tendres entre eux et Jacques sait combien un nom peut être difficile à porter. Tout comme l'adjoint, il est beaucoup plus navré qu'amusé.

— Je reprends, dit Chantoiseau : « Nous allons procéder au mariage de monsieur Christian Courqueux avec mademoiselle Mireille Rousselet. Veuillez nous déclarer s'il a été fait un contrat de mariage. »

Là encore, il s'arrête et commente, avec le secret espoir de pouvoir raccourcir le texte :

— Le contrat de mariage, c'est pour ceux qui ont des biens. Mireille, c'est pas une fille de cultivateur. Elle a rien. Sûr qu'elle sait même pas ce que c'est qu'un contrat de mariage. Faut le dire quand même ?

— C'est obligatoire, répond Jacques. Il faut poser la question. En plus, Mireille est mineure. Les deux parents ont donné leur consentement par écrit mais il faudra cependant lire la phrase suivante : « Nous avons entre les mains le consentement de monsieur Henri Rousselet, père de la future mariée. »

L'adjoint balance la tête, regarde le reste de la page et son visage s'assombrit. La douzaine de lignes des articles du Code civil, dont la lecture est obligatoire, représente une épreuve pour lui.

— Ah nom de Dieu ! Faut lire toutes les lois… Je me rappelais pas… « Article 212 : Les époux se doivent mutuellement respect, fidélité, secours et production. »

Jacques l'interrompt vivement :

— Non non, pas « production » mais « protection ».

— Ah ben oui. J'me demandais aussi ce que la production venait faire là-dedans. Donc : « fidélité, secours et protection. Article 213 : Les époux assurent ensemble la… »

Pour masquer ses difficultés à lire, Chantoiseau bredouille des « na-na-na-na-na » à voix basse, se contentant de ne prononcer que les derniers mots des articles pour donner l'impression de bien maîtriser la situation.

— « Na-na-na-na-na… leur avenir. Article 214 : Si les conventions… na-na-na-na-na… facultés respectives. Article 215 : Les époux s'obligent… na-na-na-na-na… communauté de vie. »

— Voilà. C'est parfait, le rassure Jacques. Après, vous attendez une minute et vous posez les traditionnelles questions.

— Ça, c'est plus simple.

— Allez-y. Je vais dire les réponses à la place des mariés.

— D'accord. « Monsieur Christian Courqueux, consentez-vous à prendre pour épouse mademoiselle Mireille Rousselet ? »

— « Oui. »

— « Ici présente. »

Il s'arrête, relit les mots précédents et se rend compte qu'il a mal lu.

— Ah merde ! J'aurais dû accrocher « ici présente » à la question.

— C'est pas grave. On continue.

— « Mademoiselle Mireille Rousselet, consentez-vous à prendre pour époux monsieur Christian Courqueux ? »

— « Oui. »

— « Ici présent. » Ah merde, j'aurais encore dû le dire avant ! Tout à l'heure, je ferai attention.

L'heure avance. À force de répétitions et de répétitions, 15 h 30 arrivent. Jacques se penche vers la fenêtre. La place est vide.

— Chez les Rousselet, personne n'a de voiture, dit Chantoiseau. Ils vont certainement venir à pied.

— Un mariage qui commence pile à l'heure, c'est rare, répond Jacques. Les mariés ont souvent un peu de retard, même quand ils viennent en voiture.

— Et puis à la maisonnette, l'heure, c'est pas leur fort.

L'adjoint et le secrétaire s'assoient. En attendant, Jacques raconte ce qui a été décidé au cours de la réunion pédagogique que l'inspecteur est venu présider pour organiser la rentrée.

— Cette fois, c'est définitif. Les deux classes de petits seront à Colville avec Colette Bernardon et Catherine…

— Elle est nommée définitivement sur le poste ?

— Oui. Elle a été titularisée sur place. Elle prendra les plus petits. Elle est très contente. Loïc prendra les cours élémentaires à Mélicourt et moi, j'aurai les cours moyens plus les quelques certificats ici, à Chambray. L'inspecteur a validé.

— C'est bien. C'est bien pour vous et pour nous que ça se soit arrangé comme ça.

De son côté, Chantoiseau revient sur l'échec de la femme du menuisier. Elle a réussi l'épreuve de conduite mais a été recalée au code.

— C'est quand même pas ordinaire : elle a le code pour conduire des voitures et des camions, mais on ne lui donne pas pour le car. C'est pourtant bien le même code !

— Bernard est arrangeant. Il est venu dire à M. Leclerc qu'il fera la rentrée le temps qu'elle le repasse.

— Le matin et le soir, ça ne lui pose pas problème. Le midi, en revanche, il ne peut pas refaire un tour complet. Alors, les parents auront le choix : ou bien les enfants mangeront à la cantine, ou bien ils se débrouilleront pour les récupérer.

— Faire le circuit dans un sens le matin et dans le sens inverse le soir, dit Jacques, c'est une bonne idée. Les enfants qui voyagent longtemps à l'aller seront les premiers rentrés chez eux le soir. C'est équilibré.

— Noël m'a dit que vous avez les devis pour le car.

— Le modèle le mieux adapté pour nous, c'est le Peugeot : vingt-neuf places, dix-neuf mille sept cent quatre-vingt-deux francs : c'est le moins cher. On aura une subvention de dix mille francs.

— Ça tombe bien, puisque de toute façon on aurait pris le Peugeot.

— Pour les travaux aussi, on a tous les devis. Avec le président, on a regardé ce qu'il faudra inscrire au budget. Il proposera de faire un emprunt de vingt mille francs. Le Crédit Agricole est d'accord.

Ils bavardent, évoquent les difficultés que le car aura à prendre le virage en épingle à cheveux à la sortie du hameau de Jonville, commentent le choix du conseil de Viéville d'implanter l'abribus à proximité de la mare et se demandent s'il ne faudra pas envisager de la clôturer pour éviter des accidents, parce que « l'eau, ça attire toujours les gosses, même l'hiver ». Le temps passe. On attend toujours les mariés.

— Quatre heures moins vingt, dit Chantoiseau en regardant sa montre. Heureusement qu'on n'est pas en ville et qu'il n'y a pas trois ou quatre mariages qui se suivent !

Jacques retourne vers la fenêtre. La place est toujours vide. De temps en temps, une voiture ou un tracteur passe sur la route. La chaleur exacerbe l'odeur du tilleul et l'air prend des goûts de sucre. À vingt mètres, on entend le bourdonnement des abeilles… mais aucune trace des Rousselet. Alors, les deux hommes poursuivent leur bavardage :

— J'ai appris que finalement, votre future belle-sœur préfère garder sa place chez le notaire plutôt que de venir travailler avec Pierre. C'est Charles qui me l'a dit.

— Elle a fait des études de droit et de notariat. La comptabilité d'une entreprise, c'est autre chose.

— Le notaire est content. Si elle l'avait lâché, il aurait fait la gueule. Dame, les clercs compétents et de confiance ne se trouvent pas sous le pas d'un cheval !

— C'est vrai, ils s'entendent bien.

— Du coup, Charles m'a dit que le groupement a embauché Hélène à compter de la rentrée. Une sacrée aubaine pour elle. Du travail à sa porte : c'est chouette.

— Son grand sera interne au lycée de Chartres. Elle aura un peu moins de travail à la maison.

— Leur aîné, c'est un gentil gamin.

— Oui. Je suis certain qu'ils en feront quelque chose.

— Je crois qu'il est doué pour les études.

— Oui. À moins d'un accident, il est fait pour des études longues.

— Un futur maître d'école ?

— Professeur, ingénieur, architecte... il est capable.

— Pour un gosse de maçon, c'est beau.

4 heures approchent. Les mariés ont vraiment beaucoup de retard et l'écharpe commence à serrer le torse de Chantoiseau. De temps en temps, il passe sa main entre le tissu bleu-blanc-rouge et le revers de sa veste pour soulager sa poitrine.

— Finalement, dit-il en philosophe, notre vedette de Comone dit parfois des choses justes. L'école publique, c'est un ascenseur social pour les gosses des familles modestes. Sans l'école gratuite, les enfants des petits resteraient au bas de l'échelle toute leur vie.

— C'est un ascenseur dont j'ai bénéficié, confie Jacques. La ferme de mes parents, c'était trente-deux hectares. Pas de quoi payer des études à leurs quatre enfants. S'il n'y avait pas eu l'école normale...

Après l'organisation de la rentrée, l'échec au permis, le recrutement d'Hélène et les bienfaits de la République, les sujets de conversation s'épuisent. Un peu après 4 heures, l'image de la garde-barrière pédalant sur son vieux vélo traverse le cadre de la fenêtre grande ouverte. Elle est habillée en « tous les jours » et, en quelques secondes, sa silhouette ronde penchée en avant sur le guidon disparaît en direction de Saint-Lubin. Les deux hommes se lèvent mais ils n'ont pas le temps d'atteindre la fenêtre. La garde-barrière fait demi-tour et revient sur ses pas, comme si elle avait oublié quelque chose. Sous les tilleuls, elle descend de son vélo, le pousse pour traverser la place et l'abandonne contre la grille de l'école. Son visage bouffi et sa poitrine généreuse gonflant son tablier à carreaux s'encadrent de l'autre côté de la fenêtre et, dans un élan d'excuse, elle lance :

— Les mariés, faut pas les attendre. Ils viendront pas aujourd'hui. Mireille, elle a accouché à matin !

XXXI

La clé de la réussite

LA RENTRÉE SCOLAIRE A LIEU LE JEUDI 14 SEPTEMBRE.

— Un jeudi ! s'exclame Comone. 1972, c'est vraiment l'année des changements, aussi bien pour nous que pour la France entière.

Le tout nouveau président du syndicat scolaire descend de sa 2 CV, qu'il vient de garer devant la mairie de Chambray. Jacques, M. Leclerc et Chantoiseau vont à sa rencontre. Gilbert aussi est là, képi de garde champêtre vissé sur la tête, prêt à barrer la route pour faciliter le départ du car. Pour une fois qu'il a l'occasion d'afficher son autorité !

— Le jour de congé qui passe du jeudi au mercredi, explique Jacques, c'était une nécessité. Il y a trois ans, on a supprimé la classe le samedi après-midi. Trois jours de classe en début de semaine et une journée et demie à la fin, c'était déséquilibré pour les enfants.

— Quand même, insiste Comone, le jeudi, c'était une institution.

— Désormais, plaisante Chantoiseau, on sera obligé de parler de la semaine des quatre mercredis.

Il est 8 h 20 et les quatre villages se préparent à faire la première rentrée dans le cadre du regroupement pédagogique. On attend Bernard qui est parti chercher le car tout neuf garé sous le préau. Pendant les deux mois de vacances, personne n'a ménagé sa peine, en particulier Comone qui s'est montré à la hauteur et a suivi les chantiers au jour le jour. À Colville, la troisième classe a été repeinte, le sol refait. Une cuisine a été aménagée dans le vestiaire. Gazinière, four, réfrigérateur, vaisselle, couverts, tables… tout est neuf. Les sanitaires de la maternelle ont été installés dans la salle à manger de l'ancien logement de fonction. Un équipement fonctionnel, confortable, propre, que Comone a voulu respectueux de l'intimité des petits :

— Même à cinq ans, une petite fille n'a pas envie qu'on voie son derrière quand elle va faire pipi.

En haut, deux chambres ont été transformées en dortoir. On les a équipées de rideaux épais et de lits confortables, sans lésiner sur le prix pour que les enfants disposent d'un équipement de qualité. En haut également, la salle d'eau a été équipée de toilettes adaptées aux petits. Comone n'a pas regardé à la dépense. Ce n'est pas le luxe, mais partout, la recherche du bien-être des enfants lui a fait choisir des équipements bien adaptés. Quand la question du prix venait sur le tapis, invariablement, il répondait que l'argent n'était pas son premier souci et qu'il n'avait pas « à chipoter pour quatre sous quand il s'agissait du bien-être de dizaines d'enfants alors qu'on n'avait pas été regardant pour le confort d'un seul curé ». Bref, le président est très fier de ce qui a été réalisé dans sa commune :

— À la maternelle, je veux que les petits trouvent un confort meilleur que ce qu'ils connaissent chez eux. L'école de la République, c'est ça.

— Marie-Jeanne repasse l'épreuve du code la semaine prochaine, annonce Chantoiseau. En attendant de prendre le volant, elle va accompagner Bernard pour se familiariser avec le parcours. Comme ça, quand elle sera toute seule, les enfants seront habitués.

— Moi aussi, je vais faire le circuit de A à Z, dit Comone. Avec Bernard, on l'a testé deux fois à vide, pour voir. À Jonville, c'est difficile. Il faut faire une marche arrière pour prendre l'épingle à cheveux. Ça passe mais faut pas qu'il y ait un tracteur en face.

M. Leclerc a prévu de faire la rentrée à Chambray mais il rejoindra Comone à la cantine vers midi.

— Tu me feras part des modifications à apporter dans le parcours, dit-il. La première semaine, on va se considérer en rodage.

Le car arrive. Il sort de la cour de l'école. C'est un beau J7 Peugeot livré une semaine auparavant. Bernard est au volant, tout sourire. Marie-Jeanne est assise sur le siège accompagnateur. Le véhicule vire à vitesse réduite et vient se positionner dans l'allée centrale de la place. Avant de descendre, Bernard coupe le moteur. On entend le crissement du frein à main et le déclic sonore du levier qui débloque l'ouverture des portes arrière. Gilbert s'approche et tire les deux battants pour faciliter l'accessibilité.

— Il est vendu pour vingt-neuf places, dit Comone, mais c'est chauffeur et accompagnateur compris. On ne peut asseoir que vingt-sept enfants.

— Vingt-sept enfants, c'est une capacité suffisante, dit Jacques. On a adapté les circuits pour respecter ce maximum. À aucun moment, il n'y en aura plus de vingt-cinq.

Outre le remplacement du jeudi par le mercredi, une nouvelle disposition est entrée en vigueur à compter de cette année : une journée de pré-rentrée obligatoire pour les enseignants. La veille, les quatre instituteurs du regroupement ont travaillé ensemble, mettant la dernière main à l'organisation pédagogique des classes et prévoyant la surveillance au moment de l'accueil des enfants, de la descente du car, des trajets pour la cantine et des remontées dans le car pour les retours. Entre les enfants qui sont scolarisés dans leur commune de domicile et qui n'utilisent pas le ramassage, ceux qui arrivent par le car et ceux qui partent vers une classe située dans une autre commune, la plus grande vigilance s'impose au début pour qu'aucun enfant ne se perde. Jacques a établi les circuits et les a testés avec le président. Pour chaque point, il a minuté les arrêts et a dressé les listes nominatives.

À l'intérieur du minibus, trois banquettes de trois compartiments de trois places sont disposées dans le sens de la longueur. Marie-Jeanne parcourt l'allée et rejoint les arrivants.

— Voici les listes, dit Jacques en lui tendant une liasse de feuilles dactylographiées. Les arrêts sont indiqués dans l'ordre du circuit. À chaque arrêt, vous avez les noms des enfants qui montent et ceux qui descendent. Pointez et recomptez. Il se peut qu'il y ait des absents ou des retardataires.

— On a distribué les horaires aux parents, dit Chantoiseau. Les grands vont être au courant mais faites bien attention aux petits.

— D'autant plus que les gosses, on ne les connaît pas encore, ajoute Comone, surtout ceux des autres communes.

Marie-Jeanne examine les listes. Finalement, qu'elle ait raté son code et se trouve disponible pour accompagner les enfants est une heureuse chose. Bernard dispose d'une feuille de route qu'il a peur de ne pas pouvoir respecter à la lettre.

— On était à vide. Tout dépendra du temps que les enfants mettront à monter et à s'installer, s'inquiète-t-il. Une minute, quand il y a trois ou quatre enfants, ça ira, mais quand il y en a dix qui descendent et autant qui remontent ?

— Les premiers jours, on teste, dit M. Leclerc. Marie-Jeanne va chronométrer et on adaptera. Aujourd'hui, on n'est pas à une minute près. L'essentiel, c'est la sécurité. Si tu as quelques minutes de retard, ce n'est pas bien grave.

— Tu nous diras ce qui va et ce qui ne va pas. On corrigera et, dans quelques jours, M. Gaubert te donnera un horaire plus adapté.

Des parents arrivent sur la place, tenant leurs enfants par la main. Les cartables neufs, les nattes des petites filles, les tabliers des garçons tout droit sortis des magasins, l'attitude sage des enfants montrent, s'il en était besoin, que les vacances sont terminées. Hélène arrive avec quatre de ses cinq enfants. Didier a rejoint l'internat du lycée la veille en fin d'après-midi. Désormais, la grande de la famille Moreau, c'est Florence, qui est dans la classe de M. Gaubert. Le matin, elle ne prendra pas le car, mais elle l'utilisera le midi pour rejoindre la cantine.

Pour les jumeaux, cette première rentrée est un saut dans l'inconnu. Ils ne pleurent pas mais se tiennent fermement par la main, comme si la présence de l'un rassurait l'autre. La petite Émilie, sans doute moins consciente de ce qui se passe, est fascinée par le car et assimile la rentrée dont on lui a beaucoup parlé au plaisir d'une promenade matinale à travers la campagne. Chez les Moreau, on n'a pas de voiture, et monter dans le car ressemble à un grand tour de manège. Hélène affiche un large sourire. Pour eux tous, c'est le grand jour.

— Rentrée pour tout le monde ! s'exclame-t-elle.

— Pour les enfants, mais aussi pour la maman, souligne M. Leclerc. C'est votre premier jour chez Fauconnier.

— Oui. Je commence à 9 heures, comme mes petits. Ce midi, ils restent à la cantine. Ce soir, je les récupérerai à cinq heures et demie.

Puis se tournant vers Florence, elle rappelle :

— Tu as bien compris : toi, tu restes à l'école entre 5 heures et l'arrivée du car. Si je suis un peu en retard, tu les récupères et vous m'attendez tous les quatre dans la cour de l'école.

— Oui, maman.

— Ne vous inquiétez pas, dit Jacques. Je serai là.

Les derniers enfants arrivent et s'agglutinent près du car. Marie-Jeanne donne le signal.

— Allez, on monte et on s'installe, dit-elle.

Une maman embrasse son garçon et le pousse.

— Bonne journée. À ce soir. Travaille bien.

L'enfant va à Mélicourt. Un grand voyage. Il lui fait un petit signe de la main et s'arrête devant Marie-Jeanne.

— Thierry Bertin, dit-elle.

Elle cherche le nom dans sa liste et le pointe. Puis, avant que le garçon ne monte, elle lui précise :

— Toi, tu descends à Mélicourt. Je te le dirai. Tu ne descends pas tout seul.

Un autre garçon se présente, suivi par une fillette. Hélène s'accroupit et ses trois petits se pendent à son cou et l'embrassent.

— Rappelez-vous : ce midi, vous mangez à la cantine, et cet après-midi, vous faites la sieste à l'école avec les autres enfants. Soyez sages.

— Maman...

Les jumeaux tardent à lâcher prise et les larmes ne sont pas loin. Au contraire, la petite Émilie se détache rapidement et tire les jumeaux par la manche pour les entraîner vers le car.

— Dépêchez-vous, il ne va plus y avoir de places pour nous.

Hélène se sépare de ses petits et les pousse vers Marie-Jeanne. Ils montent, s'installent côte à côte sur une banquette et font de petits signes de la main en direction de leur mère. Hélène recule d'un pas. Elle a la gorge serrée et, pour elle aussi, les larmes ne sont pas loin. En quelques minutes, la dizaine d'enfants de Chambray en partance pour Colville ou Mélicourt a pris place. Bernard s'installe au volant.

— Au départ, on est à l'heure, lance-t-il à Jacques. On va voir à quelle heure je vais vous ramener vos grands.

— Normalement, pour 9 heures…

Comone est le dernier à monter dans le car. Il prend place sur le siège de l'accompagnateur tandis que Marie-Jeanne s'assied sur la dernière place de la banquette centrale, au plus près des portes arrière. Le car démarre et s'avance lentement, presque majestueusement, vers les tilleuls. Les parents agitent la main. Claire et Florence sont toutes deux dans la classe de Chambray. Elles regardent le car partir et éprouvent un pincement au cœur. Elles se sentent perdues et, instinctivement, se rapprochent de leur maître.

— Nous, on rentrera quand les enfants des autres communes arriveront, leur dit-il.

— Ceux des autres communes, lui répond Florence, on ne les connaît pas.

— Eh bien, on va faire connaissance. Demain, tu auras plein de nouveaux copains de ton âge.

— Mais à la maternelle, qui va s'occuper des petits frère et sœurs de Florence puisqu'elle reste à Chambray ? s'inquiète Claire.

— Là-bas, il y a les maîtresses et une dame sera dans la classe toute la journée exprès pour les aider. Ne t'inquiète pas. Tout va bien se passer.

Le car franchit la ligne des arbres et marque un temps d'arrêt en atteignant la bordure de la route. Droit au milieu de la chaussée, les bras en croix et le képi relevé, Gilbert barre la route pour permettre au car de s'engager en toute sécurité, précaution routière bien superflue puisqu'il ne passe personne. Bernard embraye. Comone adresse un geste de la main à Gilbert pour le remercier. Le car accélère, passe la deuxième et disparaît à la vue de ceux qui sont restés sur la place dès qu'il atteint l'angle de la première maison. À la sortie du village, il s'engage sur la petite route qui conduit à Viéville. Pendant quelques centaines de mètres, il suit la lisière des bois puis, après le carrefour avec la route de Saint-Lubin, traverse la vaste plaine en grande partie nue maintenant que les champs sont moissonnés. Les enfants regardent défiler la plaine aux couleurs chaudes, un peu surpris de découvrir la lumière qui monte au-dessus des effilochures de brume que le soleil levant fait sourdre des guérets.

— À Viéville, on a trois enfants de plus que prévu, dit Comone à Bernard. Des parents les ont enlevés de l'école libre pour les mettre chez nous.

— Ah… se contente de répondre Bernard, à qui sa position de bistrotier a appris depuis longtemps que, quand on est dans le commerce, il ne faut jamais faire de commentaires.

— J'ai rudement bien fait de monter ce regroupement, se vante le président. Maintenant qu'on a une maternelle, une cantine et des classes à deux niveaux, les curés n'ont qu'à bien se tenir.

À Viéville, la construction de l'abribus à proximité de la mare a fait débat. Finalement, pour prévenir tout risque d'accident et solutionner le problème, un brave conseiller municipal, ardent partisan du regroupement, a donné un coin de son jardin situé aux abords de la petite place pour édifier le bâtiment. Une façon bien concrète de manifester son adhésion au projet et de soutenir l'existence de l'école rurale. À l'approche du village, Marie-Jeanne annonce aux enfants :

— Ici, personne ne descend. Il ne faudra jamais descendre ici. On s'arrête pour prendre les sept enfants de Viéville. C'est tout.

Même scène qu'à Chambray. Des gens attendent à proximité de l'abribus. Le car s'arrête. Marie-Jeanne ouvre les portes arrière et fait monter les enfants. Pendant ce temps, Comone descend, serre des mains, parle, se félicite d'avoir mis en place le regroupement.

— Il fait sa petite publicité… murmure Bernard pour lui-même.

Une fois les enfants installés, Marie-Jeanne note l'heure et, si on repart avec une ou deux minutes de retard, la faute en revient à Comone qui est le dernier à regagner sa place. Le car file à nouveau dans la plaine et fait deux arrêts dans les hameaux de Burray et Gondreville avant d'arriver à Colville.

À l'origine, l'école de Colville, plus grande que les autres, comportait deux cours de récréation séparées : une pour les filles, l'autre pour les garçons. Une seule cour est désormais utilisée, si bien que le car pénètre dans la seconde, lieu offrant une sécurité beaucoup plus grande pour le transbordement des enfants que l'arrêt au bord de la route où la manœuvre est dangereuse. Marie-Jeanne fait d'abord descendre tous les petits et, dès que les deux institutrices et la femme de service les ont pris en charge, elle fait monter les grands de Colville qui doivent rejoindre leur classe à Mélicourt ou à Chambray. Pour la première fois, la petite Émilie semble réaliser qu'elle entre dans un monde inconnu et elle cramponne la main des jumeaux.

— On file à Mélicourt et on ramène la deuxième fournée, dit Comone, qui, bien que dans sa commune, descend à nouveau pour exprimer son immense plaisir de contribuer à la modernisation de l'école laïque en ayant créé la première maternelle du secteur.

Après Jonville, son épingle à cheveux et ses deux élèves, le car parcourt la petite route sans fossés latéraux qui conduit à Mélicourt.

— L'hiver, faudra se méfier, prévient Comone. Il y a toujours des ornières pleines de flotte. Ça s'écoule pas, sur cette méchante route. Faudra qu'on en parle au conseil.

À Mélicourt, nouveau transbordement. Pendant que Marie-Jeanne et Loïc veillent à ce que tout se passe bien, le président parle avec M. Maillard.

— Oh, c'est notre instituteur qui est content, dit ce dernier. Cette année, il ne va plus avoir de classe unique. Faut reconnaître que c'était pas facile de faire classe à vingt-neuf enfants de cinq à quatorze ans mélangés.

— Alors toi, demande Comone, tu ne manges pas à la cantine avec nous ?

— Je ne peux pas, répond le maire de Mélicourt. Mais je viendrai dire bonjour aux maîtresses en début d'après-midi.

— Ben, comme ça, tu verras les dortoirs.

La fin du parcours est plus rapide. Curieusement, dans le car, les enfants restent silencieux et, lorsqu'ils échangent quelques mots, c'est avec la voix basse qui s'impose dans l'église. Le second arrêt à la maternelle de Colville pour déposer les petits ne nécessite que quelques minutes. Ensuite, le car regagne Chambray en faisant un crochet pour prendre les enfants d'un hameau, puis les petits Rousselet, ravis de s'épargner la longue marche des années passées.

— Une chance qu'ils aillent tous les trois à Chambray, fait remarquer Comone. S'il y en avait un dans chaque école, faudrait sérieusement modifier les parcours.

— Mais non, répond Bernard, il suffirait de passer par la maisonnette au départ.

Sur la place de Chambray, Chantoiseau et M. Leclerc attendent le retour du car. Lorsqu'il s'arrête devant la grille de l'école, les grands, un peu déboussolés, sont accueillis par Jacques, un maître qui les impressionne fort, surtout ceux venus de Colville qui n'ont jamais connu que des maîtresses. Le seul bonjour de Jacques suffit à ce qu'ils se mettent en rangs.

— 9 h 05, constate Comone en regardant sa montre. C'est presque parfait. Forcément, le premier jour on perd un peu de temps. À partir de demain, les enfants commenceront à s'habituer.

Chantoiseau est un peu en retrait derrière M. Leclerc. Il ne peut se retenir de murmurer entre ses dents :

— Surtout, tu ne seras pas là pour faire perdre du temps à chaque arrêt.

— Pour ce midi, poursuit Comone, la cantinière a…

Les trois hommes parlent du ramassage du midi pour ramener tout le monde à la cantine. Puis ils évoquent le circuit du soir qui se fera aussi sous la surveillance du président.

Pendant ce temps, Jacques regarde sa petite troupe impeccablement rangée devant les fenêtres de la cuisine de son logement. D'un mouvement de tête, il donne le signal. Spontanément, les enfants de Chambray se sont mis devant et entraînent les autres. Dès qu'ils pénètrent dans le vestiaire, ils prennent les autres en charge et leur indiquent les habitudes du lieu. En pénétrant dans la classe, les enfants deviennent des élèves qui découvrent leur nouvel univers : les tables toutes de la même taille, l'horloge, les cartes de géographie, les piles de livres posées sur la grande table du fond et qui seront distribués dans la matinée, les cahiers… et puis, écrite en belle anglaise par la main du maître, la maxime de morale au beau milieu du tableau.

Florence, qui la remarque la première et sait qu'on va en discuter dans quelques minutes, rompt le silence et s'exclame :

— Si maman était là, elle dirait que c'est tout à fait pour vous, m'sieur !

Dans un bel ensemble, tous les yeux se tournent vers le tableau et Jacques, qui a choisi cette maxime sans arrière-pensée, réalise combien la fillette a raison :

Jeudi 14 septembre 1972

Morale
« La persévérance est la clé de la réussite. »

Table des matières

Dans la même collection

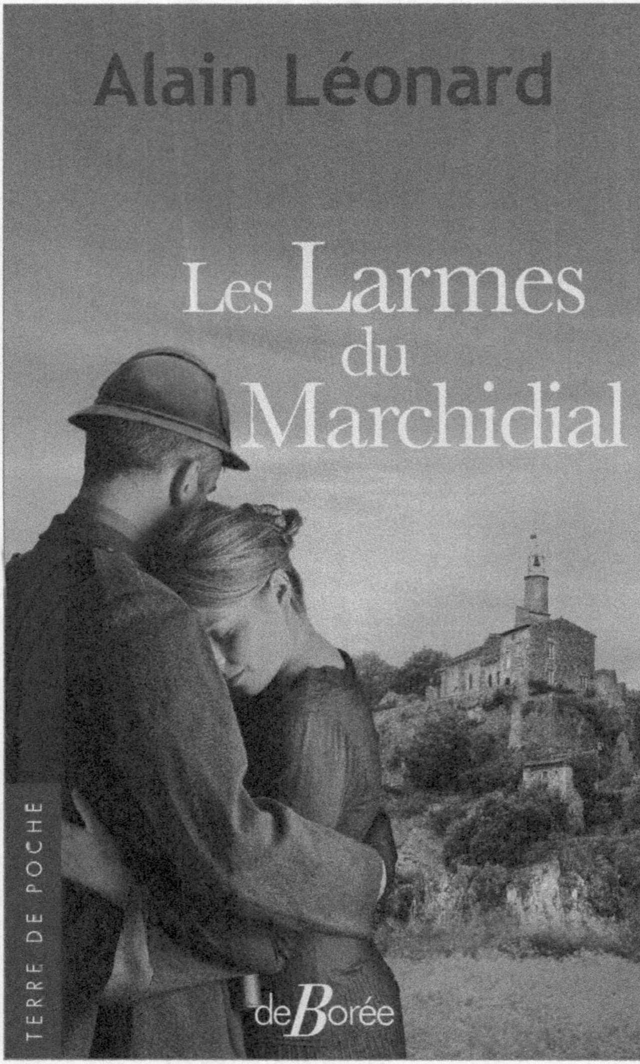

Dans la même collection

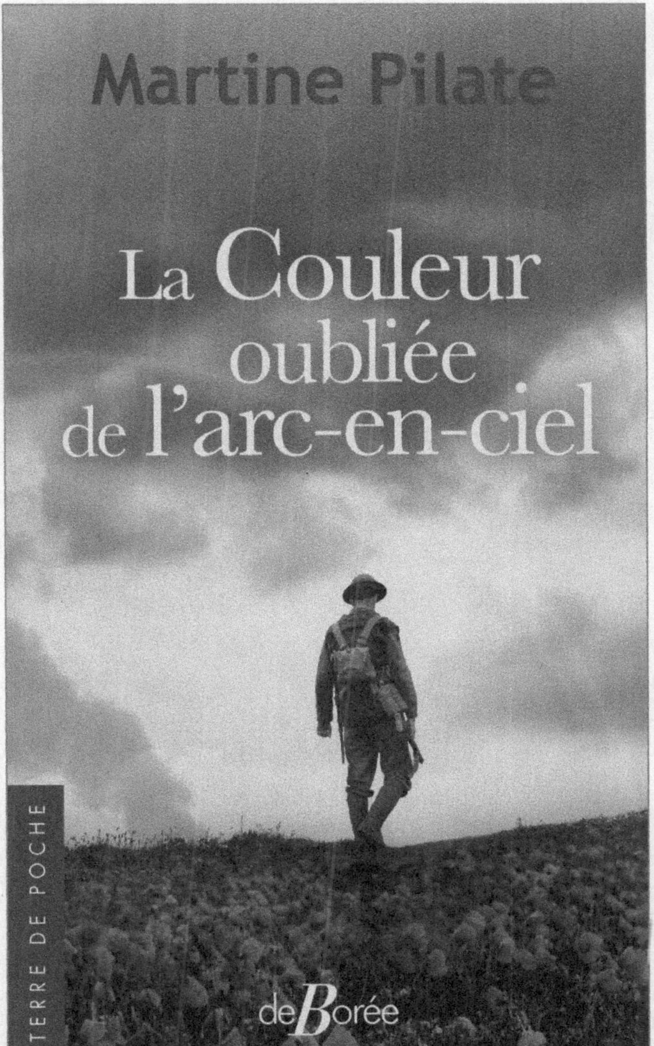

Imprimé en France par CPI
en août 2021
N° d'impression : 2057385
Dépôt légal : octobre 2021
ISBN : 978-2-8129-2880-2
ISSN : 1627-6779
www.deboree.com
livres@centrefrance.com